Søren Flott

Der Mann, der Hitler töten wollte

Jens Peter Jessen – ein vergessener Verschwörer

Aus dem Dänischen übersetzt
von Nis-Edwin List-Petersen

Husum

Umschlaggestaltung mit Motiven aus:
Porträt Jens Peter Jessen, ca. 1930, Familienalbum der Familie Jessen/Wikimedia
„Adolf Hitler, Attentat Wolfsschanze: Göring und Bormann im zerstörten Besprechungsraum" © ullstein bild

Bibliografische Information der Deutschen Nationalbibliothek
Die Deutsche Nationalbibliothek verzeichnet diese Publikation in der Deutschen Nationalbibliografie; detaillierte bibliografische Daten sind im Internet über http://dnb.dnb.de abrufbar.

Dänische Originalausgabe:
Søren Flott, Danskeren der ville dræbe Hitler
– En biografi om Jens Peter Jessen

1. Auflage 2012,
ISBN 978-87-02-09279-0

Gesamtherstellung: Husum Druck- und Verlagsgesellschaft
Postfach 1480, D-25804 Husum – www.verlagsgruppe.de

ISBN 978-3-89876-716-3

Inhalt

VORWORT

Der vergessene Verschwörer

Im einem der hinteren Räume des Deutschen Museums im dänischen Sonderburg hängt zuoberst in einer Ecke eine Tafel mit einem Schwarz-Weiß-Porträt und einem kurzen Text. Das Foto zeigt einen 35-jährigen Mann in Sakko, Weste und Schlips, der mit seiner hohen Stirn und seinem lichten Haar etwas älter aussieht, als er in Wirklichkeit ist.

Wohl die wenigsten Dänen – und auch Deutschen – haben das Deutsche Museum besucht, und vermutlich noch viel weniger Menschen jemals etwas von dem Mann auf dem Foto gehört, Jens Peter Jessen.

Auch ich kannte den Namen bis vor einem knappen Jahr nicht, aber als ich erfuhr, dass er in der Nähe von Tingleff im heutigen Dänemark geboren und an dem Attentatsversuch auf Hitler 1944 beteiligt gewesen sei, war meine Neugierde geweckt – nicht zuletzt, weil der Mann zu Anfang ein überzeugter Nationalsozialist gewesen war. Als sich darüber hinaus auch noch herausstellte, dass es Jessen war, der als Erster auf die Idee kam, wie die Verschwörer Hitler töten könnten, dass er aber inzwischen in der Geschichtsschreibung in Vergessenheit geraten ist, war mein Ehrgeiz geweckt. Hier gab es eine Geschichte, die erzählt werden wollte.

Als ganz so einfach erwies sich die Sache dann doch nicht.

In deutscher Sprache gibt es nur ein kleines Buch über Jessen, das sich vornehmlich mit seinem Wirken als Volkswirt beschäftigt. Will man mehr über ihn wissen, über seine Hinwendung zum Nationalsozialismus und was ihn dazu brachte, sich von Hitler und den anderen Verbrechern abzuwenden, muss man sich auf die Jagd begeben in Büchern, Tagebüchern, Archiven, Briefen, und man muss viele andere Dinge an verschiedenen Orten recherchieren, um Informationen über ihn zu bekommen. Und selbst dann ist eine Annäherung an diesen Verschwörer schwierig.

Das heißt indessen nicht, dass seine Geschichte nicht lesenswert wäre – im Gegenteil. In Jessen spiegelt sich die ganze Geschichte des Ersten Weltkrieges, des deutsch-dänischen Grenzlandes, der Zwischenkriegsjahre und des Zweiten Weltkrieges. Auf diese Weise wird er als Person ein Beispiel für die Ereignisse, die sich zwischen 1914 und 1945 abspielten. Hinzu kommt die Erzählung über einen Mann, der seinen eigenen Prinzipien im Guten wie im Bösen folgte, auch auf die Gefahr hin, dass dies ernsthafte Konsequenzen für ihn haben konnte.

Jedes Kapitel des Buches beginnt mit einer Szene, die aus verschiedenen Quellen rekonstruiert wurde. Die Dialoge und Details sind nicht zur Dramatisierung der Erzählung von mir erfunden, sondern stammen aus Büchern, von Homepages, Fotos, aus Filmen, Tagebüchern und vielem anderen. Am Ende des Buches gibt es ein Verzeichnis über die Quellen, die ich für die verschiedenen Szenen benutzt habe. Nach den Szenen folgten dann der historische Hintergrund der Ereignisse und die Erzählung des Jessen'schen Lebens und seine Beteiligung an den vorgenannten Ereignissen. Es liegt auf der Hand, dass in der Handlung viele verschiedene Personen auftreten. Deshalb gibt es am Ende des Buches ein Verzeichnis mit den wichtigsten Kurzbiografien.

Ich habe im Verlauf der Arbeit am Buch von einer Reihe von Menschen Hilfe erhalten. In erster Linie möchte ich den beiden Oles danken – mit den Nachnamen Knudsen und Sønnichsen – vom Verlag Gyldendal, die es mir ermöglicht haben, dieses Buch zu schreiben. Ich habe bisher andere Arten von Büchern geschrieben. Deshalb bin ich froh über die Möglichkeit, ganz anders und über ein völlig anderes Thema zu schreiben. Ich bedanke mich auch bei Carl Jürgen Bock für die Führung durch das Deutsche Museum in Sonderburg und seine Erzählung über die Geschichte der Deutschen Minderheit im Grenzland. Ein Dank gilt auch Siegfried Matlok von der Tageszeitung der Deutschen Minderheit „Der Nordschleswiger" für den Hinweis auf verschiedene Quellen und andere Informationen. Schließlich bin ich meinem Lesekreis, Lis Kaa, Karl Aage Jensen, Mette „Mand" Lauridsen, Annette Lauridsen und Sine Rorskov Hansen, aus tiefstem Herzen dankbar. Ohne eure Beiträge würde das Buch völlig anders ausgesehen haben. Last but not least richte ich einen Dank an Jacob, der mich erträgt, wenn die Deadline näher kommt und neben dem Schreiben keine Zeit mehr für anderes bleibt.

Ich hoffe, dass Sie als Leser nun in eines der schwärzesten Kapitel der Weltgeschichte folgen und vielleicht ebenso wie ich überrascht sein werden, dass einer derjenigen Menschen, die versucht haben, den Gang der Geschichte zu beeinflussen, ein Mann aus dem heute dänischen Tingleff war. Der Mann, der Hitler töten wollte.

Viel Freude beim Lesen!

Søren Flott
Århus, August 2012

PROLOG

Der Tag vor dem Tag

Am Abend des 19. Juli 1944 machen sich vier Männer von verschiedenen Orten in Berlin aus auf den Weg zur selben Adresse. Wie immer, wenn sie und ihre Vertrauten sich treffen, nehmen sie nicht den direkten Weg, sondern spazieren „zufällig“ durch die Gegend und bedienen sich verschiedener Verkehrsmittel, die sie ein gutes Stück vor dem Haus verlassen, das ihr gemeinsames Ziel ist.

Die Luft ist noch lau, und an diesen hellen Sommerabenden scheint es, als ob die Sonne nie richtig untergeht. Im Vergleich zum vergangenen Monat, oder den zwei davorliegenden, sieht die deutsche Hauptstadt einer vergleichsweise ruhigen Nacht entgegen. Blickt man sich in der Stadt um, zeugen Haufen von Mauerbrocken, zerschmetterte Fenster und zerstörte Straßen von Tonnen von Bomben, die insbesondere die Royal Air Force über der Stadt abgeworfen hat, viele Wahrzeichen der Stadt liegen in Trümmern. Am Kurfürstendamm steht nur noch einer von sechs Türmen der Kaiser-Wilhelm-Gedächtnis-Kirche und ragt anklagend gen Himmel. Auch der Berliner Dom ist stark in Mitleidenschaft gezogen, nachdem eine Brandbombe eine der drei Kuppeln getroffen hat, und die Deutsche Oper, in der die Freunde und Bekannten der vier Männer im Laufe der Jahre Oper und Ballett genossen haben, existiert nicht mehr.

Die vier Männer sind auf dem Weg in den südwestlichen Teil der Stadt auf der anderen Seite des Tiergartens. Hier sind die Wohngebiete nicht so stark vom Bombardement betroffen, aber die Männer kennen einige, deren Häuser ganz oder teilweise zerstört sind, sodass sie entweder umziehen, im Keller leben oder sich damit begnügen müssen, jene Teile ihres Hauses zu nutzen, die noch bewohnbar sind. Man vermutet, dass etwa die Hälfte der Stadt zerstört worden ist oder schwere Schäden durch die Bombardements davongetragen hat, die nun anscheinend abgeflaut sind.

Aber dagegen ist nichts einzuwenden. Seit die Alliierten vor anderthalb Monaten in der Normandie in Frankreich gelandet sind, ist die Royal Air Force intensiv damit beschäftigt, den Landtruppen aus den USA, Großbritannien, Kanada, Frankreich, Polen, Norwegen, Australien, Neuseeland und den Niederlanden zu assistieren. Auch wenn der Führer und viele ihm Nahestehende unentwegt versucht haben, das Volk davon zu überzeugen, dass die alliierten Soldaten ins Meer zurückgetrieben werden würden, ist dieses nicht geschehen. Im Gegenteil: die Truppen der westlichen Staaten haben sich nicht nur festgesetzt, sondern rücken auch vor durch Frankreich und haben vor nur sieben Tagen die große Stadt Caen erobert, gut 1000 Kilometer entfernt von Berlin. Trotz starken Widerstands ist es den deutschen Truppen nicht gelungen, die Stadt zu halten, und die Alliierten sind weiter vorgerückt.

Die vier Männer nähern sich auf verschiedenen Wegen dem Stadtteil Steglitz – dem Teil der Hauptstadt, in dem die meisten Wähler im März 1933 ihr Kreuz bei den Nationalsozialisten gesetzt haben. Ganze 45 Prozent stimmten damals für Hitler. Aber wie groß die Unterstützung derzeit ist, weiß nur die Gestapo, denn die Geheimpolizei sammelt unentwegt Informationen über die Gesinnungslage der Bevölkerung. Einer der Vertrauten der vier Männer – Ulrich von Hassell, ein älterer Diplomat und früherer Botschafter in Rom – notiert in seinem Tagebuch regelmäßig die Anekdoten, die er in seiner Umgebung hört. Eine handelt von einem etwas einfältigen Mann, der zum Militär eingezogen worden ist. Während er einen Globus betrachtet, erzählt man ihm, dass das große grüne Gebiet Russland ist, das rote das Britische Imperium, das lila die USA und das gelbe China – alle vier sehr große Flächen. Der Mann erkundigt sich dann nach dem kleinen blauen Klecks, und man sagt ihm, dieser sei Deutschland. „Hmmm“, murmelt er und fügt hinzu: „Weiß der Führer wohl, wie klein das ist?“

Die Anekdote ist höchst aktuell, denn während die Amerikaner, Briten und deren Alliierte in Nordfrankreich Fuß gefasst haben und gleichzeitig in Italien nach Norden vorrücken, haben die Russen eine massive Offensive gegen den zentralen Teil der Ostfront begonnen, wo mehr als 2,3 Millionen russische Soldaten gegen 800 000 deutsche ins Feld geschickt worden sind. Im Augenblick sind die Deutschen zurückgedrängt worden in den östlichen Teil Polens, aber die Männer, die sich an diesem Abend treffen werden, sind sich darüber im Klaren, dass die Sowjetunion hier nicht Halt machen wird. Wenn nicht eine Katastrophe über ihr hochgeliebtes Vaterland hereinbrechen soll, muss etwas unternommen werden; eben darum haben die vier Kurs genommen auf die Limonenstraße 26, unmittelbar neben dem Botanischen Garten der Hauptstadt.

Im Vorgarten befindet sich ein Kastanienbaum, den ein Sohn des Hauses als 12-Jähriger vor sieben Jahren gepflanzt hat. Im Eingang steht eine große Truhe als ein typisches Beispiel für norddeutsches Kunsthandwerk, die die Besucher an die Herkunft des Besitzers erinnert. Seine Frau, die er 1921 geheiratet hat, empfängt die Gäste, die einer nach dem anderen eintreffen, und führt sie herein zu ihrem Gatten.

Die vier Männer sind Ludwig Beck, Fritz Lindemann, Eduard Wagner und Claus Schenk Graf von Stauffenberg.

Als Einziger erscheint Beck nicht in Uniform, obwohl er sein ganzes Erwachsenenleben Soldat gewesen ist. Bis 1938 war der nun 64-Jährige Generalstabschef des Heeres, aber er war gegen Hitlers Kriegspläne und ersuchte um seinen Abschied, nachdem er vergebens versucht hatte, die übrigen Generäle zu einem gemeinsamen Rücktritt zu bewegen.

Fritz Lindemann, ein 50-jähriger Offizier mit pechschwarzen Haaren und einem dunklen Blick, nahm an den Feldzügen gegen Polen und Frankreich teil und war auch an der Ostfront im Einsatz. Heute ist er Stabschef des Teils des deutschen Oberkommandos, der die Verantwortung für die Artillerie hat. In weniger als 24 Stunden wird ihm eine ganz besondere Aufgabe zufallen.

Eduard Wagner ist der Generalquartiermeister des deutschen Heeres und spielt deshalb eine wichtige Rolle bei der Gestaltung militärischer Operationen. Er ist 1894 geboren und ein Mann mit einem hageren Gesicht, schmalen Lippen und einem scharfen Blick – und er ist der Vorgesetzte des Gastgebers des abendlichen Treffens.

Der Letzte der vier ist leicht wiederzuerkennen. Sein einer Ärmel ist hochgebunden, weil der untere Teil des Arms fehlt. Die linke Hand hat nur noch drei Finger, eine schwarze Klappe verdeckt das Loch, in dem sich einst sein linkes Auge befand. Und trotz allem vermag der große, adelige Stauffenberg nach Auffassung vieler, die ihn kennen, immer noch einen Raum zu dominieren, sodass sich die Aufmerksamkeit auf ihn konzentriert und man völlig die Verletzungen vergisst, die er sich im Krieg zugezogen hat.

Das, was der Gastgeber und seine Gäste diskutieren werden, ist lebensgefährlich. Sie – und ihre Vertrauten – wollen das tun, was viele nicht nur für unmöglich halten, sondern auch für ein Vorhaben, das ihre Namen in den Dreck ziehen wird.

Morgen werden sie sich des Hochverrats schuldig machen.

Morgen werden sie das Staatsoberhaupt, den Oberbefehlshaber des Landes töten, während sich das Land im Krieg befindet.

Morgen wollen sie Hitler umbringen.

Den Gedanken an das Attentat hatten sie schon lange im Sinn, und die Planung hat Jahre in Anspruch genommen. Mehrere Versuche sind unternommen worden und entweder gescheitert oder im letzten Augenblick abgeblasen worden, aber nun soll es geschehen – um Deutschlands willen, wenn auch alle wissen, dass die Wahrscheinlichkeit klein ist, dass es ihnen gelingt, den Führer zu töten und das Nazi-Regime zu stürzen.

Wie einer der eifrigsten Widerständler gegen das Regime, Generalmajor Henning von Tresckow, Stabschef der 2. Armee in Weißrussland und Polen, sagt, als er gefragt wird, ob man versuchen solle, die Pläne auch umzusetzen, obwohl sie aller Wahrscheinlichkeit nach scheitern werden:

„Das Attentat auf Hitler muss erfolgen, um jeden Preis. Sollte es nicht gelingen, so muss trotzdem der Staatsstreich versucht werden. Denn es kommt nicht mehr auf den praktischen Zweck an, sondern darauf, dass die deutsche Widerstandsbewegung vor der Welt und vor der Geschichte unter Einsatz des Lebens den entscheidenden Wurf gewagt hat. Alles andere ist daneben gleichgültig."

Den wichtigsten, den entscheidenden Schritt muss der 36-jährige Stauffenberg morgen unternehmen. Der junge Graf ist Stabschef beim Ersatzheer, das unter anderem aus Soldaten auf Urlaub, neuen Rekruten in Ausbildung und Wachpersonal im Reich besteht – eine Heereseinheit, die, ohne es zu wissen, morgen auch eine wichtige Rolle spielen wird, wobei der Oberkommandierende, General Friedrich Fromm, davon nichts ahnt.

Und genau dies bereitet dem Gastgeber des Treffens Sorgen.

KAPITEL 1

Der „deutsche Däne“

Wenn es auf der Welt einen Ort gibt, der zu Recht als Vorhof der Hölle bezeichnet werden kann, ist es die Landschaft um das Dorf Souchez im nördlichen Frankreich, südlich der Hafenstadt Calais, im Frühjahr 1916.

Das Dorf wurde längst dem Erdboden gleichgemacht. Nur die Kirche und die Zuckerfabrik existieren als inhaltslose Ruinen, und sie dienen als Hintergrund für Fotos, die Soldaten anfertigen lassen, um sie ihren Familien nach Hause zu schicken. In der Mitte des Ganzen liegt der Höhenzug bei Vimy, den die Deutschen zu Beginn des Krieges eingenommen und seither gehalten haben. Vom Gipfel aus hat man eine hervorragende Aussicht über das Gebiet und kann deshalb alle Bewegungen des Feindes auf der anderen Seite des Niemandslandes beobachten – in diesem Fall der britischen Truppen, die vor kurzer Zeit die Franzosen ersetzt haben.

Dass Soldaten die Aussicht genießen, darf bezweifelt werden. Zum einen gibt es nicht mehr viel zu sehen – die wenigen Bäume, die sich noch in den Matsch krallen, sind reduziert zu schiefen Stämmen ohne einen Zweig oder auch nur ein einziges Blatt –, zudem herrscht nicht annähernd die Euphorie, die viele bei Ausbruch des Krieges vor gut anderthalb Jahren empfanden, jetzt, wo das Leben wochenweise in Schützengräben und in Bunkern vonstatten geht, in Gesellschaft von Flöhen und Ratten. Das feuchte Frühjahr hat alles in Matsch verwandelt, und die meisten Soldaten haben das Gefühl, dass ihre Füße und Socken zu einer undefinierbaren Masse verschmelzen. Nur mit Glück bekommt man etwas Schlaf. Die Nächte werden fortwährend von Explosionen und Schüssen gestört; die meisten versuchen, im Stehen zu schlafen, wie die Pferde, oder während sie marschieren. Die Strafe für Schlafen während der Wache ist hart, aber für viele ist es unmöglich, wach zu bleiben nach Tagen und Wochen ohne richtigen Nachtschlaf.

Im Matsch zwischen den Deutschen und den Briten liegen Beweise für die britisch-französischen Versuche im Herbst 1915, den Höhenzug einzunehmen. Die Offensive, die mit einem viertägigen Bombardement der deutschen Schützengräben begann, forderte mehr als 160 000 Tote und Verletzte auf beiden Seiten, und viele Tote sind noch nicht begraben. Stattdessen liegen ihre Knochen verstreut zwischen Projektilen und Resten von Granaten in den Bombenkratern, die dem Gebiet zwischen den beiden Heeren das Aussehen einer Mondlandschaft verleihen. Und doch brachten diese Kämpfe nichts außer kleinen Verschiebungen. Der strategisch wichtige Höhenzug ist nach wie vor in deutschen Händen.

Im Augenblick ist es allerdings ruhig an diesem kleinen Abschnitt der Westfront bei Souchez und dem Höhenzug bei Vimy. Kämpfe gibt es an anderen Orten in den Labyrinthen der Schützengräben, die sich von der Nordsee bis zur schweizerischen Grenze hinziehen. Momentan können die Soldaten nur in den Schützengräben, Bunkern und Vorposten abwarten, in denen Beton und Maschinengewehre den ersten Schutzwall gegen die Briten bilden, wenn diese versuchen, die deutsche Verteidigung zu durchbrechen.

Wenn die Soldaten – sowohl britische als auch deutsche – Briefe oder Tagebücher schreiben, hassen sie den Feind nicht mehr. Auf eine unerklärliche Weise entsteht eine Zusammengehörigkeit zwischen den Männern, die ihre Jugend in den Schützengräben verbringen, und für die der Zufall über Leben und Tod entscheidet.

„In Wirklichkeit ist der Hass auf den Feind, der ansonsten während der Ausbildung so gründlich eingetrichtert wurde, an der Front verblasst. Wir haben auf die eine oder andre Weise entdeckt, dass die anderen genauso sind wie wir – ebenso müde und ebenso darauf versessen, das Ende des Ganzen zu sehen", schreibt ein britischer Soldat über seinen Eindruck von den Deutschen am Höhenzug.

Einer der Deutschen bei Souchez ist der 20-jährige Jens Peter Jessen.

* * *

Jessen verfügte im Frühjahr 1916 schon über anderthalb Jahre Erfahrung als Soldat. Er meldete sich als Freiwilliger nur elf Tage nach Kriegsausbruch am 28. Juli 1914 und wurde Teil des Feldartillerie-Regiments Nr. 9 in Itzehoe, der ältesten Stadt in Holstein, wo er seine Grundausbildung erhielt, bevor man ihn zusammen mit Hunderten von jungen Deutschen an die Front schickte. In Jessens Fall ging die Reise mit dem Zug in das nördliche Frankreich, wo das deutsche Heer versuchte, die Kanalküste vor den Franzosen zu erreichen, was später „Wettlauf zum Meer" genannt wurde und in einem Schützengrabenkrieg endete, der bis 1918 dauerte.

Dies hatte allerdings im Sommer, als sich Jessen nach Kriegsausbruch freiwillig meldete, niemand erwartet. Der Funke, der das Pulverfass, zu dem sich Europa entwickelt hatte, entzündete, war das Attentat in Sarajevo am 28. Juni 1914 auf den österreichisch-ungarischen Thronfolger, Erzherzog Ferdinand. Der Täter war ein serbischer Nationalist, getrieben von dem Wunsch, Bosnien-Herzegowina, das 1878 besetzt und 1908 annektiert worden war, von Österreich-Ungarn loszureißen und einem neuen und größeren Serbien anzuschließen. Das Attentat bot Österreich-Ungarn die einmalige Chance, diese Angelegenheit mit dem Nachbarland ein für alle Mal zu klären; es erklärte Serbien deshalb einen Monat später den Krieg. Es sah so aus, als handele es sich um ein Kräftemessen zwischen zwei Nationen; – aber Europa war zu diesem Zeitpunkt ein Flickenteppich von verschiedenen militärischen und politischen Bündnissen. Das führte dazu, dass sich der Krieg wie ein Blitz über den Kontinent ausbreitete. Während Deutschland Österreich-Ungarn unterstützte, erhielt Serbien Unterstützung von Russland. Das brachte die beiden Länder auf Kollisionskurs. Beide mobilisierten unverzüglich ihre Truppen. Da Frankreich ein Abkommen mit Russland geschlossen hatte, gab die französische Regierung ihrem Militär den Befehl, sich auf einen Krieg vorzubereiten. Dies veranlasste wiederum die Deutschen, ihren Blick nach Westen zu richten in der Hoffnung, dass ein schneller Angriff auf Frankreich Zeit bringen würde, die Russen zu bekämpfen, ehe dieses riesige Land kampfbereit war. Ein schneller Angriff erforderte indes, dass die deutschen Truppen durch das neutrale Belgien marschierten, und da die Briten den Belgiern ihre Unabhängigkeit garantiert hatten, wurde auch das Britische Imperium in die Feindseligkeiten hineingezogen – der Erste Weltkrieg war eine Realität.

Wie Jessen gab es viele junge Männer, die sich freiwillig zum Kriegsdienst meldeten, und alle waren sich sicher, dass dieser nur wenige Monate dauern würde. Der deutsche Kaiser, Wilhelm II., hatte in einer Rede an sein Volk gesagt, dass der Krieg dem Vaterland einen Platz an der Sonne verschaffen würde und dass die Jungen dazu beitragen könnten, Deutschland auf der Weltkarte zu platzieren, sodass die Nation neben Großbritannien zu den mächtigsten der Welt gehören würde. Als der Krieg ausbrach, wurde die Nachricht daher von vielen mit Freude aufgenommen. Es gibt eine Fülle von Bildern von damals, auf denen die Menschen auf Straßen und Plätzen jubeln – unter anderem ein in München aufgenommenes Foto, auf dem man in der Menge lächelnder Frauen und Männer, die ihre Hüte schwenken, einen gewissen Österreicher sieht namens Adolf Hitler.

Jessen und alle anderen, die in diesen berauschenden Sommertagen 1914 zu den Fahnen eilten, wurden schnell eines Besseren belehrt, als der deutsche Vormarsch nur wenige Monate später in Frankreich aufgehalten wurde. Die streitenden Parteien gruben sich ein, um danach vier Jahre lang um schmale Streifen Erde zu kämpfen. Für Jessen wurde die Begegnung mit dem Krieg folgenreich, da er schon am 28. Oktober bei dem französischen Ort Lignières eine Verwundung davontrug.

Man hatte zu Hause auf dem Hof im allernördlichsten Teil Deutschlands, der 50 Jahre zuvor dänisch gewesen war, nicht damit gerechnet, dass der junge Jessen Soldat werden sollte. Jessen erblickte das Licht der Welt am 11. Dezember 1895 als Sohn deutschgesinnter Eltern in Stoltelund zwischen Tingleff und Krusau. Die Eltern, Maria und Jes Ratenburg Jessen, besaßen einen großen Hof, der sich über Generationen im Besitz der väterlichen Familie befunden hatte. Jessen, der als fünftes Kind einer zehnköpfigen Geschwisterschar geboren wurde, erwartete zweifellos, in die Fußspuren der männlichen Mitglieder der Familie zu treten.

1938 beschrieb er seine familiäre Herkunft anlässlich einer neuen Anstellung an der Akademie für Deutsches Recht in Berlin folgendermaßen:

„Ich entstamme einer Familie von Bauern und Pfarrern, die seit Menschengedenken in dem gleichen Kirchspiel ansässig gewesen ist. Bis 1752 war die Familie auf der gleichen Vollhufe in dem noch heute vorhandenen Dorf Eggebek in der Schluxharde ansässig, bis ein Jes Jessen das Adl. Gut Stoltelund in der Bauernreform erwarb."

Die Familie war nicht adelig, aber es gelang einem der Vorfahren Jessens, den Teil des Gutes Stoltelund zu erwerben, der übrig geblieben war, als die Ländereien des Gutes zugunsten kleinerer Höfe parzelliert wurden. Damit gehörte die Familie Jessen zu den größeren Hofbesitzern der Gegend.

Als Jessen 1895 geboren wurde, war Nordschleswig ein Teil von Preußen im Deutschen Reich, aber Jessens Vater, der 1855 zur Welt kam, konnte sich an den Krieg 1864 erinnern, als die dänisch-deutsche Grenze in Verbindung mit den Friedensverhandlungen nach Norden zur Königsau verlegt und Schleswig-Holstein an den österreichischen Kaiser und den König von Preußen abgetreten wurde. Die Haltungen der Deutschgesinnten – und zu denen gehörte die Familie Jessen – waren unterschiedlich, aber die Mehrheit in Nordschleswig wollte nicht, dass dies eine preußische Provinz würde. Viele hofften auf ein unabhängiges Schleswig-Holstein – oder zumindest eine Form von autonomer Verwaltung in Zusammenarbeit mit den preußischen Behörden –, aber es kam anders. Preußen und Österreich gerieten sich 1866 in die Haare, und als die Preußen aus diesem Konflikt als Sieger hervorgingen, akzeptierte der österreichische Kaiser, dass Preußen, das wenige Jahre später den Grundstamm des Deutschen Kaiserreiches bildete, sich Schleswig und Holstein einverleibte.

1895, als Jessen zur Welt kam, war das Jahr 1864 sowohl bei den Deutschgesinnten als auch bei den Dänischgesinnten in Nordschleswig noch klar in Erinnerung; Jessens Familie erlebte – wie viele andere auch –, dass viele Nachbarn nach wie vor auf eine Rückkehr zu Dänemark hofften und in verschiedenen Vereinen dafür arbeiteten, die dänische Kultur zu erhalten in einem Gebiet, das ansonsten nun ein fester Teil des Kaiserreiches war.

Jessen selbst besuchte die Volksschule des Ortes Baistrup, aber seine Eltern konnten sich – trotz der zehnköpfigen Kinderschar – Privatunterricht leisten, und dies hatte zur Folge, dass der Sohn 1906 im Alten Gymnasium in Flensburg Aufnahme finden konnte. Der Besuch eines Gymnasiums war damals wenigen vorbehalten; dies sagt sowohl etwas über den Status der Familie Jessen als Besitzer eines Hofes von beträchtlicher Größe aus als auch über Jessens akademische Fähigkeiten. Wie er selbst schrieb, wäre eine Zukunft als Bauer für ihn am wahrscheinlichsten gewesen. Stattdessen besuchte er in den folgenden acht Jahren das Gymnasium und bestand kurz vor Ausbruch des Ersten Weltkrieges sein Abitur.

Nach der Grundausbildung schickte man Jessen an die Westfront, wo er schon im Oktober 1914 verwundet wurde. Es war jedoch nicht so schlimm, dass er nicht weiter am Krieg hätte teilnehmen können. Im Frühjahr 1916 ging es wieder zurück in die Schützengräben bei Souchez im nördlichen Frankreich. Hier hatten die Kämpfe seit Beginn des Krieges hin- und hergewogt, und allen – auch Jessen – wurde eingeschärft, dass die Deutschen den Höhenzug bei Vimy unter keinen Umständen aufgeben dürften. Verlöre man den Halt hier, ginge damit nicht nur die Sicht auf die Umgebung verloren, man würde auch die Positionen des Vaterlandes im ganzen nördlichen Frankreich aufs Spiel setzen. Das Streben nach dem Halten des Höhenzuges hatte kurz nach dem Jahreswechsel etliche Angriffe erforderlich gemacht, bei denen die jungen deutschen Soldaten den Befehl erhalten hatten, zu einem Angriff über das Niemandsland hinaus ihre Schützengräben zu verlassen. Es gelang, den Feind auf einem einen Kilometer langen Frontabschnitt zurückzudrängen, änderte aber für die Parteien im Großen und Ganzen nichts. Das Frühjahr war in der Gegend verhältnismäßig ruhig – auf jeden Fall an der Oberfläche.

Denn unter der Erde gruben deutsche Ingenieurtruppen eilig Tunnel. Jessen stand buchstäblich über einem Labyrinth von Tunneln, die unter dem Niemandsland hindurchgegraben worden waren, hinüber zu den Stellungen der Briten, damit Experten später große Mengen von Sprengstoff geradezu unter den Füßen der Briten platzieren und sie damit auslöschen konnten. Dies wurde jedoch vorzeitig entdeckt, und die Briten übernahmen die Stellungen der Franzosen und so bekamen die Deutschen nun Konkurrenz unter der Erde. Als etliche unterirdische Explosionen unzählige deutsche Soldaten töteten oder verletzten, ging man zum Gegenangriff über.

Es steht fest, dass Jessen am 24. April 1916 zum zweiten Mal verwundet wurde, aber wie dies geschah, ist ungewiss.

Tatsache ist dagegen, dass er wieder einmal Glück hatte. Seine Verletzungen waren nicht so schwer, dass er seine Teilnahme am Krieg nicht hätte fortsetzen können, und im Herbst 1917 ist er in Lettland – etwa eintausend Kilometer entfernt von den Schützengräben in Nordfrankreich.

Jessen schien die Gegend um Dünaburg – die Stadt ist heute die zweitgrößte Stadt Lettlands und heißt Daugavpils – zum Verwechseln ähnlich den Kriegsschauplätzen im Westen, die er zugunsten der Ostfront verlassen hatte. Die Industriegebiete der Stadt waren in Trümmer geschossen, einzelne Ruinen, wie der Turm einer der Kirchen der Stadt, erhoben sich über der flachen Landschaft um den Fluss Düna, aber ansonsten waren es die gleichen Schützengräben, der gleiche Stacheldraht, der gleiche Matsch, die den Alltag der Soldaten bestimmten. Hinzu kam, dass Straßen und Eisenbahnen – wenn nicht zerstört – von einer so schlechten Qualität waren, dass es noch längere Zeit in Anspruch nahm als in Frankreich, neue Truppen, Waffen und Verpflegung zu den Schützengräben heranzuschaffen; die enormen Entfernungen machten dies nicht einfacher.

„Es ist kein ganz kleines Land, in das wir gekommen sind", schrieb der dänischgesinnte Nordschleswiger Truls Jessen, der als deutscher Soldat kämpfen musste, weil seine Heimat Teil des Kaiserreiches geworden war, an seine Eltern in Hviding.

Sein Bruder Niels fügte hinzu:

„Hier sehen die Menschen wohl aus wie bei uns, nur sind sie in vielen Dingen 100 Jahre zurück.“

Zu Beginn des Krieges drangen die Russen nach Westen vor, aber das Blatt wendete sich 1915, als die deutschen Truppen eine Offensive in Gang setzten und die Russen zwangen, erst Polen aufzugeben und später die Front 400 Kilometer nach Osten in das eigentliche Russland zurückzuverlegen, wohin Hunderttausende Menschen flohen. Im Norden ging die Front durch Dünaburg, wo Jessen seinen Dienst jetzt wieder aufnahm, und im Gegensatz zum Süden, wo die Russen in diesen Monaten eine gewaltige Offensive durchführten, die über eine Million Tote und Verletzte kostete, geschah dies in einer vergleichsweise ruhigen Gegend. In Russland war nämlich die Revolution ausgebrochen, und es gelang Deutschland und seinen Alliierten, mit den neuen Machthabern einen Separatfrieden zu vereinbaren. Das hatte zur Folge, dass dem Deutschen Kaiserreich erlaubt wurde, große Teile jener Gebiete zu übernehmen, die westlich der Frontlinie lagen.

Jessen hatte zwischenzeitlich seinen Vorrat an Glück verbraucht. Am 9. Oktober – ein halbes Jahr vor dem Ende der Feindlichkeiten an der Ostfront – wurde er so schwer verletzt, dass man ihn als Invaliden im Rang eines Leutnants der Reserve nach Hause schickte. Mit sich nahm er wie Millionen von jungen Männern die Erinnerungen an die Hölle in den Schützengräben und an die Angriffe, die anscheinend bedeutungslos waren, aber unzählige Kameraden das Leben gekostet hatten. Umgekehrt war er auch davon überzeugt, dass die Deutschen sich gut geschlagen hatten. Es war ihnen trotz allem gelungen, im Osten große Territorien für den Kaiser zu sichern. Das würde wohl den Rang des Vaterlandes auf der neuen Karte Europas sicherstellen.

Aber der Stolz währte nicht lange.

Über eine Million deutsche Soldaten – die man verzweifelt an der Westfront gebraucht hätte – waren gezwungen, im Osten zu bleiben. Sie sollten sicherstellen, dass die Friedensvereinbarung mit Russland umgesetzt wurde, während gleichzeitig fortlaufend amerikanische Truppen nach Europa hereinströmten, nachdem die USA Deutschland zuvor den Krieg erklärt hatten. Hinzu kam die effektive britische Blockade Deutschlands, mit dem Resultat, dass es für die Deutschen zunehmend schwieriger wurde, Nachschub an Waffen und Verpflegung zu beschaffen. Das hatte katastrophale Auswirkungen für das Kaiserreich, welches ohne die Importe aus anderen Ländern nicht im Stande war, seine Bevölkerung zu ernähren. Es entstand ein Mangel an fast allem in Deutschland. Dort und unter den Alliierten breiteten sich Unzufriedenheit aus und die Sehnsucht nach Frieden. Die französischen, britischen und amerikanischen Truppen gewannen im Sommer 1918 tatsächlich die Oberhand, und von da an war der Rest nur eine Frage der Zeit. Die Verbündeten Deutschlands kapitulierten einer nach dem anderen, und im November war das Kaiserreich an der Reihe, obwohl die deutschen Regierenden den Soldaten und der Zivilbevölkerung wieder und wieder versichert hatten, dass der Sieg vor der Tür stehe. Überall hatten die Soldaten „die Nase voll" und desertierten scharenweise. Überall in Deutschland kam es zu politischen Unruhen, und am 9. November trat der Kaiser zurück, worauf ein Waffenstillstand vereinbart wurde: ab dem 11. November, 11 Uhr.

Der Erste Weltkrieg war zu Ende. Er hatte über zwei Millionen deutschen Soldaten das Leben gekostet, die Monarchie war abgeschafft und Deutschland musste nun Friedensbedingungen akzeptieren, die von den Siegern 1919 in Versailles diktiert wurden. Das bedeutete unter anderem den Verlust großer Gebiete – vor allem in Osteuropa –, massive Einschränkungen bezüglich der militärischen Macht, und es wurden schwindelerregende Reparationszahlungen u. a. an Frankreich und Großbritannien diktiert.

Für Jessen und Millionen anderer Kriegsveteranen war das unfassbar. Sie hatten Russland an der Ostfront besiegt, und es gab nicht einen einzigen ausländischen Soldaten innerhalb der deutschen Grenzen. Im Gegenteil, die Briten, Franzosen und Amerikaner befanden sich nach wie vor 1300 Kilometer von der Hauptstadt entfernt, und die kaiserliche Armee hatte sich in Ruhe und geordnet zurückgezogen.

Wie in aller Welt konnte Deutschland den Krieg verloren haben?

Um zusätzlich Salz in die Wunde zu streuen, musste Jessen obendrein als fast persönliche Niederlage erleben, dass seine Heimat an eine fremde Macht abgetreten wurde.

Im Herbst 1918, als das Deutsche Kaiserreich am Rande des Zusammenbruchs stand, kam der dänischen Regierung zu Ohren, dass der Status Nordschleswigs vielleicht bei zukünftigen Friedensverhandlungen ins Spiel kommen könnte. „Vælgerforening for Nordslesvig“ (die „Wählervereinigung für Nordschleswig) – die politische Organisation der dänischen Minderheit – durfte den Beschluss fassen, wie über die Zukunft des nördlichsten Teils Deutschlands in einer bevorstehenden Volksabstimmung entschieden werden sollte. Eine Entscheidung, die viele deutschgesinnte Bürger zum Protest veranlasste.

Das Apenrader Tageblatt, eine deutschgesinnte Zeitung in Apenrade, bezeichnete die Volksabstimmung als eine „lächerliche Komödie, veranstaltet, um einen Anschein von Recht vorzuspiegeln“. So ging es vielen Deutschen, sie sich nun selbst als nationale Minderheit in einem fremden Land sehen mussten. Dänemark hatte die Niederlage Deutschlands im Ersten Weltkrieg ausgenutzt, und dann hatte man obendrein die Unverschämtheit besessen, das Verfahren als demokratisch zu bezeichnen, obwohl die Modalitäten unterschiedlich waren, je nachdem, wo in Schleswig man sich befand.

Es wurde nämlich beschlossen, dass Nordschleswig en bloc abstimmen sollte, während die Abstimmung im mittleren Schleswig gemeindeweise erfolgte. Dies hatte zur Folge, dass Gebiete mit deutscher Mehrheit im Norden gegen ihren Willen zu Dänemark gestimmt werden konnten, während Gemeinden mit dänischer Mehrheit im Süden einzeln an die Dänen abgegeben werden konnten. Und so geschah es anlässlich der Abstimmung 1920.

Die deutschen Parteien des Landesteiles einigten sich in einem seltenen Beispiel von Eintracht und Zusammenarbeit und schrieben einen offenen Brief, der die Sieger nach dem Krieg aufrütteln sollte:

„Wir, die Vertreter aller Parteien Schleswig-Holsteins, drücken unsere feste Empörung über die unerhörte Zumutung aus, die in dem Versuch der Entente liegt, uns den Gewaltfrieden der Zerrissenheit des Landes und der Sklaverei zu diktieren. Wir protestieren im Namen der ganzen Provinz, ohne Unterschied des Standes, gegen dieses frevle Unterfangen unserer Feinde. Wir sind nicht gewillt, derartiges zu dulden, und wir geloben mit dem Letzten, was wir bieten können, für die Freiheit und die Zukunft des deutschen Volkes und besonders der Bevölkerung unseres Gaues einzutreten. Wir wiederholen dabei unser gemeinsames Bekenntnis von Neumünster:

Wir sehen in Schleswig-Holstein einen unlösbaren Teil der deutschen Republik."

Als die Stimmen ausgezählt waren, hatten die Wähler im Kirchspiel Uberg an der jetzigen Grenze mit 83% der Stimmen für Deutschland gestimmt. In Tondern lag der Anteil der deutschen Stimmen bei 77%, in Hoyer war die Zahl 73%, in Sonderburg 56% und Apenrade 55%. In Tingleff – nahe des Elternhauses von Jessen – wollte eine Mehrheit der Bevölkerung auch bei Deutschland bleiben, aber das hatte keine Auswirkungen. Das Einzige, was zählte, war das Gesamturteil der Wähler in Nordschleswig, und daran gab es keinen Zweifel, denn drei Viertel der Stimmzettel hatten ein Kreuz bei Dänemark.

Als Folge des Abstimmungsresultats entschieden sich mehrere Tausend Menschen, Nordschleswig zu verlassen und ein neues Leben südlich der neuen Grenze zu beginnen. Zurück blieben zwischen 25000 und 30000 Personen, jeder siebte Einwohner des Landesteiles – hierunter auch die Familie Jessens, die ihren Hof nicht verlassen wollte und sich entschieden hatte, in dem Landesteil zu bleiben, der nun ein Teil Dänemarks war. Sie erhielten kraft Gesetzes die dänische Staatsangehörigkeit, ob sie es nun wollten oder nicht. Und damit wurde Jessens Familie – während er studierte und an der Universität arbeitete – wieder dänisch, wie sie es vor dem Krieg 1864 gewesen war.

Für den jungen Jessen, der an der Universität in Kiel sein Studium der Volkswirtschaft und Jura begann, wurde die Demütigung noch dadurch unterstrichen, dass die dänische Regierung ab Sommer 1920 ein Visum verlangte, wenn Personen von südlich der Grenze dorthin passieren wollten, wo bis vor wenigen Monaten ihre Heimat gewesen war – nur Hofbesitzer mit Ländereien auf beiden Seiten der Grenze und die grenznahe Bevölkerung, die wirtschaftliche oder familiäre Interessen hatte, wurden vom Visumszwang ausgenommen.

In wenigen Jahren war Jessens Welt in Trümmer gesunken.

Viele Jahre später beschrieb er selbst seine Empfindungen, aus dem Krieg heimzukehren und zu entdecken, dass das Land, für das man gekämpft hatte, schwerlich wiederzuerkennen war.

„Millionen hatten ihr Leben, ihre Gesundheit, mindestens die besten Jahre ihres Lebens geopfert für andere Ziele, als sie sich jetzt offenbarten ...“

Das Vaterland hatte den Krieg verloren, ohne dass er verstehen konnte, wie dieses geschehen war. Sein Zuhause befand sich nach einer angeblich demokratischen Abstimmung in einem fremden Land, und die neuen Machthaber in Deutschland waren im Begriff, alle Werte zu zerstören, die er für gut hielt, und es hatte nicht den Anschein, dass irgendjemand hieran etwas zu ändern gedachte – oder vielleicht doch ...?

KAPITEL 2

Der Nazi-Professor

Der Bürgerbräukeller, eine der großen Hallen in München, in denen sich die Bürger der größten Stadt Bayerns treffen, um Bier zu trinken und die Lage der Welt zu besprechen, ist an diesem Herbstabend Ende 1923 gefüllt. Etwa 3000 Menschen sind gekommen, um zu hören, was die politischen Führer des Teilstaates zu sagen haben.

Außerhalb des großen Raumes sitzt ein 34-jähriger Mann in einer Bar über einem Bier, von dem er nur wenig trinkt; als ein Mann zu ihm kommt und ihm etwas sagt, fegt er das Glas mit einer schnellen Armbewegung beiseite, greift nach einer Pistole und bedeutet den Männern um ihn herum, ihm zu folgen.

Es ist nicht leicht, sich einen Weg durch die Menge der Zuhörer zu bahnen, und es vergeht geraume Zeit, bis die Menschen begreifen, was sich da anbahnt. Erst als einige Männer in braunen Uniformen ein schweres Maschinengewehr in die Tür zur Halle bugsieren, bricht Panik aus. Einige Teilnehmer des Treffens versuchen, die Halle zu verlassen, bis der Mann aus der Bar sich auf einen Stuhl stellt und seine Waffe abfeuert. Er springt wieder vom Stuhl herunter und nimmt Kurs auf die Bühne, wo ein Polizist mit der Hand in der Hosentasche ihn aufzuhalten versucht.

„Nimm die Hand aus der Hose!“, kommandiert der Mann und drückt seine Waffe an den Kopf des Polizisten.

Als er die Bühne erreicht, wendet er sich an die vielen Menschen.

„Die nationale Revolution hat begonnen! Das Gebäude ist von 600 bewaffneten Männern bewacht. Die Kasernen des Heeres und der Polizei sind besetzt“, teilt er mit.

Es ist jetzt ganz still im Bürgerbräukeller. Selbst die Politiker auf der Bühne sind stumm und warten nur darauf, was der Mann vor ihnen im Sinn hat. Während seine Handlanger die Kontrolle im Saal bewahren, zwingt er die drei Politiker in einen Nebenraum.

„Jeder, der sich weigert, mit mir zusammenzuarbeiten, hat das Recht verwirkt, zu leben. Ich habe vier Kugeln in meiner Pistole, drei für meine Mitverschwörer, wenn sie mich im Stich lassen, und die letzte für mich selbst ....“

Er drückt sich die Pistole an die Schläfe. „Morgen ist der Sieg mein, oder ich ein toter Mann“, fügt er hinzu.

Nach einem Augenblick des Schweigens ergreifen die drei Politiker das Wort. Trotz der Situation reden sie ruhig und gefasst, ohne dass ihre Stimmen verraten, was sie fühlen.

„Sie können mich erschießen lassen oder selbst die Pistole abdrücken – oder mich einsperren. Ein Leben mehr oder weniger macht keinen Unterschied“, sagt der eine.

„Sie versprachen mir vor nur wenigen Tagen, dass Sie keinen Umsturzversuch unternehmen würden!“, fügt ein anderer hinzu.

„Ja, das versprach ich, aber ich musste es tun – um des Vaterlandes willen“, antwortet der Mann mit der Pistole.

Plötzlich läuft der Mann mit der Pistole aus dem Raum und hinaus in die Halle, wo der Anführer der uniformierten Männer das Rednerpult in Besitz genommen hat. Er trägt eine prächtige Galauniform, beschwert von einer Vielzahl verschiedener Orden; er hat soeben die Gemüter in der Halle beruhigt, die in der Zwischenzeit den Siedepunkt erreicht hatten. „Die vier Männer im Nebenraum verhandeln über eine neue nationale Regierung“, versichert er.

„Dazu brauchst du doch kein Maschinengewehr!“, ruft jemand aus der Menge.

„Halt die Schnauze – du hast doch Bier genug, oder nicht?“, brüllt der Mann in der Galauniform zurück.

Als der Mann mit der Pistole die Bühne wieder erreicht hat, schießt er mit seiner Waffe in die Decke.

„Wenn ihr euch nicht ruhig verhaltet, werde ich ein weiteres Maschinengewehr hereinbringen lassen“, ruft er.

Danach wird es still.

Nun erklärt der Mann mit ruhiger Stimme, dass er nicht vorhabe, die Landesregierung in Bayern zu stürzen. Es sei Berlin, wo die politische Lage unerträglich sei. Die jetzige Regierung müsse weg und von ihm selbst und seinen Gleichgesinnten ersetzt werden. Genauso, wie dies in Italien geschehen ist, wo die Faschisten mit Mussolini an der Spitze ihre Revolution in der Provinz begonnen haben und nach Rom marschiert sind, um dort die Macht an sich zu reißen, will der Mann mit der Pistole in München beginnen, aber in der Hauptstadt enden. Glückt der Putsch in München, können sie den großen, bevölkerungsreichen Staat im Süden als Basis benutzen, ganz Deutschland zu erobern, ist der Mann überzeugt. Mit einem Mal wechselt die Stimmung im Saal. Keiner hier ist ein Bewunderer der Politiker in Berlin, und als der Mann fragt, ob er mit der Unterstützung der Anwesenden rechnen kann, gibt es ein donnerndes Ja. In nur wenigen Minuten ist es dem Mann mit der Pistole geglückt, die Stimmung im Bürgerbräukeller vollkommen zu wenden.

„Ich kann euch eines versichern: Entweder beginnt die deutsche Revolution hier heute Abend, oder wir sind morgen alle tot!"

* * *

Der Mann mit der Pistole war Adolf Hitler und der Anführer der uniformierten Männer Hermann Göring. An den Putschversuch im Bürgerbräukeller sollte später bei großen Feierlichkeiten in Deutschland erinnert werden, wenn dieser auch total misslang. Zum einen war die Nazipartei zu diesem Zeitpunkt noch nicht stark genug, zum anderen wendeten sich das Heer und die Polizei gegen Hitler und seine Männer und stoppten deren Pläne. Hitler hatte wohl die Unterstützung von General Ludendorff, der im Ersten Weltkrieg Oberkommandierender an der Westfront gewesen war und der an diesem Abend im Bürgerbräukeller die Politiker überredete, den Putsch zu unterstützen. Doch sobald diese wieder auf freiem Fuß waren, setzten sie das Heer gegen die Umstürzler ein. Hitler wurde wegen Hochverrats zu fünf Jahren Haft verurteilt, aber er verbrachte weniger als ein Jahr hinter Gittern. Er nutzte die Zeit, „Mein Kampf" zu diktieren und Besucher zu empfangen, die den Kessel draußen am Kochen halten konnten, damit sein Name nicht in Vergessenheit geriet. Als er entlassen wurde, hatte deshalb niemand einen Zweifel, wer er war – auch nicht Jens Peter Jessen, der die Partei Hitlers schon zu einem sehr frühen Zeitpunkt unterstützte.

Putschversuch, Attentate, Straßenkämpfe, Demonstrationen und Streiks waren nichts Besonderes in Deutschland zu Beginn der 1920er-Jahre, wo die äußerste politische Linke und Rechte sich sowohl gegenseitig bekämpften als auch die demokratisch gewählte Regierung in Berlin.

Der Startschuss zum Fall des Kaiserreiches fiel in den letzten Tagen des Krieges, als ein Teil der Matrosen der Marine in Kiel einen Aufstand vom Zaun brach. Dort wollte Jessen studieren.

Die Sozialdemokraten, SPD, riefen eine Woche später in Deutschland die Republik aus und sorgten bis zur Wahl 1919 für die Einführung einer Reihe von Wohlfahrtsreformen und politischer Rechte für die ganze Bevölkerung. Die am 19. Januar stattfindende Wahl geriet zu einem Sieg der demokratischen Kräfte im Land, und die SPD konnte die Regierungsbüros übernehmen. Die politischen Außenflügel waren jedoch nicht zufrieden. Die Kommunisten waren der Auffassung, dass die SPD die Arbeiterklasse verraten habe, weil sie nicht der russischen Revolution gefolgt sei, sondern stattdessen eine demokratische Republik unterstützte. Auf dem rechten Flügel meinten die Nationalkonservativen, dass die neue Führung durch das Akzeptieren des Versailler Friedenstraktates sowohl die Nation als auch das Volk verraten habe. Mehrere hochstehende Militärs taten obendrein das Ihrige dazu, den Widerstand gegen die neue Regierung zu fördern. Sie gaben der Heimatfront, die in ihren Augen aus Sozialisten, Kapitalisten und Juden bestand, die Schuld an der Niederlage im Krieg.

Das Friedenstraktat hatte zur Folge, dass Deutschland 13 Prozent seines Gebietes verlor und gleichzeitig 132 Milliarden Goldmark als Kriegsreparationen an die Siegermächte zu zahlen hatte. Deutschlands Militär wurde auf ein Minimum reduziert – U-Boote und Flugzeuge waren überhaupt nicht erlaubt – und die Franzosen besetzten das Rheinland, eines der wichtigsten Industriegebiete, aus dem ein Teil der Einnahmen kam, um Gold und ausländische Währungen für die Reparationszahlungen zu kaufen.

Für viele war dies eine totale Demütigung.

Nicht zuletzt für die Soldaten, die wie Jessen zurückkehrten in ein völlig anderes Land, und denen es schwerfiel zu verstehen, wie es so weit hatte kommen können und wen die Schuld dafür traf. Jessen fiel es schwer, die Uniform abzulegen und in den zivilen Alltag zurückzukehren, wenn all das, wofür er vier Jahre lang gekämpft hatte, verschwunden war.

„Ein großer Teil dieser Menschen wurde sicherlich verschlissen in den jahrelangen harten Kämpfen, aber die, die zurückkehrten, hatten kein Gespür für die Wiederaufnahme eines normalen, bürgerlichen Lebens, wie man dies bei den meisten der älteren Veteranen sehen konnte ... Im Gegenteil wurde die abweisende Haltung der jungen Frontgeneration verschärft durch das, was sie hatte durchleben müssen", schrieb Jessen später über sein Erleben der Heimkehr nach dem Krieg.

Und es waren keine Kleinigkeiten, die die Bevölkerung in Deutschland in den Jahren nach dem Ende des Ersten Weltkrieges durchleben musste.

Der Krieg, der über 160 Milliarden Mark gekostet hatte, war durch Anleihen, Obligationen und das Drucken von Geld finanziert worden. Viele Deutsche hatten Staatsobligationen gekauft in der Erwartung, dass Deutschland den Krieg gewinnen würde – das hatten sie ja wieder und wieder zu wissen bekommen –, doch als die Niederlage eine Realität war, fiel der Wert der Papiere. Das führte zum Fall des Kurses der Mark, und damit wurde es für den Staat zunehmend schwerer, die Reparationszahlungen zu begleichen, denn die Siegermächte akzeptierten nur Gold, Fremdwährung oder Waren als Zahlungsmittel. Zusammen mit den Zinsen für die enorme Staatsverschuldung wurde die Bürde so groß, dass die Regierung beim Jahreswechsel 1922/1923 mitteilte, dass sich die nächste Rate der Reparationszahlungen hinauszögern würde; als Antwort hierauf besetzten französische Truppen das Ruhrgebiet, in dem nicht nur das wichtigste Industriegebiet lag, sondern auch die größten Kohlegruben.

Die Invasion im Ruhrgebiet sorgte dafür, dass die gewaltige Inflation, die schon im Vorjahr begonnen hatte, aus dem Ruder lief, und so verschwand auch der Rest an Vertrauen, das Menschen wie Jessen in die Republik gesetzt haben mochten.

Der spanische Journalist Eugeni Xammar, der von der Zeitung La Veu de Catalunya ausgesandt war, kam im Herbst 1922 nach Berlin und beschrieb die finanzielle Krise für die Leser in Spanien:

„Der Preis für Straßenbahnfahrkarten und Rindfleisch, Theaterkarten und Schulen, Zeitungen, Haarschnitt, Zucker und Speck steigt jede Woche. Keiner weiß, wie lange sein Geld reichen wird, und die Menschen leben in fortwährender Furcht, ohne an anderes zu denken als Essen und Trinken, Kaufen und Verkaufen. Die Menschen in Berlin reden nur über eins: Dollar, Mark und Preise ...", schrieb er.

1914, als der Erste Weltkrieg begann, kostete ein Dollar 4,20 Mark. Im September 1923 stand der Dollar bei 100 Millionen Mark. Die Geldscheine in Deutschland waren im wahrsten Sinne des Wortes nicht das Papier wert, auf dem sie gedruckt waren, und die Konsequenzen für den kleinen Mann waren – mit einem Wort gesagt – ruinös, konnte Eugeni Xammar berichten. Eine Familie, die ihr Haus verkauft hatte, um in die USA auszuwandern, musste in Hamburg umkehren, weil das Geld nicht mehr für die Atlantik-Passage reichte – sie konnte sich nicht einmal mehr die Fahrkarte nach Hause zurück leisten. Ein Mann bestellte zwei Tassen Kaffee in einem Café. Die erste kostete 5000 Mark, aber bevor er diese ausgetrunken hatte, war der Preis für die zweite auf 7000 Mark gestiegen. Und in Berlin legte ein Paar einige Millionen in die Geldbörse, um ins Theater zu gehen; als es den Kartenschalter erreichte, hatten die Preise die Milliarden-Grenze überschritten.

Pensionen und Ersparnisse verschwanden, und Not breitete sich in ganz Deutschland aus. Der Hunger entwickelte sich zu einem Teil des Alltags, und im Fahrwasser von Fehlernährung entstanden Krankheitswellen, die insbesondere die Kinder trafen. Jene, die das Glück eines Arbeitsplatzes hatten, benötigten Koffer, Kisten oder Schubkarren zum Transport des Lohnes, und sobald dieser ausgezahlt war, beeilten sich die Hausfrauen, ihn zu verbrauchen, denn vor dem Abend war das Geld wertlos. Viele

Händler weigerten sich schlichtweg, Bargeld entgegenzunehmen, und verlangten stattdessen Fleisch, Eier, Kohle oder andere Gegenstände des täglichen Bedarfs. Bei der Post verhaftete man einen hochgestellten Mitarbeiter, als sich zeigte, dass er ausländische Valuta aus Briefen gestohlen hatte. Alles in allem hatten sich bei ihm 1717 Dollar, 1102 Schweizer Franken und 114 Französische Franken angehäuft. Das reichte aus für den Kauf von zwei Häusern, einem Klavier und für eine erkleckliche Spende an die Kirche.

Mit anderen Worten: ein Brot, das 1919 eine Mark kostete, war im 1923 auf 200 Milliarden gestiegen.

Dass Jessen Volkswirtschaft als Fach wählte, als er sich an der Universität in Kiel bei den Staatswissenschaften einschrieb, war kein Zufall. Er war Zeuge gewesen, wie Deutschland im Chaos versank, gerade wegen der Ökonomie, und die Themen, mit denen er sich später beschäftigen sollte, drehten sich gerade um Begriffe wie Verschuldung, Geldpolitik und Konjunkturen. In seinen Augen würde die Volkswirtschaft in Zukunft eine größere Bedeutung haben, und er wollte das Seinige dazu beitragen, dass man in Deutschland die Wirtschaftswissenschaften weiterentwickelte zum Wohl des Vaterlandes.

Mit der Zunahme der Finanzkrise breitete sich das Misstrauen gegenüber dem demokratischen System aus. Für Jessen und viele andere hatten die Politiker nicht nur zur Niederlage im Krieg beigetragen und ein demütigendes Friedenstraktat unterschrieben, sie vermochten auch nichts gegen den finanziellen Niedergang auszurichten, der nun viele derjenigen, die in den Schützengräben vier Jahre lang dem Tod ins Auge geblickt hatten, als Bettler auf die Straße schickte.

Rein politisch gab es zwei Richtungen, zu denen sich Leute wie Jessen hingezogen fühlen konnten: die Kommunisten auf der Linken als Fürsprecher einer sozialistischen Revolution als Antwort auf den Verrat der Sozialdemokraten oder die nationalistischen Parteien am äußersten rechten Rand, die die Bolschewiken, Juden und Demokraten bekämpfen wollten, denen sie die Schuld am Unglück des Landes zuschrieben, und die wie unter Bismarck die Nation wieder aufrichten wollten.

Jessen entschied sich für die Letzteren.

Noch während er sich in Kiel befand, wurde er Mitglied im „Deutschvölkischen Schutz- und Trutzbund“, der nach dem Ersten Weltkrieg größten und aktivsten antisemitischen Organisation in Deutschland. Diese kämpfte sowohl gegen das, was sie als den „landesschädlichen jüdischen Einfluss“ ansah, als auch gegen die liberale Demokratie, die deren verlängerter Arm sei. Das Motto der Organisation war „Wir sind die Herren der Welt“, und sie hatte rund 180000 Mitglieder.

Im Programm hieß es unter anderem:

„Die Vereinigung kämpft für die moralische Wiedergeburt des deutschen Volkes ... Sie betrachtet den schädlichen und zerstörenden Einfluss der Juden als Ursache für die Niederlage und die Beseitigung dieses Einflusses als notwendig für Deutschlands politische und ökonomische Besserung und zur Erlösung der deutschen Kultur.“

Als der deutsche Außenminister, Walter Rathenau – er war Jude –, 1922 von Rechtsextremisten ermordet wurde, verbot man den Deutschvölkischen Schutz- und Trutzbund in den meisten Ländern Deutschlands, aber das hielt die Mitglieder nicht zurück, und viele von ihnen fanden bei den Nationalsozialisten unter Adolf Hitler eine neue politische Heimat.

Einer von ihnen war Jens Peter Jessen.

Die Vereinigung und die Nationalsozialisten waren bei Weitem nicht die einzigen auf dem rechten Flügel. Es gab eine Fülle von kleinen Parteien und Vereinen, die alle gegen die Kommunisten, Juden und die liberale Demokratie kämpften. Ein Teil waren bewaffnete Freikorps, die oft eine Heimat für die Soldaten wurden, die sich nach dem Krieg nicht zurechtfanden und deshalb ihr Leben in Uniform in paramilitärischen Gruppen weiterführten, die sich in den Straßen insbesondere mit den Kommunisten Schlägereien lieferten. Einige von ihnen wurden von der Regierung gebraucht, um Aufstände von Arbeitern niederzuschlagen, und dies trug natürlich dazu bei, weiteren Widerstand gegen die regierende SPD bei den eigenen Parteimitgliedern zu schüren. Dadurch schwächte es einmal mehr die Unterstützung für die demokratischen Institutionen, die eigentlich die Republik funktionstüchtig machen sollten.

Aber verglichen mit den übrigen Führern der äußersten politischen Rechten hatte Hitler ein besonderes Talent. Teils hatte er politisches Geschick und wusste, was sein Publikum gerne hören wollte, teils konnte er – wie kein anderer – mit seiner Botschaft von einem dritten Weg für Deutschland große Menschenmengen für sich einnehmen. Die Nationalsozialisten waren nämlich nicht nur gegen die Kommunisten, sie ekelten sich auch vor dem Materialismus, der in ihren Augen den Kapitalismus kennzeichnete und die Menschen veranlasste, mehr an den eigenen Profit als an das Wohl der Nation zu denken. Gleichzeitig lehnten Hitler und seine Gleichgesinnten das demokratische System ab und machten es lächerlich, weil es zum Ruin des Landes geführt habe: Die Menschen der Mittelklasse hatten ihre Ersparnisse verloren und hatten Angst vor einer kommunistischen Machtübernahme, und für Millionen von Arbeitslosen handelte jeder Tag nur davon, zu überleben, während gleichzeitig die Arbeitslosenunterstützung von den Parteien des Reichstages gekürzt wurde. Hitler hatte keinen Zweifel daran, wer die Verantwortung trug, und er nutzte jede Gelegenheit, um die Menschen daran zu erinnern: Die Kommunisten hätten 1918 dem deutschen Volk einen Dolch in den Rücken gestoßen, was zum Friedenstraktat geführt und die Nation jetzt in Handschellen gelegt habe. Die demokratischen Parteien seien hinterhergelaufen und hätten eine demokratische Republik ausgerufen, in der egoistische Parteien ausschließlich an ihre eigenen Wähler dächten und nicht an das Vaterland. Und dann waren da natürlich die Juden, die mit ihrem Reichtum in den Kulissen die Fäden zögen mit dem Ziel, die deutsche und europäische Kultur mit Füßen zu treten und die Herrschaft in Europa und später auf der ganzen Welt zu übernehmen. Die Botschaft des Nazi-Führers war klar: Das demokratische System sei bankrott. Deutschland brauche einen starken Mann, der sich an die Spitze des Landes stellen konnte, um die notwendigen Beschlüsse zu fassen: Ein Volk, ein Reich, ein Führer. So lautete die Parole. Nur durch eine entschlossene, autoritäre Führung und eine Bevölkerung, die bereit wäre, die Nation über alles zu setzen, könne Deutschland wieder auferstehen, die Wirtschaft wieder aufgerichtet und Arbeit für alle eine Realität werden. Das erfordere – so die Nationalsozialisten –, dass die Deutschen damit begännen, ihre rassische Herkunft ernstzunehmen. Aus Sicht der Nationalsozialisten handelte die Geschichte vom Kampf zwischen verschiedenen Rassen – genauso, wie man es in der Natur sehe. Gut und Böse seien unwesentlich und ein Zeichen von Schwäche; es drehe sich dagegen um einen Kampf zwischen Starken und Schwachen, und das deutsche Volk befinde sich nun in einem Kampf auf Leben und Tod, insbesondere gegen die Juden.

Unter den Jungen, die in den Schützengäben des Ersten Weltkriegs gekämpft hatten, unter den Konservativen, die das primitive Auftreten der Nationalsozialisten zwar nicht mochten, aber sich die Zeiten vormaliger Größe zurückwünschten, und bei den Millionen von normalen Deutschen, die versuchten, das ökonomische Chaos zu überleben, erschien Hitler als eine Art Erlöser.

Jessen beschrieb später in seinem Leben, wie er sich als Teil einer verlorenen Generation gefühlt habe, die nach den Schrecken der Schützengräben eine politische Heimat gesucht hätte. Für Jessen führte dies zur Suche nach einer Bewegung, die für eine konservative Revolution kämpfte und die die Republik ersetzen konnte, gegen die er so leidenschaftlich war. Er fand sie bei den Nationalsozialisten. Zu diesem Zeitpunkt war die NSDAP eine Partei unter vielen mit ähnlichen Botschaften. Jessen konnte natürlich nicht wissen, was der Nationalsozialismus mit sich führen würde, und der Widerstand gegen die Demokratie beschränkte sich in keiner Weise auf gewalttätige Schläger im äußersten rechten Lager. Viele Konservative – insbesondere unter Adeligen und beim Militär – waren anständige Menschen, die das Beste für Deutschland und das Volk wünschten, die aber sahen, wie jede notwendige Entscheidung im Zank und Geschwafel der Politiker ertrank, die nur an die Befriedigung der eigenen Wähler dachten, um wieder einen Platz im Reichstag zu erlangen.

Einer von jenen war der Diplomat Ulrich von Hassell, der viele Jahre später ein enger Freund Jessens werden sollte. Er meinte, dass eine Regierungsform, die auf ein Stimmrecht für alle baute, sich notgedrungen zu einer Arena entwickeln würde, wo nur die Sonderinteressen einzelner Gruppen Berücksichtigung finden würden zu Lasten dessen, was für die Nation das Beste sei. In einem Zeitungsartikel schrieb er, dass die demokratischen Politiker sich nicht einmal darüber im Klaren seien, dass sie vor einen Wagen von Sonderinteressen gespannt seien, die ausschließlich darauf hinausliefen, sich zu bereichern, und er schlug deshalb eine autoritärere Staatsform vor, in der das Staatsoberhaupt Rat suchen könne bei einer gewählten Versammlung, in der verschiedene Gruppierungen der Gesellschaft zu Wort kommen könnten.

General Ludwig Beck, der Jessen nahestehen sollte und der von den Widerständlern gegen Hitlers Regime ausersehen war, nach einem geglückten Umsturz Staatsoberhaupt zu werden, war – vorsichtig ausgedrückt – auch skeptisch. In einem Brief schrieb er an einen Bekannten:

„... die demokratischen Segnungen sind nicht mehr wirksam. Wir brauchen eine Führung aus Stahl, die die Autorität zurückbringen kann, das Volk in Arbeit zwingen und Brot für die Fleißigen schaffen ... sonst werden wir bald überall Hunger und Bürgerkrieg erleben und Frankreich wird den ultimativen Erfolg erreichen."

Deshalb trat Jessen sein Studium auch mit gemischten Gefühlen an, denn der Lehrer, mit dem er am meisten zu tun hatte, war Bernhard Harms, der als liberal galt. Er gehörte zu jener Gruppe, von der Jessen meinte, sie sei die Ursache für das viele Unglück, das auf Deutschland herabregnete. Bernhard Harms, geboren 1876, war der erste Nationalökonom, der erforschte, wie die Volkswirtschaften unterschiedlicher Länder in einem internationalen System zusammenhingen. Es zeigte sich, dass die gegenseitige Abhängigkeit sich als erheblich wichtiger erwies, als man bisher angenommen hatte. Eines der Ziele des Professors war es, ein gänzlich neues Forschungsfeld zu eröffnen – nämlich die Weltwirtschaft, mit der sich auch Jessen beschäftigen würde. Er war ein großer Befürworter des Freihandels zwischen den Nationen als einer Methode, den Lebensstandard aller zu verbessern, und er hatte daher eine Weltsicht, die ihn nach Hitlers Machtergreifung

1933 in Opposition zu den Nationalsozialisten bringen sollte. 1914 gründete er das Institut für Weltwirtschaft an der Universität Kiel, heute eines der weltweit renommiertesten.

Selbst beschrieb Jessen seinen Lehrer so:

„Der Eindruck seiner Persönlichkeit auf mich als Student war ein außergewöhnlicher. Trotzdem ich Harms als Kriegsteilnehmer mit einer gewissen innerlichen Ablehnung gegenüberstand, da er den Ruf eines liberalen Politikers genoss, konnte ich mich der Wirkung seiner Persönlichkeit und ebenso der seines Vortrages nicht entziehen."

Die Begegnung mit Harms bekam große Bedeutung für Jessen – trotz des Umstandes, dass er zu Beginn seines Studiums nicht viel für ihn übrig gehabt hatte. Wie aus Jessens eigenen Worten hervorgeht, war Harms ein faszinierender Mann, aber es war eine Faszination, mit der sich der junge Student schwer tat, weil der Professor – in Jessens Augen – von ihm in Bezug auf Politik und Weltsicht weit entfernt stand. Nichtsdestoweniger kamen sich die beiden sehr nahe, und Jessen behielt den Kontakt zu Bernhard Harms bis zu dessen Tod 1939. Das sollte sich später in Jessens Leben als entscheidend erweisen.

Neben dem Studium in Kiel studierte Jessen auch in Hamburg und Heidelberg. An der Universität in Heidelberg wurde er noch einmal mit einem Lehrer konfrontiert, der eine ganz andere Weltschau hatte als Jessen selbst. Max Weber war Volkswirt und Soziologe und ist unter anderem bekannt als einer der Begründer der modernen Soziologie. Er war es, der den Staat definierte als „eine Einheit, die das Monopol hat, legitime physische Gewalt auszuüben". Für Jessen, der zu diesem Zeitpunkt Mitglied des Deutschvölkischen Schutz- und Trutzbunds geworden war und der die Freikorps unterstützte, die immer wieder das Gesetz in die eigenen Hände nahmen und Anhänger andrer – legitimierter – politischer Parteien angriffen, war es ein besonderes Gefühl, gerade solch einem Lehrer zuzuhören, und er war dann auch enttäuscht:

„Denn der Schreiber dieser Zeilen denkt daran, mit welcher Leidenschaft Max Weber 1918/19 in Heidelberg für den politischen Liberalismus eintrat, sodass bei den Zuhörern nach ihrem jahrelangen Kampf in den Schützengräben ein Gefühl von vollständiger Fremdheit und Verlassenheit aufkam …", wie er später die Stimmung unter den Studenten beschrieb.

Die Begegnung mit Weber war jedoch nicht unerträglicher, als dass Jessen 1920 promovierte. Seine Examensarbeit war geprägt von seiner Herkunft und handelte von der Gutswirtschaft in Schleswig-Holstein bis zum Beginn der Agrarreformen. Als es Zeit wurde, auch im Fach Jura seine Promotion abzugeben, tauchte Jessen ein in die Unterschiede zwischen dem Handelsrecht in Deutschland und dem der skandinavischen Länder.

In diesen Jahren traf der junge Akademiker auch Käthe Scheffer, die Tochter eines Juristen in Flensburg. Die beiden heirateten am 23. Juli 1921 und bekamen im Laufe der nächsten 13 Jahre zusammen vier Kinder. Sie verbrachten eine Reihe von Jahren im Ausland, als Jessen sein Studium beendet hatte – unter anderem in Kopenhagen, wo er eine Stellung in einer Abteilung der Deutschen Bank fand.

1927 kehrte das Paar heim nach Deutschland, wo Jessen eine Anstellung an der Universität Göttingen bekam. Die Mehrzahl der Mitarbeiter gehörte dem gleichen nationalkonservativen Flügel wie er selbst an. Nach der Arbeit in der Privatwirtschaft kehrte er so zurück in die akademische Welt, habilitierte sich und begann neue Studenten zu unterrichten in den Fächern Außenhandel, Geld- und Bankwesen und Finanzpolitik. Als er 1930 Vorlesungen über die Probleme der Reparationszahlungen hielt, erreichte der junge Professor sogar etwas, was man heute als eine Fangemeinde unter den Studierenden bezeichnen würde. Die Zahlungen an England und Frankreich waren für die meisten Deutschen ein sehr konkretes Symbol für die Demütigung, die die Siegermächte Deutschland auferlegt hatten, und nur die wenigsten konnten ein Ende der Situation absehen, da die Zahlungen bis in die 1980er-Jahre fortgesetzt werden mussten, wenn der ganze Betrag aus der Welt geschafft werden sollte.

„Der Besuch dieser Vorlesungen steigerte sich in den ersten Wochen des Semesters von Stunde zu Stunde. Es steht außerdem einwandfrei fest, dass eine größere Anzahl von Studierenden an der Vorlesung nicht teilnehmen konnte, da der Raum nicht ausreichte und kein größeres Auditorium zur Verfügung stand", schrieb Jessen mit schlecht verborgenem Stolz, als er Gelder für die Fortsetzung der Vorlesungen im nachfolgenden Semester beantragte.

Auch außerhalb der Universität wurde man auf Jessens Engagement aufmerksam. Einer seiner Studenten hatte die Sehnsucht des Professors nach Veränderung bemerkt und lud ihn ein zu einer politischen Sitzung in der örtlichen Abteilung der NSDAP. Dies wurde das erste Zusammentreffen Jessens mit dem Nationalsozialismus. Hier fand er Gleichgesinnte, die obendrein gewillt waren, ihre Worte in Taten umzusetzen, und er wurde in der Partei schnell einbezogen auf seinem Spezialgebiet: der Volkswirtschaft. Neben seiner akademischen Karriere engagierte er sich in der Abteilung der Partei für nationalökonomische Politik und beteiligte sich an der Entwicklung eines Schwerpunktes der Pläne der Partei für eine neue deutsche Ökonomie, eine Arbeit, für die er von mehreren Seiten sehr viel Lob erhielt. Unter anderem war der Parteiführer von Südhannover-Braunschweig, Gauleiter Bernhard Rust, der später Wissenschaftsminister wurde, begeistert von Jessen, weil dieser den Mut hatte, sich offen als Nationalsozialist zu erkennen zu geben, nachdem die Partei nach Hitlers Putschversuch verboten wurde und Beamte überall in der preußischen Staatsverwaltung – mit ihrer oft adligen Herkunft – nicht nur auf die Parteimitglieder herabsahen, sondern auch versuchten, sie aus dem öffentlichen Dienst auszuschließen. Auch im Hauptquartier der Partei in München nahm man Jessens Engagement zur Kenntnis. Otto Wagener, eine Zeit lang Hitlers ökonomischer Ratgeber, beschrieb in einem Brief seinen Beitrag für die Partei so, dass sowohl „die wissenschaftlichen Auffassungen des Prof. Jessen als auch seine weltanschauliche Grundeinstellung durchaus den Grundsätzen des Nationalsozialismus" entsprachen.

Die folgenden Jahre bis zur Machtergreifung der Nationalsozialisten 1933 wirkte Jessen als wissenschaftlicher Mitarbeiter der Parteiabteilung für ökonomische Politik. Wie groß sein Einfluss zu diesem Zeitpunkt war, ist schwer auszumachen, aber fest steht, dass er keinen Hehl aus seiner politischen Überzeugung machte – auch nicht in der akademischen Welt.

Mit anderen Worten bot die Partei Jessen die Möglichkeit, seinen Hintergrund als Wissenschaftler im Dienst des Vaterlandes einzusetzen und so mit seinem Wissen über Ökonomie eine Gruppe Menschen zu unterstützen, die wie er Gegner der Demokratie waren, die gerade dabei war, Deutschland „gegen die Wand" zu fahren. Sie hatte einen demütigenden Frieden akzeptiert, obwohl das deutsche Volk mit einer tausendjährigen Kultur und Geschichte Anspruch auf viel mehr gehabt hätte.

Aber die Begeisterung für die Partei sollte nicht von Dauer sein.

KAPITEL 3

1933

Es ist der 10. Mai 1933, als Männer im Kampfanzug der Sturmabteilung, des Parteiheeres der Nationalsozialisten, in eine private Bibliothek eindringen, in der die Eigentümer nur noch zuschauen können, während uniformierte SA-Leute die Bücherborde plündern.

Gleichzeitig führen andere Kameraden Hausdurchsuchungen durch bei örtlichen Kommunisten, Sozialdemokraten und Gewerkschaftern, bei denen sie große Mengen Broschüren, Zeitungsartikel und Bücher beschlagnahmen, während einige städtische Studenten mit Hilfe der Polizei die Regale der Buchhändler durchsuchen und Werke mitnehmen, die sich auf den Listen befinden, die sie bei sich haben.

Wie viele Bücher die jungen Menschen im Laufe des Tages eingesammelt haben, weiß niemand.

Hier in Göttingen hat Jens Peter Jessen während der letzten sechs Jahre unterrichtet und geforscht und sich nebenbei engagiert beteiligt am politischen Leben in der nationalsozialistischen Arbeiterpartei, NSDAP, die unter Führung von Adolf Hitler größer und größer geworden ist – nicht zuletzt hier in der Stadt, in der die Nationalsozialisten bei der Wahl zwei Monate zuvor nicht weniger als 63,7 % der Stimmen erhielten gegenüber knapp 44 % auf Landesebene.

Es geschieht nicht zum ersten Mal, dass Menschen in Göttingen 1933 aus politischen Gründen zusammenströmen. Als Hitler im Januar zum Reichskanzler ernannt wurde, feierten begeisterte Anhänger dies mit einem Fackelzug durch die Stadt, an dem mehrere Tausend uniformierte Parteimitglieder der SA, SS und der Hitlerjugend teilnahmen. Einen Monat vorher war es zu Unruhen und zum Boykott jüdischer Geschäfte gekommen wegen der – wie die Veranstalter es nannten – „groben, ehrabschneidenden Hetze der Juden“ gegen Deutschland.

Heute ist es der Nationalsozialistische Deutsche Studentenbund, der zu einem Treffen eingeladen hat, und er wird dabei unterstützt vom Rektorat der Universität, sodass das Auditorium Maximum bis zum Bersten gefüllt ist mit Studenten und Lehrern, die an diesem Abend anwesend sein wollen – nicht zuletzt, weil Rektor Friedrich Neumann eingewilligt hat, die erste Rede zu halten. Ob sie sich darüber im Klaren sind, dass sie sich an diesem Abend in die Geschichtsbücher eintragen werden, weiß man nicht, aber morgen werden die Zeitungen in ganz Deutschland über eine „spontane" Aktion berichten, die die Studenten in den größeren Universitätsstädten des Reiches durchgeführt haben.

Wie Jessen kämpfte Friedrich Neumann während des Ersten Weltkrieges an der Westfront, und weil er seine Rede auf den Roman „Im Westen nichts Neues" bezieht, dessen pazifistische Botschaft viele Soldaten aus den Schützengräben als eine persönliche Beleidigung des Opfers ansehen, das sie um Deutschlands willen gebracht haben, hat der Rektor ein Beispiel gewählt, das nicht nur Jessen vertraut ist.

„Wir müssen unaufhörlich darauf hinarbeiten, dass unser Volk ein gesundes Wachstum beibehält und seine innere Eigenart vollendet", ermahnt er seine Zuhörer.

Nach Ende der Rede gehen alle hinaus, wo Freiwillige bereitstehen mit Fackeln für jedermann, und wie ein Wesen begeben sich mehrere 1000 Studenten, Lehrer und Normalbürger durch die Dunkelheit von der Universität zum vormaligen Theaterplatz, der nun nach Adolf Hitler benannt ist.

Mitten auf dem Markt liegt ein Haufen von Büchern, Zeitschriften, Blättern und Broschüren, der die Teilnehmer der Demonstration bereits überragt und der in kurzer Zeit noch höher werden wird.

Hier halten einer von Jessens Kollegen, Gerhard Fricke, und der Führer der Studenten, Heinz Wolff, jeweils eine Feuerrede vor den brennenden Fackeln, deren Träger im Dunkel schwer voneinander zu unterscheiden sind. Beide verfluchen die Schriftsteller, die mit ihrer pazifistischen, sozialistischen und jüdischen Propaganda zur Demütigung des deutschen Volkes beigetragen haben und deshalb als Ungeziefer zu betrachten sind.

Als die letzten Worte gefallen sind, naht der Höhepunkt des Abends. Studenten und Lehrer werfen weitere Bücher auf den Haufen. Freiwillige gießen Benzin darüber, und bald darauf lodern hohe Flammen in den Himmel und bringen die Schatten der Zuschauer an der Fassade der Albani-Schule zum Tanzen, während Tausende zu singen beginnen:

„Die Fahne hoch! Die Reihen fest geschlossen!
SA marschiert mit mutig festem Schritt
Kam'raden, die Rotfront und Reaktion erschossen,
Marschier'n im Geist in unser'n Reihen mit.

Die Straße frei den braunen Bataillonen
Die Straße frei dem Sturmabteilungsmann.
Es schau'n aufs Hakenkreuz voll Hoffnung schon Millionen
Der Tag für Freiheit und für Brot bricht an.

Zum letzten Mal wird Sturmalarm geblasen.
Zum Kampfe steh'n wir alle schon bereit.
Bald flattern Hitlerfahnen über Barrikaden,
die Knechtschaft dauert nur noch kurze Zeit.

Die Fahne hoch! Die Reihen fest geschlossen!
SA marschiert mit mutig festem Schritt
Kam'raden, die Rotfront und Reaktion erschossen,
Marschier'n im Geist in unser'n Reihen mit."

* * *

Der 10. Mai 1933 schrieb sich in die Geschichtsbücher ein – nicht als berühmtes, sondern als berüchtigtes Datum für die Bücherverbrennungen, die überall in Deutschland stattfanden. Werke von Ernest Hemingway, Bertolt Brecht und Hunderten anderen deutschen und ausländischen Schriftstellern gingen in Flammen auf – hierunter das Schauspiel „Almansor“ aus dem Jahre 1821 des deutsch-jüdischen Dramatikers Heinrich Heine, das die Worte enthält: „Wo man Bücher verbrennt, verbrennt man am Ende auch Menschen.“

Für viele der an diesem Abend Anwesenden war es jedoch ein positives Erlebnis, als die Flammen rein symbolisch Deutschland reinigten von den Demütigungen der Vergangenheit und eine neue Zeit ankündigten, in der Fortschritt, Optimismus und nationale Wiederauferstehung wieder möglich sein würden. Diejenigen, die nicht selbst an den Festlichkeiten teilnehmen konnten, hatten dafür die Möglichkeit, dem Radio zu lauschen, das von den Bücherverbrennungen in Berlin sendete, wo Propagandaminister Joseph Goebbels als Feuerredner sprach, und viele waren von seinen Worten zweifellos angetan:

„... der kommende deutsche Mensch wird nicht nur ein Mensch des Buches, sondern auch ein Mensch des Charakters sein. Und dazu wollen wir euch erziehen. Jung schon den Mut zu haben, dem Leben in die erbarmungslosen Augen hineinzuschauen, die Furcht vor dem Tode zu verlernen, um vor dem Tode wieder Ehrfurcht zu bekommen, – das ist die Aufgabe des jungen Geschlechts. Und deshalb tut ihr gut daran, um diese mitternächtliche Stunde den Ungeist der Vergangenheit den Flammen anzuvertrauen. Das ist eine starke, große und symbolische Handlung, eine Handlung, die vor aller Welt dokumentieren soll: Hier sinkt die geistige Grundlage der November-Republik zu Boden. Aber aus diesen Trümmern wird sich siegreich erheben der Phönix eines neuen Geistes ...“

Die Feuer brannten in den meisten Universitätsstädten Deutschlands, und Jessen konnte zusehen, wie Lehre, Wissen und Kultur verbrannt wurden, während gleichzeitig die konservative Revolution, auf die er gehofft hatte, nun begann. Die Bücherverbrennungen wurden zum Symbol, aber zu einem Symbol für das, was Hitlers Machtergreifung mit sich brachte – unter anderen in der akademischen Welt und damit für Jessen. Denn vieles war geschehen, seit er nach Deutschland zurückgekehrt war, um sich der Forschung und Lehre an der Universität zu widmen, und durch seinen Versuch, über sein politisches Wirken als wissenschaftlicher Mitarbeiter der Abteilung Volkswirtschaft der NSDAP zur Wiederaufrichtung des Vaterlandes beizutragen. Hier arbeitete er mehrere Jahre daran, der Partei behilflich zu sein, eine ökonomische Politik zu formulieren, die das Land wieder auf eigene Füße stellen könnte und Hitlers Versprechen einlösen würde, über Aufrüstung Arbeit für alle zu erzielen. Von dieser Politik erhoffte er sich, dass es möglich sein würde, sie in dem neuen System zu verwirklichen. Dort sollte es keine Rücksicht auf einengende Sonderinteressen geben.

Und es war eine für einen Ökonomen spannende wie wohl auch abschreckende Periode. Als sich Jessen 1927 in Göttingen niederließ, nachdem er mehrere Jahre im Ausland gearbeitet hatte, befand sich die Weimarer Republik mitten in einer Blütephase. Gustav Stresemann, ein konservativer Nationalist, der die Monarchie wieder einführen wollte, wurde erst als Kanzler und später als Außenminister einer der wichtigsten Politiker des Landes. Er hatte selbst im Ersten Weltkrieg gekämpft und war zu dem Schluss gekommen, dass Deutschland den Krieg u. a. aufgrund der Ökonomie verloren hatte. Das Land war abhängig vom Import von Nahrungsmitteln und Rohstoffen, die die Wirtschaft benötigte, um Waren herzustellen, die weltweit exportiert wurden. Deshalb trat Stresemann ein für eine internationale ökonomische Zusammenarbeit. Dieser Weg führte zu höherem Wohlstand für alle, davon war er überzeugt. Gleichzeitig war er wie alle anderen Nationalisten gegen das Friedensdiktat von Versailles. Stresemann beschloss, die gegenseitige Abhängigkeit zwischen Großbritannien, Frankreich und den USA zum Vorteil Deutschlands auszunutzen. Die Briten und Franzosen schuldeten den USA enorme Summen, da sie Geld geliehen hatten, um Krieg zu führen, und diese Anleihen wurden bezahlt mit den Reparationszahlungen, die Deutschland auferlegt worden waren. Deshalb war es im Interesse der USA, dass die deutsche Volkswirtschaft wieder auf die Füße kam. 1924 trafen die Länder ein Übereinkommen, indem die Bedingungen für die deutschen Reparationszahlungen gemildert wurden, zeitgleich damit wurde die Besetzung des Ruhrgebietes – des industriellen Herzens Deutschlands – aufgehoben. Amerikanische Anleihen und Investitionen strömten nach Deutschland, das wieder in der Lage war, Zahlungen an die Briten und Franzosen zu leisten, die wiederum ihre Schulden in den USA tilgen konnten.

Dieses Geldkarussell weckte Sorgen bei vielen – insbesondere konservativen – Ökonomen, aber für Deutschland bedeutete es unmittelbar, dass die Hyperinflation unter Kontrolle kam, die Volkswirtschaft sich erholte und der Lebensstandard für das gemeine Volk ebenfalls.

Aber die Bäume wuchsen nicht in den Himmel. In Wirklichkeit lieh sich Deutschland Geld, um seine Schulden zu bezahlen, und das war auf Dauer nicht tragbar. Stresemann wusste dies wohl, aber seine Motive waren nicht so sehr ökonomischer, sondern eher politischer Art. Wenn die Amerikaner ihre Investitionen in Deutschland sichern wollten, war es in ihrem Interesse, dass die deutsche Wirtschaft auf Dauer gesichert würde, und deshalb müssten die USA früher oder später die deutsche Forderung nach einem Ende der Reparationszahlungen unterstützen.

Bei der Wahl 1928 unterstützten die Wähler Stresemann und seine Koalition aus demokratischen Parteien, die eine Mehrheit im Reichstag hatten. Jessen muss dagegen enttäuscht gewesen sein. Die NSDAP, die er aus ganzem Herzen unterstützte, erreichte nur 2,5 % der Stimmen und bekam keinerlei Einfluss. Die Zustimmung war derart gering, dass die Partei es sich nicht einmal leisten konnte, Hitlers Buch „Mein Kampf" wieder aufzulegen.

Aber dann kam das Jahr 1929.

Die Krise begann in den USA und verbreitete sich schnell weltweit. Darlehen aus den USA gab es nicht mehr, und auf der ganzen Welt begannen die einzelnen Länder, ihre heimischen Märkte dadurch zu schützen, dass sie neue und höhere Zölle einführten, sodass es für Deutschland schwerer wurde, Waren zu exportieren, die Geld ins Land bringen sollten, um die Reparationen zu bezahlen. Da viele Länder gleichzeitig die Wechselkurse ihrer Währung frei schwanken ließen, sodass diese im Verhältnis zur Deutschen Mark an Wert verloren, wurden Deutschlands Exportwaren teurer und noch schwieriger zu verkaufen. Für Stresemann hatte die

Krise zur Folge, dass seine politische Zeit vorüber war, und er starb kurz darauf nach einem Schlaganfall.

An seiner Stelle kam 1930 eine Minderheitsregierung unter dem Ökonomen Heinrich Brüning an die Macht. Als Konservativer bestand er auf zwei Dingen: Er weigerte sich, die Deutsche Mark abzuwerten, um damit die Konkurrenzfähigkeit zu verbessern – wie viele andere befürchtete er, dass eine Abwertung wieder zu einer Hyperinflation führen würde. Und er wollte nicht – wie Roosevelt in den USA – den öffentlichen Verbrauch heraufsetzen, um damit die Wirtschaft anzukurbeln, denn es war in seinen Augen gerade der inflationäre Verbrauch, der die Krise verursacht hatte. Deshalb gab es für den Kanzler nur eine Möglichkeit, den Wert des Geldes in Deutschland zu steigern. Das sollte durch Anhebung von Steuern, Kürzungen und steigende Zinsen erreicht werden. Aber da es nicht gelang, für diese Reformen im Reichstag eine Mehrheit zu bekommen, ging Brüning zum Reichspräsidenten, der laut § 48 der Verfassung im Notfall die Politiker des Parlaments überstimmen konnte. Die Politiker erreichten jedoch die notwendige Mehrheit, um die Entscheidung des Reichspräsidenten außer Kraft zu setzen, und damit war eine Neuwahl unumgänglich.

Die Beschlüsse, die die Ökonomie hätten aufrichten sollen, brachten nun die Arbeitslosigkeit zum Explodieren, und bei der Wahl im September 1930 sah die politische Landschaft völlig anders aus. Die Nationalsozialisten stürmten mit 18,3 % der Stimmen in den Reichstag, und da die Kommunisten gleichzeitig eine gute Wahl hatten, gab es keine Mehrheit von Parteien mehr, die das demokratische System unterstützten. Brüning war weiterhin Kanzler, konnte seine Sparpläne jedoch nur unter Umgehung des Parlamentes mit Notstandsgesetzen verwirklichen. Kürzungen folgten auf Kürzungen, und als Brüning gleichzeitig begann, eine aggressive Außenpolitik zu führen, in der er u. a. die Zahlungen der Reparationen beendete, verschlimmerte sich die Krise, sodass die Arbeitslosigkeit auf nahezu 30 % anstieg.

Das parlamentarische System lag nach und nach in Ruinen, und als Brüning im Sommer 1932 aufgeben musste, erreichte die

NSDAP ganze 37,2 % der Stimmen und wurde stärkste Partei im Reichstag. Die Nationalsozialisten bekamen jedoch keinen Einfluss, da der Reichspräsident Franz von Papen zum Kanzler ernannte. Dieser konnte sich allerdings nur fünf Monate halten, woraufhin wieder eine Wahl ausgeschrieben wurde. Dieses Mal verzeichneten die Nationalsozialisten einen Rückgang, da ein Teil der Wähler unzufrieden war, dass Hitler alle anderen Posten als den des Kanzlers abgelehnt hatte. Die Partei hatte jedoch nach wie vor die Unterstützung jedes dritten Wählers. Kanzler wurde indessen der erzkonservative General Kurt von Schleicher.

Schleicher war in Jessens Augen der richtige Mann, der deutschen Volkswirtschaft wieder aufzuhelfen. Neben seiner Arbeit und dem Engagement in der Politik beteiligte er sich in der Studiengesellschaft für Geld- und Kreditwirtschaft auch am Kampf gegen die Krise. Die Gesellschaft erarbeitete einen Vorschlag, wie mehr Arbeitsplätze geschaffen werden konnten, und sowohl Papen als auch Schleicher übernahmen mehrere Ideen und machten sie zur Politik ihrer Regierungen. Die meisten Experten waren Praktiker, und Jessen konnte deshalb als einer von wenigen mit einem theoretischen und wissenschaftlichen Hintergrund zu den Diskussionen beitragen. Die Praktiker befürworteten einen staatlichen Eingriff in die Volkswirtschaft, aber dies lehnte Jessen ab. In seinen Augen würde eine politische Einmischung die Situation nur verschlimmern und die Krise verlängern, weil ein gesteigerter öffentlicher Verbrauch zu höheren Löhnen, größerem Staatsdefizit und zur Inflation beitrügen, die gerade die Ursache der Krise seien. Stattdessen solle man den freien Markt sich selbst reparieren lassen, was besser sein würde als politische Allerweltsideen.

In Wirklichkeit zeigte die Volkswirtschaft Ende 1932 Zeichen einer Besserung, zuerst in den USA, dann breiteten sie sich nach Deutschland aus, wo die Amerikaner wieder zu investieren begannen. Der Anstieg der Arbeitslosigkeit kam zum Stillstand – wenn sie auch nach wie vor auf dem schwindelerregenden Niveau von sechs Millionen Arbeitssuchenden lag – und die meisten Experten waren sich einig, dass das Schlimmste jetzt überstanden sei. So berichtete das Magazin „The Economist“ aus Berlin, dass die

Mittelklasse zum ersten Mal seit 34 Jahren jetzt ein Licht am Ende des Tunnels sehen könne.

Aber es war zu spät.

Nach der Wahl Anfang 1933, die wieder den Nationalsozialisten die Unterstützung eines Drittels der Wähler gab, wurde Adolf Hitler am 30. Januar vom Reichspräsidenten zum Reichskanzler ernannt, weil er der Einzige zu sein schien, der im Reichstag eine Mehrheit hinter sich bringen konnte. Er stand an der Spitze einer konservativ-nationalistischen Koalitionsregierung, in der nur drei Minister Nationalsozialisten waren – eine Bedingung dafür, dass Hitler den Posten des Kanzlers erhielt. Die Erzkonservativen rechneten damit, Hitler im Zaum halten zu können, wenn er in die politische Arbeit eingebunden und mit der Verantwortung als Regierungschef belastet sein würde.

Hier irrten sie.

Als der Reichstag einen Monat später brannte, beschuldigten die Nationalsozialisten ihre Erzfeinde, die Kommunisten, hinter dem Anschlag zu stehen. Es wurde gegenüber der Linken hart durchgegriffen, und als Hitler im März 1933 Wahlen ausschrieb, übernahm die Partei die öffentlichen Rundfunkstationen und ließ die SA auf die politischen Gegner losmarschieren. Es war daher überraschend, dass die NSDAP nur gut 43 % der Stimmen erhielt und nach wie vor von den Nationalkonservativen als Koalitionspartner abhängig war.

Mit dem Parlamentarismus in Deutschland war jedoch Schluss. Den endgültigenTodesstoß bekam er am 23. März 1933, als eine Mehrheit im Reichstag das „Gesetz zur Behebung der Not von Volk und Reich“ beschloss. Das Gesetz gab Hitler praktisch unbegrenzte Macht, die u. a. dazu genutzt wurde, alle anderen Parteien als die NSDAP und die bürgerlichen Rechte wie Meinungsfreiheit, Pressefreiheit und Versammlungsfreiheit abzuschaffen.

Die Machtergreifung der Nationalsozialisten war total und es folgte die Gleichschaltung der gesamten Gesellschaft, die Deutschland in einen totalitären Parteistaat verwandeln sollte. Das galt für alle Teile der Gesellschaft, von Schulen und Freizeitclubs für Kinder über Hausfrauenvereinigungen bis zu Gewerkschaften, Wirtschaftsorganisationen und das Kulturleben.

Alles wurde nazifiziert – auch die akademische Welt.

Jessens erste Begegnung mit dem nazifizierten Staat geschah schon im April 1933, als das „Gesetz zur Wiederherstellung des Berufsbeamtentums“ – ein Gesetz, das nach Meinung der neuen Machthaber das Vertrauen zu den Beamten in der öffentlichen Verwaltung wiederherstellen sollte – durchgeführt wurde. In Wirklichkeit hatte das Gesetz zum Ziel, alle Lehrer, Richter, Juristen, Ökonomen und Akademiker zu entlassen, die Juden waren – jüdische Eltern oder Großeltern hatten – oder eine andere Überzeugung vertraten als das neue Regime; hauptsächlich betroffen waren Kommunisten oder Sozialdemokraten.

Nicht nur die Nationalsozialisten waren der Meinung, dass es in Deutschland und im Rest von Europa ein jüdisches Problem gebe, obwohl nur 0,75 % der deutschen Bevölkerung jüdisch war. Diese Haltung teilten viele andere Politiker, und ein Teil der Männer, die später Teil des Attentatsversuches gegen Hitler wurden, war nicht uneinig, dass man den Einfluss der Juden in der deutschen Gesellschaft begrenzen müsse. Carl Goerdeler, vormals nationalkonservativer Bürgermeister in Leipzig, der eine wichtige zivile Figur im deutschen Widerstand gegen Hitler werden sollte, unterstützte die Idee, dass die Juden Deutschlands ihren eigenen Staat in Palästina aufbauen sollten. Der Judenhass war in Europa keineswegs ein neues Phänomen, und die Verfolgung von Juden, die Gewalt gegen Juden und die Tötung von jüdischen Mitbürgern hatten in regelmäßigen Abständen im Laufe der Geschichte immer wieder stattgefunden – insbesondere in Zeiten ökonomischer und politischer Krisen, für die oft die Juden verantwortlich gemacht wurden. Viele waren der Auffassung, dass die Juden es geschafft hätten, sich dadurch Einfluss zu verschaffen, dass sie in der Politik, Wissenschaft, Kultur, im Unterrichtswesen und in der Welt des Handels wichtige Stellen besetzten, obwohl deren große Mehrheit – nicht zuletzt in Osteuropa – in Armut lebte wie alle anderen. Aber für die Nationalsozialisten waren die Juden der perfekte Feind: es gab über sie im Vorwege uralte Vorurteile,

Deutschland befand sich mitten in der schwersten Krise aller Zeiten und es war deshalb für skrupellose Politiker einfach, die Schuld auf eine kleine Minderheit zu schieben, die im Bewusstsein der Menschen zu großen Raum für sich in Anspruch nahm. Und so konnten Hitler und seine Kumpane obendrein ihre pervertierte Form von Wissenschaft dazu nutzen, den Beweis anzutreten, dass die Anwesenheit der Juden dabei sei, die deutsche Rasse zu zerstören.

Wie erwähnt sahen nicht alle ihre jüdischen Mitbürger so, aber man brauchte durchaus kein Extremist zu sein, wenn einen die Sorge umtrieb, dass die Juden in Deutschland zu viel zu sagen hätten. Das heißt nicht, dass die meisten nicht erschrocken und mit Scham und Abscheu auf die Art und Weise reagierten, mit der die jüdischen Bürger vom neuen Regime behandelt wurden.

Für Jessen wurden die Erfahrungen mit dem neuen Gesetz sehr persönlich.

An der Universität in Göttingen reichte James Franck, ein Professor für Physik, der 1925 den Nobelpreis erhalten hatte, aus Protest gegen das Gesetz freiwillig seinen Abschied ein, was die internationale Presse dazu veranlasste, über die Konsequenzen der Politik der Nationalsozialisten zu schreiben. Der Beschluss des Professors weckte in Göttingen Verärgerung. Die örtliche Zeitung beschrieb Francks Kündigung als Sabotage gegen die neue nationale Regierung in Berlin, und eine Gruppe Lehrer an der Universität unterstützte das neue Gesetz und forderte in einer Erklärung, „dass die Regierung die notwendigen Reinigungsmaßnahmen beschleunigt durchführen wird“, um so die Universitäten vom schädlichen Einfluss der Juden zu reinigen.

An der Fakultät der Rechts- und Staatswissenschaften unterschrieb Jessen als Einziger die Erklärung.

Noch einmal zeigte er in aller Deutlichkeit seine Zustimmung für das neue Regime, die Partei, die er mehrere Jahre lang unterstützt und für die er ökonomisch und politisch gearbeitet hatte. Viele andere meldeten sich unter die Hakenkreuzfahne, als klar war, dass Hitlers Machtübernahme endgültig sei und dass die Mitgliedschaft in der Partei der Karriere dienlich sein könne. Dies war bei Jessen nicht der Fall. Er war schon seit den 1920er-Jahren nationalsozialistisch gewesen und erwartete nun, dass seine Partei Deutschland wieder aufrichten würde. Weshalb genau er die Erklärung unterschrieb, ist nicht bekannt. Vielleicht wollte er aber der Partei zeigen, dass er nach wie vor zu den ursprünglichen Unterstützern gehörte, wenn er auch auf einigen Gebieten nicht mit der Parteilinie einig war – vielleicht teilte er auch in gewissem Umfang die Auffassung, dass die Juden zu großen Einfluss in Deutschland hätten.

Auf dem Papier war das auf jeden Fall eine Einstellung, die er unterstützen konnte, aber als die theoretischen Überlegungen sich plötzlich verbanden mit einem Menschen aus Fleisch und Blut, den er kannte, änderte sich seine Haltung.

Als die neuen Regeln auch seinen Kollegen Franz Gutmann trafen, reagierte Jessen nämlich ganz anders. Gutmann war Dekan der Fakultät gewesen, musste jedoch zurücktreten, weil er wie Franck Jude war. Jessen und er kannten sich privat und mochten sich – eine Beziehung, die später dazu führte, dass Gutmann, der in die USA emigrierte, sich nach dem Krieg eines der Söhne Jessens annahm. Als zwischen Gutmann und einem Lehrer und Professor in Göttingen ein Konflikt entbrannte, schrieb Jessen einen Brief an die örtliche Parteiführung, in dem er seinen Freund unterstützte, obwohl dieser Jude war, und er beschrieb ihn als „... zweifellos der charaktervollste Mensch, den ich kennengelernt habe."

Bezüglich des anderen Parts im Konflikt aber machte Jessen die Parteiführung darauf aufmerksam, dass die Mehrzahl seiner Kollegen der Ansicht sei, dass dessen etwas aufgeblasenes, undurchsichtiges und zwiespältiges Wesen auf Mangel an Intelligenz zurückzuführen sei.

Die Unterstützung für Gutmann hätte fast nicht deutlicher formuliert werden können. Und damit war auch klar, dass Jessen kurz nach der Machtergreifung mit der eigenen Partei auf Kollisionskurs geriet, denn selbst, wenn es zu diesem frühen Zeitpunkt nicht gefährlich war, Sympathie für einen Juden zu zeigen, hatte der Professor seine eigenen Prinzipien denen der Partei vorgezogen. Eine Entscheidung, die nicht notwendigerweise dazu diente, seine Karriere zu fördern – weder an der Universität noch in der Partei.

Wie seine Kollegen oder Vorgesetzten sein Verhältnis zu Gutmann einschätzten, geht aus den Quellen nicht hervor, aber sowohl die Leitung als auch die Studenten mochten Jessen. In verschiedenen Aussagen wird er nicht nur als fachlich tüchtig beschrieben, sondern auch als talentierter Pädagoge, der in einer Weise zu unterrichten verstand, die Studenten für das Fach, von dem Jessen so viel hielt, begeisterte.

Aber er wollte in seiner Karriere gerne weiterkommen – und er wusste genau, wohin er wollte und welche Stellung er sich wünschte. 1933 schrieb Jessen deshalb einen Brief an den früheren Parteiführer in Südhannover-Braunschweig, Bernhard Rust, der sich schon in den 1920er-Jahren für Jessens Arbeit für die Partei begeistert hatte und der in der Zwischenzeit zum Minister für Wissenschaft, Kunst und Volksbildung ernannt geworden war. In seinem Brief machte Jessen darauf aufmerksam, dass es für den Nationalsozialismus wichtig sei, im Fach Ökonomie zu forschen, und dass es weiterhin ein Forschungsmilieu geben müsse, das das neue Regime gerade in dieser Disziplin unterstützen könne. Er meinte, dass er selbst die richtige Person wäre, ein solches Forschungsmilieu zu leiten.

Es besteht kein Zweifel, dass Jessen seine Alma Mater – die Universität in Kiel – im Sinn hatte. Und es gab andere, die ihn darin unterstützten. Jessens früherer Lehrer am Institut für Weltwirtschaft, Bernhard Harms, wusste, dass seine Tage an der Universität gezählt waren, weil er aus ganzem Herzen die Weimarer Republik und die parlamentarische Demokratie befürwortet hatte. Er schrieb an den preußischen Finanzminister, Johannes Popitz, der sich ebenfalls dafür ins Zeug legte, Jessen nach Kiel zurückzuholen – eine Unterstützung, die der Beginn einer engen Beziehung zwischen dem jungen Professor und dem älteren Ökonomen und Politiker werden sollte, welcher zu Jessens Mentor wurde, aber auch eine große Bedeutung erlangen sollte für spätere und weit dramatischere Ereignisse in Jessens Leben.

Harms, der gebeten worden war, Jessen unter seine Fittiche zu nehmen, drückte jedoch gegenüber Popitz seine Sorge über seinen früheren Schüler aus. In Briefen beschrieb er Jessen als einen begabten und durch und durch guten Menschen, der doch einen wichtigen Mangel aufweise: er verstehe anscheinend nicht, dass er um sich herum Gegner hätte, gegen die er sich wehren müsse – er sei nur Forscher und Lehrer, der nur das Beste wünschte für sein Fach, das zu seiner Lebensaufgabe geworden war. Harms befürchtete, dass Jessen früher oder später in Konflikt geraten würde zwischen seiner eigenen Güte und seinen eigenen Ansichten auf der einen Seite und den Ereignissen im neuen Deutschland auf der anderen, und dass ihm dies später unweigerlich Probleme bereiten würde.

Dies war eine Prophezeiung, die auf vielerlei Weise in Erfüllung gehen sollte.

Aber zunächst konnte Jessen sich darüber freuen, nach Kiel zurückzukehren, wie er es sich gewünscht hatte. Er wurde zum Professor für wirtschaftliche Staatswissenschaften ernannt und konnte Ende 1933 von seinem alten Lehrer die Leitung des Instituts für Weltwirtschaft übernehmen, dem danach der Zugang zu dem Forschungsmilieu untersagt wurde, an dessen Gründung er selbst beteiligt gewesen war.

Für den neuernannten Professor der Nationalökonomie war es eine Heimkehr. Seit 1920 war die Universität in Kiel eine Hochburg des Nationalismus gewesen, und sowohl Lehrer als auch Studenten hatten sich selbst als Vorkämpfer gesehen für das Deutschtum in der Nordmark, wie Schleswig-Holstein genannt wurde. Gleichzeitig war Schleswig-Holstein eines der Gebiete, in denen die Bevölkerung Hitler und den Nationalsozialisten aus ganzem Herzen die größte Unterstützung zusicherte. Schon 1927 erreichte der Nationalsozialistische Deutsche Studentenbund die Mehrheit im Studentenparlament der Universität, sodass dessen Führer, Joachim Haupt, den Vorsitz übernehmen konnte. Damit wurde die Universität in Kiel zu einem frühen Zeitpunkt Zentrum für den „Reinigungsprozess", der sich nach Hitlers Machtergreifung Anfang 1933 an den deutschen Universitäten abspielte. Die nationalsozialistischen Studenten leiteten Ende der 1920er-Jahre ihren eigenen Kampf ein gegen Lehrer und Studenten, die sie als undeutsch betrachteten. Sie verteilten Flugblätter, auf denen sie namentlich genannte Lehrer beschuldigten, Landesverräter zu sein, und einmal unterbrachen sie ein genehmigtes politisches Treffen, indem sie eine Tränengasgranate in die Versammlung warfen. In diesen Jahren gelang es ihnen auch, mehrere studentische Publikationen zu übernehmen, in denen sie ihre Agitation fortsetzen konnten. Nach 1933 wurden die nationalsozialistischen studentischen Aktionen an der Universität systematisiert, und sie zielten jetzt direkt darauf, die Mitarbeiter zu entlassen, die sie nicht mochten – ein Einsatz, den auch Jessen zu spüren bekommen sollte. Wie überall in der deutschen Gesellschaft wurden jüdische Studenten und Mitarbeiter und solche, die eine andere politische Überzeugung vertraten als die Nationalsozialisten, von der Universität ausgeschlossen. Am 1. April 1933 tauchten uniformierte Jugendliche auf und zwangen einen Professor und einen Bibliothekar, ihren Arbeitsplatz zu verlassen, und das Rektorat der Universität unterstützte dies, indem es die beiden Mitarbeiter in Urlaub schickte – ein Urlaub, aus dem diese natürlich nie wieder zurückkehrten. Diesbezüglich lagen die Studenten in Kiel im Vergleich zu ihren Kommilitonen im Rest Deutschlands in vorderster Front, und als es im Mai zu Bücherverbrennungen kam, war man in Kiel außerordentlich gut vorbereitet.

Für Jessen wurde die Übernahme seiner neuen Aufgabe in Kiel ein gemischtes Vergnügen. Die Hälfte der Ökonomen an der Universität war entlassen worden, was nicht ohne Schaden für die Forschung bleiben konnte, die dem Professor so am Herzen lag, aber gleichzeitig wurde der Nationalismus, dessen starker Befürworter Jessen war, gestärkt, und das war genau, was er sich gewünscht hatte. Hinzu kam, dass die Entlassungen es gerade ihm ermöglicht hatten, auf der Karriereleiter ein paar Stufen höher zu steigen.

Von der Presse wurde Jessen mit offenen Armen aufgenommen, und eine Zeitung in Berlin beschrieb ihn als nur 37-jährigen Professor mit Wikingerblut in den Adern. Er selbst erklärte, dass er nicht vorhabe, auf wissenschaftlichem Gebiet am Institut für Weltwirtschaft große Umwälzungen vorzunehmen, weil er der Auffassung sei, dass das Institut als Brücke zu den jungen Generationen in anderen Ländern eine wichtige Rolle zu spielen habe. In seinen Augen hatte es für den Ruf Deutschlands große Bedeutung, den Kontakt zu akademischen Kreisen im Ausland zu bewahren, da diese tonangebenden Kreise oft die Haltungen dem neuen Regime gegenüber formulierten.

Zwischen den Zeilen gab Jessen also seiner Unterstützung für die freie Forschung Ausdruck – selbstverständlich mit den Einschränkungen, die dem neuen Regime entsprachen, aber er sah einen selbstständigen Wert in Forschung und Lehre, die zum Vorteil Deutschlands seien. In seinen Augen gab es keinen Gegensatz zwischen seiner Unterstützung für den Nationalsozialismus und seiner Haltung zur Forschung, aber dieser sollte später entstehen.

Seine gesamte Persönlichkeit kam auch zum Ausdruck, als er mit Alva und Gunnar Myrdal von der Rockefeller Foundation in den USA zusammentraf, von der die Forschung am Institut für Weltwirtschaft ökonomische Unterstützung erhielt. Das Ehepaar, das drei Wochen in Kiel zubrachte, bemerkte an ihm unter anderem Charakterzüge, die häufig widersprüchlich waren: Jessen unterstützte voll und ganz die nationalsozialistische Doktrin zu Rassen und Nationen, war aber gleichzeitig ein Mann von hoher Moral. Er war ein tüchtiger Organisator, aber er war auch naiv, und es fiel ihm anscheinend schwer, Menschen psychologisch einzuschätzen. Und so verließen die beiden die Sitzungen mit Jessen mit einem alles überschattenden Eindruck, nämlich, dass Jessen ein sehr prinzipientreuer Mann war – wohlgemerkt gegenüber seinen eigenen Prinzipien.

Und er hatte insbesondere dort starke Prinzipien, wo es Forschung und Lehre galt. Sein oberster Chef, der Minister für Wissenschaft, Kunst und Volksbildung, Bernhard Rust, sagte, dass das ganze Ziel des Unterrichts in Deutschland sei, Nationalsozialisten zu schaffen, und dass es eines der vornehmsten Ziele der Lehrer sei, den Schülern ihre eigene arische Herkunft bewusst zu machen. Diese Ansicht teilte Jessen nicht. In vertraulichen Gesprächen ließ er die neueingestellten Mitarbeiter am Institut für Weltwirtschaft durch einen Freund und Kollegen wissen, dass es im Gegenteil ihre Pflicht sei, durch wissenschaftliche Arbeit und Unterricht die schlimmsten Ausschweifungen der nationalsozialistischen Bildungspolitik abzumildern. Genau wie die nationalen konservativen Politiker, die Hitler unterstützten, weil sie erwarteten, dass er durch die Regierungsverantwortung moderater werden würde, war Jessen davon überzeugt, dass er das Beste beider Welten bekommen könne – in seinem Fall der politischen und der wissenschaftlichen – und wie die Politiker in Berlin irrte er sich.

Jessens erfolgreiche Karriere sollte nicht von langer Dauer sein.

KAPITEL 4

Der Zweifler

Als Hitler am 30. Juni 1934 im Kurort Bad Wiessee eintrifft, hat es allmählich zu tagen begonnen. Die Stadt liegt ruhig an den Ufern des Tegernsees, von wo aus man Aussicht hat auf die hohen Berge, die sich in ruhigem Wasser spiegeln, während der Führer und sein Gefolge aus SS-Männern in schwarzen Uniformen direkt zum Hotel Kurheim Hanselbauer fahren. Mit seinen weißen Mauern und Dach und Fensterrahmen aus dunkelbraunem Holz ist ihr Ziel in einem besonderen Stil erbaut, der für Bayern und die Berge charakteristisch ist, und vielleicht ist dies der Grund, weshalb sich der Mann, den Hitler sucht, zusammen mit etlichen seiner Kameraden hier einlogiert hat.

Zusammen mit den bewaffneten SS-Männern stürmt Hitler in die Lobby. Den Quellen zufolge finden sie in einem der Hotelzimmer Edmund Heine, den stellvertretenden Kommandierenden der SA – der Sturmabteilung, des Privatheeres der Nazipartei –, im Bett mit einem jungen Mann. Die beiden werden auf Hitlers Befehl draußen auf dem Grundstück des Hotels erschossen. Hitler selbst und einige seiner Männer gehen weiter zu einem anderen Zimmer, wo der deutsche Reichskanzler gegen die geschlossene Tür hämmert. Im Zimmer finden Sie den übernächtigten Führer der SA, Ernst Röhm, der aufgrund des Lärms wach geworden ist und etwas benommen herauszufinden versucht, was vor sich geht. Hitler schreit und ereifert sich über dessen Verrat. Nach ein paar Minuten beendet er seine Tiraden mit den Worten:

„Ernst, du bist verhaftet!“

Zusammen mit den übrigen SA-Leuten wird Ernst Röhm von den SS-Männern in eins der vor dem Hotel bereitstehenden Fahrzeuge gedrängt und nach München gefahren zu einem gelben Gebäude mit rotem Ziegeldach, umgeben von einer hohen Mauer: dem Stadelheim-Gefängnis. Im Gefängnis werden die SA-Leute einer nach dem anderen vor ein Erschießungskommando gestellt, und jedes Mal – bevor die Schüsse krachen – fallen die gleichen Worte:

„Du bist vom Führer wegen Hochverrats zum Tode verurteilt worden. Heil Hitler!"

Ein paar Tage später übergeben Mitglieder der SS Röhm, der sein Schicksal in einer Zelle in Isolationshaft abgewartet hat, eine Pistole. Diese enthält nur eine Kugel. Es wird ihm mitgeteilt, dass er zehn Minuten habe, die Pistole zu benutzen – ansonsten würden andere kommen und es für ihn tun.

„Wenn ich ermordet werden soll, dann lasst Adolf es selbst machen!", faucht der Mann mit dem narbigen Gesicht.

Ernst Röhm ist eines der ersten Parteimitglieder und ihm ist von Anfang an Adolf Hitlers Fähigkeit, vor großem Publikum zu sprechen, aufgefallen. Er hat als Leiter der Sturmtruppen der NSDAP eine große Rolle gespielt bei Hitlers Weg an die Macht, denn es waren Röhms Leute, die in braunen Uniformen mit Schulterriemen und langen Schaftstiefeln die politischen Gegner aus dem Weg geräumt haben mit Drohungen, Gewalt und Mord – oft bei helllichtem Tag in den Straßen der deutschen Städte, ohne dass irgendjemand es gewagt hätte, etwas dagegen zu unternehmen. Und sie sind es, die vom gemeinen Volk zunehmend gefürchtet sind und gehasst werden als Unruhestifter, die Schutzgelder verlangen und sich mit großen Autos und Wirtshausschlägereien verlustieren.

Aber für Ernst Röhm ist die SA weit mehr als ein Haufen gewalttätiger Schläger. Die drei Millionen Freiwilligen, die er unter sich hat, sind ein Volksheer, das die Verantwortung für die Sicherheit des Reiches übernehmen sollte, anstelle der arroganten „Oberklassenziegenböcke", die das Offizierskorps in der nationalen Verteidigung bilden, der Reichswehr. Für ihn ist die nationale Revolution mit Hitlers Machtergreifung nun beendet, aber die andere – die sozialistische – steht nur am Anfang. Die große Mehrheit der SA-Leute kommt aus der Arbeiterklasse und sie fordert Mitbestimmung und will teilhaben an dem Reichtum, den die Geschäftsleute des Landes und der Adel im Namen des Kapitalismus angesammelt haben, während die große Mehrheit über Jahrzehnte hinweg unter Armut, Arbeitslosigkeit und Hunger gelitten hat. Ernst Röhm und seine Männer haben ihr Leben riskiert für Hitler, und sie verdienen es nun, belohnt zu werden, meinen die SA-Leute.

Der SA-Führer bekommt seine Belohnung, als sich die Tür zur Zelle nach einer Viertelstunde öffnet und zwei SS-Männer hereintreten. Die Pistole liegt immer noch vor Ernst Röhm, ohne dass sie abgefeuert wurde. Stattdessen zieht einer der Schwarzgekleideten seine Waffe.

„Mein Führer, mein Führer!“, ruft Röhm.

„Daran hättest du etwas früher denken sollen – nun ist es zu spät!“, antwortet der SS-Mann, bevor er Hitlers alten Parteigenossen erschießt.

Am Vormittag des gleichen Tages erhalten Göring und der SS-Führer Himmler, die sich in der Hauptstadt befinden, eine Nachricht und starten sofort die „Operation Kolibri“. Während die regulären Truppen des Heeres in ihren Kasernen bleiben, rückt die SS – der Sicherheitsdienst der Partei – in Berlin und 20 anderen größeren Städten Deutschlands aus und rast mit großen, schwarzen Fahrzeugen durch die Straßen. Bei sich haben sie Listen mit Namen, nicht nur von Mitgliedern der SA, aber auch von Personen, die Hitler auf die eine oder andere Weise im Weg gestanden haben oder zu dem Flügel der Partei gehören, der hinter der geheimen Aktion steht. Im Laufe der nächsten 24 Stunden werden Hunderte – vielleicht sogar mehr, keiner weiß es so genau – in ihren Häusern vor den Augen ihrer Familien erschossen oder zusammengetrieben und in Wäldern, Mooren oder SS-Kasernen hingerichtet.

Eines der großen schwarzen Fahrzeuge hält vor einem Haus in Berlin. Es gehört dem früheren Reichskanzler Kurt von Schleicher, einem General des Heeres, der hinter den Kulissen an einer Änderung der Zusammensetzung der jetzigen Regierung gearbeitet hat. Die SS-Männer finden ihr Ziel am Schreibtisch sitzend in seinem Büro. Als sie das Feuer eröffnen, tritt Schleichers Ehefrau herein und wird zusammen mit ihrem Mann getötet. An einem anderen Ort der Stadt wird der frühere enge Mitarbeiter des

Kanzlers, General Ferdinand von Bredow, in einem Polizeiwagen zu Tode geprügelt.

In einer Rede im Reichstag, die auch über den Rundfunk deutschlandweit übertragen wird, erklärt Hitler am 13. Juli, dass er gezwungen gewesen sei, die Führung der SA zu eliminieren, weil die Sturmtruppen im Begriff gewesen seien, einen Putsch vorzubereiten.

„Wenn mir jemand den Vorwurf entgegenhält, weshalb wir nicht die ordentlichen Gerichte zur Aburteilung herangezogen hätten, dann kann ich ihm nur sagen: in dieser Stunde war ich verantwortlich für das Schicksal der deutschen Nation und damit des deutschen Volkes oberster Gerichtsherr."

* * *

Die Morde an der Führung der SA und anderen politischen Gegnern 1934 wurden später berühmt als die „Nacht der langen Messer" und es sollte sich zeigen, dass sie die Weichen stellte für einen aufkeimenden Widerstand gegen Hitlers Regime – insbesondere unter einigen der Offiziere, die entscheidende Bedeutung für den Attentatsversuch bekamen, in dem Jens Peter Jessen später eine zentrale Rolle spielte.

Die SA hatte einen großen Anteil daran, dass es Hitler gelungen war, die Macht in Deutschland zu übernehmen, aber nun – im Jahr 1934 – sah die Welt ganz anders aus. Sollte Hitler sich Hoffnung machen, die Macht zu bewahren und mehr als nur eine Übergangsfigur auf dem Posten des Kanzlers zu sein, musste er sich der weiteren Unterstützung zweier Seiten sicher sein: der Reichswehr und der Wirtschaft.

Den deutschen Generälen, die an der Spitze der 100 000 Soldaten des Heeres standen, wäre es ein Leichtes gewesen, Hitler von den Zinnen der Macht zu stoßen. Und das Offizierskorps, dessen Mehrzahl aus alten preußischen Adelsfamilien stammte, hasste Röhm und seine Krawallmacher wie die Pest – nicht zuletzt, weil man zu Recht befürchtete, dass die SA, die wie gesagt mehr als drei Millionen Freiwillige in ihren Reihen hatte, das nationale Heer ersetzen wollte. Hitler hatte sich schon vorab die Unterstützung des Heeres gesichert durch das Versprechen, die Friedensbedingungen des Versailler Vertrages aufzukündigen, aber der Konflikt mit der SA drohte nun, das Heer zu einem Militärputsch zu zwingen, um die Parteisoldaten an einer Machtübernahme in Deutschland zu hindern.

Auch den Industriebossen, die bisher in Hitler ein Bollwerk gegen den Kommunismus gesehen hatten, gefiel die Entwicklung nicht. Der Reichskanzler hatte zwar die Gewerkschaften verboten und sowohl Kommunisten als auch Sozialdemokraten kaltgestellt, aber was nützte das, wenn Röhm und seine Braunhemden nun dazu aufriefen, eine weitere Revolution durchzuführen?

Anfang 1934 traf sich Hitler mit Vertretern des Heeres und der SA. Er machte Röhm klar, dass die SA niemals eine militärische Rolle in Deutschland spielen würde, welches der SA-Führer akzeptierte. So in etwa. Kurze Zeit danach konnten Hitlers Spione mitteilen, was Röhm in einer internen Konferenz der Sturmtruppen gesagt hatte:

„Was dieser lächerliche Gefreite zu sagen hat, bedeutet nichts für uns. Ich habe nicht im Geringsten die Absicht, die Vereinbarung einzuhalten – wenn wir unser Ziel nicht mit ihm erreichen können, erreichen wir es ohne ihn!"

Sowohl Göring als auch Himmler, die gerne die Macht der SA zu ihren eigenen Gunsten verringert hätten, begannen, Gerüchte über die Sturmtruppen zu verbreiten, und entfachten damit ein Feuer, das im Sommer in hellen Flammen ausbrach. Der erzkonservative Vizekanzler, der frühere Reichskanzler von Papen, hielt darüber hinaus eine Rede, die auf sein nationalkonservatives Hinterland gemünzt war, in der er sowohl die SA verdammte als auch den Fanatismus der Nationalsozialisten. Von Papens Rede hätte der Funke sein können, der das Militär und die Industrie veranlasst hätte, der Regierung Hitler die Unterstützung zu entziehen, und da Hitler von Papen nicht beseitigen konnte, ohne den Zorn von dessen Unterstützern auf sich zu ziehen, hatte er keine andere Möglichkeit, als die „Operation Kolibri" einzuleiten.

Es gab unter den Offizieren der Reichswehr nicht viele, die das Schicksal der SA beweint hätten, aber ein Teil verabscheute die Art und Weise, in der die Säuberungen erfolgt waren. Für sie waren die Gesetzlosigkeit und Brutalität, die von der SS an den Tag gelegt worden waren, nur eines barbarischen Regimes würdig – eines Regimes, das nun anscheinend den Rechtsstaat zusammen mit Röhm und seinen Schlägern begraben hatte. Einer von denen, die mit banger Erwartung in die Zukunft sahen, war General Hans Oster vom militärischen Nachrichtendienst, der Abwehr. Er und mehrere seiner Kollegen waren auch darüber verärgert, dass das Heer passiv zugesehen hatte, als die „Nacht der langen Messer" auch zwei Mitoffiziere getroffen hatte – General von Schleicher und General von Bredow. Er meinte, dass man Hitler allzu lange Zügel gelassen hätte und dass dieses das Offizierskorps die Zukunft kosten könnte. Oster, der eine wichtige Rolle im Widerstand gegen Hitler spielen sollte, bekam früher recht, als er sich vorgestellt hatte. Kaum waren die letzten SA-Leute erschossen, begann Himmler, die SS von einem Sicherheitsdienst in ein Heer zu verwandeln, das später mit der Reichswehr konkurrieren sollte.

Die große Mehrheit der Offiziere betrachtete die „Nacht der langen Messer" jedoch mit Erleichterung – das gilt auch für viele der Militärs, die sich zehn Jahre später am Attentatsversuch beteiligen sollten. Stauffenberg selbst, der später eine Hauptrolle beim Attentatsversuch gegen den Führer spielte, beschrieb die SA als einen Abzess, der früher oder später herausgeschnitten werden müsse. Aber das ändert nichts daran, dass die Offiziere zum ersten Mal seit Hitlers Machtergreifung vor die Wahl zwischen blindem Gehorsam gegenüber dem Regime oder dem eigenen Gewissen gestellt wurden, und bei einigen hatte dies also zur Folge, dass der Widerstand so langsam begann, Wurzeln zu schlagen.

Die Liquidierung der SA-Führung lenkte den Fokus auch auf einen Konflikt, der schon seit 1933 unter der Oberfläche geschwelt hatte – nämlich zwischen den Nationalsozialisten und ihren nationalkonservativen Unterstützern. Franz von Papen, der für eine kurze Übergangsphase Reichskanzler gewesen war, unterstützte Hitler in dem Glauben, dass er zusammen mit seinem Hinterland den Nazi-Führer in die Richtung lenken und manipulieren könne, die er wünschte. Es gab nicht viele Konservative und Adelige im Heer, im Beamtentum oder im Bildungssystem, die den „Gefreiten aus Österreich“ mochten, aber sie sahen ihn als den starken Mann, den das Land brauchte und der die Massen mit seinen klaren Botschaften unter Kontrolle halten konnte. Das autoritäre System befürworteten sie, aber sie hatten nicht damit gerechnet, den Rechtsstaat aufzugeben, die bürgerlichen Freiheiten und die Begriffe, die für viele Konservative zentrale Bedeutung hatten: Ehre und Anstand.

Genau diesen Unterschied zwischen den Nationalsozialisten und den Nationalkonservativen bekam Jessen am eigenen Leib zu spüren, denn in den dramatischen Sommertagen 1934 nahm auch sein Leben eine unerwartete Wendung – wenn auch keine so blutige wie für Röhm und seine Sturmtruppen.

Das Ganze begann, als Jessen einen Bericht an den Minister für Wissenschaft, Kunst und Volksbildung, Bernhard Rust, schickte. Ob Jessen diesen selbst geschrieben hatte, ob es einer seiner Assistenten oder ein ganz anderer war, ist nicht bekannt, aber der Hauptinhalt war Kritik an einem Beamten im Ministerium, der beschuldigt wurde, während eines Vortrages bei einem Treffen herabsetzend über den Rektor der Universität in Kiel und den Innenminister geredet zu haben. Den Beamten kannte Jessen nur allzu gut, denn es war der gleiche Joachim Haupt, der den Nationalsozialistischen Deutschen Hochschulbund gegründet hatte und vorangegangen war bei den Aktivitäten, die dazu führten, dass viele Universitätsmitarbeiter entlassen wurden – sogar mehrere Jahre bevor das „Gesetz zur Wiederherstellung des Berufsbeamtentums“ beschlossen wurde, das Juden und politische Gegner von ihren Posten im öffentlichen Dienst entfernen sollte.

Jessen erlebte in seinem persönlichen Umfeld unter seinen Kollegen an der Universität die Konsequenzen der Politik, für die Typen wie Joachim Haupt standen. Der Philosoph Richard Kroner, ein Christ, der jedoch jüdische Vorfahren hatte, arbeitete noch an der Universität, da das Gesetz Ausnahmen enthielt für „Nicht-

Arier", die während des Ersten Weltkrieges an der Front gekämpft hatten. Am 15. Januar 1934 unterbrach eine Gruppe Studenten die Vorlesung und protestierte gegen Kroners Herkunft. Das Rektorat der Universität versprach, eine Untersuchung der Sache in Gang zu setzen, aber der Vorfall hatte für die Studenten keine Konsequenzen, und der Professor hoffte vergeblich auf Unterstützung durch seine Kollegen.

Nur zwei traten öffentlich hervor und unterstützten ihn: der Kriminologe Hans von Hentig und der Ökonom Jens Peter Jessen.

Und nun stieß Jessen mit dem Mann zusammen, der mit großem Eifer die Entwicklung unterstützt hatte, die letzen Endes noch einen Kollegen den Arbeitsplatz kosten sollte, ohne dass er dagegen etwas unternehmen konnte.

Joachim Haupt war in der Zwischenzeit bei Jessens oberstem Chef angestellt worden, wo er an der Verwirklichung einer seiner eigenen Ideen arbeitete. Haupt hatte lange den Wunsch gehegt, eine Reihe besonderer Eliteschulen zu gründen, die auf nationalsozialistischer Grundlage arbeiten sollten, ohne Anknüpfung an das allgemeine Schulwesen. Mit diesem Gedanken konnte sich der nationalkonservative Finanzminister in Preußen, Johannes Popitz, nicht anfreunden, und sein Protegé war mit ihm einig.

Gleichzeitig gehörte Joachim Haupt zum linken Flügel der NSDAP. Er war Mitglied der SA und unterstützte die Parteigenossen, die großen Wert legten auf den Sozialismus im Wort „Nationalsozialismus" und die deshalb auf die kommende „zweite Revolution" warteten, von der Ernst Röhm sprach – eine Revolution, die es denjenigen Kräften kalt den Rücken hinunterlaufen lassen konnte, die wohl die Wiederaufrichtung des Vaterlandes durch die Nationalsozialisten wünschten, aber keinesfalls etwas zu tun haben wollten mit Sozialismus oder Marxismus.

Hinzu kam, dass Haupt im Ministerium vorgesehen war als Leiter der Abteilung für die Universitäten, was ihm nicht nur weit größeren Einfluss geben würde, als Jessen es im Augenblick befürchten musste. Er würde auch über Jessen und seinem Institut für Weltwirtschaft angesiedelt sein.

Mit anderen Worten war hier ein Konflikt angelegt, der in seinem Ursprung in mancher Hinsicht an den erinnerte, der im Laufe des Jahres zur „Nacht der langen Messer“ führen sollte.

Wenn Jessen – wieder muss unterstrichen werden, dass man nicht weiß, ob er den Bericht selbst schrieb, ob er überhaupt den Inhalt kannte oder ihn nur weiterleitete, ohne ihn zu lesen – gehofft hatte, dass die Informationen über Haupts Vortrag dazu führen würden, dass dieser entlassen würde, sah er sich getäuscht. Stattdessen wurden Jessen und seine Assistenten Gegenstand einer polizeilichen Untersuchung, die aufdecken sollte, wer hinter der Schmähkampagne gegen einen hochgestellten Beamten des Ministeriums stand.

Die Polizei folgerte daraus nicht, dass Jessen den Bericht geschrieben hatte – dafür gab es keinen Beweis. Man meinte vielmehr, dass es Feinde des Staates gewesen seien, entweder Marxisten oder Reaktionäre, Nationalkonservative, die Jessens enge Kontakte zum Minister benutzt hätten, um Joachim Haupt anzuschwärzen. Die Polizei unterstrich gleichzeitig, dass an den Gerüchten nichts Wahres sei, aber dass sie von jemandem in die Welt gesetzt worden seien, der Haupts Chancen verringern wolle, Leiter der Abteilung für Universitäten im Ministerium zu werden.

Schrieb Jessen den Bericht nun, oder ließ er ihn schreiben?

Man weiß es nicht, aber er hatte auf jeden Fall ein Motiv und hätte nur Krokodils-Tränen vergossen, wenn Haupt seinen Einfluss verloren hätte, denn er und Haupt waren auf sehr unterschiedliche Weise Nationalsozialisten, erklärte er der Polizei. Wo Haupt offenbar das Volk als Untertanen sah, meinte Jessen selbst, dass man die Massen als Einzel-Individuen betrachten müsse, und es war schwer, zwischen diesen beiden Auffassungen eine Brücke zu bauen.

Warum Jessen sich der Polizei gegenüber in dieser Weise äußerte, ist schwer zu sagen – vielleicht hatte sein alter Lehrmeister, Bernhard Harms, recht, dass Jessen auf einigen Gebieten naiv war und nicht verstand, dass es um ihn herum Feinde geben könne? Fest steht jedenfalls, dass Jessens Zuhause und das Büro im Institut kurz darauf ohne sein Wissen durchsucht wurden, ebenso wie er selbst verhaftet und noch einmal verhört wurde.

Jessen gab jedoch nicht ohne Weiteres auf. In einem Brief vom Anfang Februar 1934 schrieb er an die Behörden, dass er sich das Recht vorbehalte, Genugtuung zu verlangen für Zwang, Überschreitung der Dienstbefugnisse und die Freiheitsberaubung, der er ausgesetzt gewesen war, und er forderte, sofort etwas zu unternehmen, damit diejenigen, die ihn diesen Ungesetzlichkeiten unterworfen hätten, bestraft werden könnten. Und damit begnügte er sich nicht. Als er in Zwangsurlaub geschickt wurde und Bescheid erhielt, sich nicht in Kiel zu zeigen, solange Studenten an der Universität unterrichtet würden, ignorierte er diesen Befehl. Haupt entdeckte ihn eines Tages am Bahnhof und zeigte ihn bei der Polizei an, die ihn, nachdem sie ihn verhört hatte, am 9. Juni 1934 unter Hausarrest stellte. Wieder setzte sich Jessen an seine Schreibmaschine. In wütenden Wendungen machte er die Behörden darauf aufmerksam, dass seine bürgerlichen Rechte unterdrückt worden seien. Sie gaben ihm erstaunlicherweise recht und stellten fest, dass deutsche Bürger das Recht hätten, sich dort aufzuhalten, wo sie wollten, was auch für Jessen gelte.

Es mag merkwürdig klingen, dass die Behörden Jessen gegenüber überhaupt Eingeständnisse machten, aber man muss sich in Erinnerung rufen, dass die Abrechnung mit der SA mit schnellen Schritten nahte. Joachim Haupt und seine Kameraden waren kurz davor, ihre Rolle ausgespielt zu haben, und es ist nicht unwahrscheinlich, dass sich die Polizei darüber im Klaren war.

Rein dienstlich konnte man jedoch nicht ignorieren, dass Jessen seiner Verantwortung nicht gerecht geworden war, den famosen Bericht durchzusehen, ehe er an den Minister geschickt wurde. Nach der Machtergreifung der Nationalsozialisten im Vorjahr waren alle Teile der Gesellschaft nach dem Führerprinzip geordnet worden. Das bedeutete unbedingten Gehorsam gegenüber Vorgesetzten, und davon war das Verhalten Jessens in dieser Sache nicht geprägt. Unter Bezugnahme auf das „Gesetz zur Wiederherstellung des Berufsbeamtentums“ wurde er an die Universität in Magdeburg versetzt, weil er es unterlassen hatte, die Informationen in dem Bericht über Joachim Haupt zu prüfen. Gleichzeitig drückte der Minister, Bernhard Rust, dem jetzt ehemaligen Leiter des Instituts für Weltwirtschaft seine größte Missbilligung aus.

Jessen war sowohl wütend als auch enttäuscht. Dass er einen dienstlichen Fehler begangen hatte, stand außer Zweifel, dass eine solche Bagatelle aber den ganzen totalitären Machtapparat in Bewegung setzen sollte in Form von Verhaftung, Verhör und Hausdurchsuchung, war völlig überzogen, meinte er. Wieder hatte er auf der persönlichen Ebene die nationalsozialistische Wirklichkeit kennengelernt – und diesmal war er selbst das Opfer. Jessen war nicht nur erschüttert, sondern auch verärgert über die Strafe, aber er konnte dagegen nichts ausrichten. Seine Karriere war ruiniert.

Das Gleiche konnte man auch über die deutsche Ökonomie sagen.

Zu Beginn des Jahres 1934 hatte die Reichsbank, die deutsche Nationalbank, kaum noch ausländische Währung. Es gab so wenig Geld in der Kasse, dass davon nur noch der Import von Waren für eine Woche gedeckt werden konnte. Zum Vergleich: heute empfiehlt der IWF, dass ein Land für mindestens ein halbes Jahr Währungsreserven vorhalten muss. Dies war eine Katastrophe für die deutsche Wirtschaft, die außerordentlich abhängig war von ausländischen Rohstoffen, wenn sie die Produkte herstellen sollte, die exportiert wurden und Deutschland Geld einbrachten.

Wie erwähnt weigerte sich die Regierung aus Furcht vor Inflation, die Mark abzuwerten, sodass das Land stattdessen die Zahlung seiner Schulden einstellte. Das veranlasste die Handelspartner Deutschlands, Sanktionen einzuführen. Es gelang letzendlich, den Import von Rohstoffen zu steigern, aber obwohl mehr produziert wurde, stieg der Export nicht, denn Hitler hatte nur eins im Blick: die Aufrüstung.

1934 ging die Hälfte des Geldes, das der Staat für Waren und Dienstleistungen ausgab, an das Militär, und die Zahlen stiegen stetig weiter. Und das geschah alles mit geliehenem Geld. Teils lieh sich Deutschland das Geld durch Ausstellen von Staatsobligationen wie alle anderen Länder. Daneben bediente man sich auch

Methoden, die eher das Tageslicht scheuen mussten. Zum Beispiel kauften Exportunternehmen billige deutsche Staatsobligationen im Ausland – die waren im Preis stark gefallen, nachdem Hitler zur Macht gekommen war –, wonach die Reichsbank sie zu einem etwas höheren Preis kaufte. Er war jedoch geringer als das, was die ausländischen Besitzer hätten haben sollen. Die Nationalbank gründete zusammen mit einigen der größten deutschen Unternehmen eine dezidierte Scheingesellschaft, die Wertpapiere ausstellte, die dazu benutzt wurden, die Firmen zu bezahlen, die Waffen, Panzer und anderes Rüstungsgut für die Landesverteidigung produzierten. Die Papiere gaben gute Zinsen, sodass die wenigsten in der Nationalbank eingelöst wurden. Das war ein Glück, denn es hätte für sie aufgrund der schlechten Wirtschaftslage keine Deckung gegeben.

Die ökonomischen Bocksprünge bedeuteten indessen nicht, dass man sich unbegrenzten Import leisten konnte. Das Regime stand vor der Wahl: Entweder konnte man den zivilen Teil der Privatwirtschaft begünstigen oder den Teil der Industrie, der zur Aufrüstung beitrug. Die Wahl fiel auf das Letztere, und das setzte voraus, dass der Import vom Staat gesteuert wurde. Nicht weniger als 25 verschiedene Behörden wurden eingerichtet, um die ausländische Valuta zu verteilen, die zur Verfügung stand, und 1935 wurde es geradezu verboten, ausländische Waren ohne Genehmigung der Regierung zu importieren. Für einen großen Teil der Unternehmen bedeutete dies, dass sie ihre Lager leeren mussten, um die Produktion fortzusetzen, aber dann war das Ende auch erreicht. Es waren nur ein internationaler Aufschwung und höhere Steuern auf die Umsätze der Unternehmen, die zur Unterstützung des Exports benötigt wurden –, die einen Staatsbankrott verhinderten.

Jessen war über die Art, wie das Regime die Wirtschaft behandelte, sowohl nervös als auch verärgert. Was die Volkswirtschaft anbelangte, war er von seinem alten Lehrmeister beeinflusst, dem liberalen Bernhard Harms. In Jessens Augen verhöhnte die Regierung ganz fundamentale Grundsätze wie finanzielle Verantwortung, eine starke Privatwirtschaft und so wenig staatliche Einmischung wie möglich. Er baute seine Argumente auf wissenschaftliche Ergebnisse und war der Auffassung, dass die Regierung das Gleiche tun solle, statt mit der ökonomischen Zukunft des Landes zu pokern. Damit hielt er in wissenschaftlichen Artikeln und Berichten auch nicht hinter dem Berg zurück, in denen er vor der massiven staatlichen Einmischung in die Ökonomie warnte.

Aber es waren schwere Zeiten für liberale Ökonomen.

Das deutsche Volk hatte im Laufe der beiden letzten Jahrzehnte eine Krise nach der anderen erlebt. Freie Märkte und internationaler Handel hatten in den Augen vieler nur zu Arbeitslosigkeit, steigenden Preisen und Armut geführt, und trotzdem meinten die Fürsprecher des Kapitalismus, dass die Kräfte des Marktes schon dafür sorgen würden, das alles wieder gut würde. Dies Argument ließ sich nur schwer verkaufen, und deshalb war es für Extremisten beider Flügel leicht, mit Botschaften von einfachen Lösungen durchzudringen.

Hitler betrachtete den Glauben der Liberalen an die Steigerung von Produktion, Handel und internationaler Zusammenarbeit mit Verachtung.

In seinen Augen waren die ganz entscheidenden Faktoren der Weltgeschichte weder Erfindertum, harte Arbeit noch konkurrenzfähige Produkte – es handelte sich stattdessen um den Kampf um Ressourcen zwischen Nationen und Rassen. Wenn Großbritannien sich gut behauptete, dann dank der großen Flotte und den Kolonien des Landes. Da Deutschland nichts von beidem hatte, gab es nur die Lösung, sich Lebensraum im Osten zu verschaffen. Mit anderen Worten: was Deutschland nicht selbst hatte, musste es sich erobern. Und dies war nur möglich, wenn das Land über ein starkes Militär verfügte, dass sich mit dem der Briten messen konnte – alles andere war gleichgültig.

Jessen versuchte trotzdem weiter, die ökonomische Politik der Partei zu beeinflussen. Er hatte nach wie vor den Glauben daran, dass er mit seinen Argumenten dem Regime verständlich machen könnte, dass die nationalsozialistische Volkswirtschaft auf dem Wissen des finanziellen Systems fußte, das er und andere Forscher hatten, und dass die Ideologie manchmal wissenschaftlichen Fakten weichen müsse.

Aber so sah der Führer die Dinge nicht.

„Ökonomie ist von sekundärer Bedeutung“, resümierte der Diktator.

KAPITEL 5

Vom Zweifler zum Gegner

Am 12. September 1938 sind Straßen, Märkte und Gebäude in Nürnberg voller Blumenschmuck und überall wehen schwarz-weiß-rote Flaggen mit dem Hakenkreuz in der Mitte. An einem Rednerpult unter einem riesigen goldenen Adler, der in seinen Klauen ein mit Lorbeer umkränztes Hakenkreuz trägt, hält Hitler die Abschlussrede des jährlichen Reichsparteitages.

„Ich kann aber den Vertretern dieser Demokratien nur sagen, dass uns dies nicht gleichgültig ist, und dass – wenn diese gequälten Kreaturen kein Recht und keine Hilfe selbst finden können – sie beides von uns bekommen werden ..."

Die Rede, die von der deutschen Minderheit in der Tschechoslowakei handelt, wird unterbrochen von aufbrausendem Jubel, der dem Rednerpult entgegenbrandet.

„SIEG HEEEEIIIIL! SIEG HEEEEIIIIL!", rufen die Zuhörer wieder und wieder.

Hitler fährt fort und warnt die Regierungen in Europa, dass er nicht gedenkt, die Hände in den Schoß zu legen, solange die Deutschen im Sudetenland – dem westlichen Teil der Tschechoslowakei – unter fremder Herrschaft leben müssen. Er unterstreicht, dass Deutschland eine friedliebende Nation sei und dass es die Provokationen der tschechischen Regierung seien, die den Frieden auf dem europäischen Kontinent bedrohen.

Nach unzähligen Zurufen und Beifallsstürmen erreicht Hitler den Höhepunkt seiner Rede mit einer Stimme, die heiser geworden ist und fast zu brechen droht:

„Keine Verhandlungen, keine Konferenzen und keine Vereinbarungen gaben uns Deutschen unser natürliches Recht zur Einheit. Wir mussten das Gesetz in unsere eigenen Hände nehmen, und dazu waren wir im Stande aufgrund eurer Existenz, meine Soldaten!"

Während sich die Parteispitzen in Nürnberg versammeln, bereitet sich eine Gruppe von Männern in Berlin auf die Abrechnung mit dem Führer und seiner wahnwitzigen Politik vor.

Die Blätter an den Bäumen der Hauptstadt haben eine andere Farbe angenommen. Es wird Herbst. Auf den Straßen und in den Gassen frösteln die Berliner in der Morgenkälte dieses Septembertages und bemerken kaum das Auto, das im Regierungsviertel um die Wilhelmstraße von einem Gebäude zum anderen fährt: Reichskanzlei. SS-Hauptquartier, Luftfahrtministerium. Wenn jemand das Auto anhielte und durch die Scheiben sähe, würde er – neben der weiblichen Fahrerin – zwei Männer sehen, einen General des Heeres und einen Polizeibeamten, die verschiedene Gebäude genau studieren.

Als sie die Beobachtung der Regierungsgebäude beendet haben, fährt die Frau sie hinaus in die Vorstädte, wo sie wieder anhält. Dieses Mal sehen die beiden Männer sich die SS-Kasernen in Lichterfelde und einen Rundfunksender bei Königs Wusterhausen im nördlichen Teil von Berlin genauer an.

Die beiden hören ohne Zweifel Hitlers Rede in Nürnberg, denn sie wird vom Rundfunk in ganz Deutschland direkt übertragen. Bei seinen Worten läuft es vielen Leuten kalt den Rücken herunter – nicht zuletzt General Hans Oster vom militärischen Nachrichtendienst, der Abwehr. Oster ist ein großer, eleganter Gentleman der alten Schule, und er ekelt sich vor dem Nazi-Regime, das in seinen Augen die deutsche Ehre besudelt hat mit Fanatismus und Gesetzlosigkeit. Er ist davon überzeugt, dass Hitlers aggressive Politik zu einem Zeitpunkt zum Krieg führen wird, an dem die bewaffneten Kräfte überhaupt noch nicht bereit sind, und das würde in seinen Augen gleichbedeutend sein mit dem Untergang Deutschlands als Nation. Durch seine Arbeit im Nachrichtendienst hat er ein Netzwerk von Militärpersonen, Polizisten und Beamten aufgebaut, die die gleiche Haltung haben wie er selbst und die bereit sind, ihren Worten Taten folgen zu lassen. Zwei von ihnen sind die Männer, die die wichtigsten Gebäude der Stadt beobachtet haben, zusammen mit der weiblichen Fahrerin.

Ein dritter ist der knapp vierzigjährige Friedrich Wilhelm Heinz. Heinz kämpfte in den Schützengräben des Ersten Weltkrieges und hatte es – wie viele andere junge Soldaten – schwer, sich an ein Leben als Zivilist zu gewöhnen. Wieder in Deutschland wurde er Mitglied des gewalttätigsten Freikorps, das er finden konnte, und dann fand er 1928 Aufnahme in den Reihen der NSDAP. Er wurde allerdings zwei Jahre später hinausgeworfen, weil er dem linken Flügel der Partei angehörte, Hitlers diktatorischen Stil nicht mochte, und nun macht es ihm nichts aus, sich auf die Seite der Gegner zu stellen.

Am 28. September 1938 gehen Heinz und eine Gruppe von Männern still unter einem langweiligen, grauen Herbsthimmel durch die Straßen Berlins. Die Männer, die sich u. a. von Straßenkämpfen gegen Sozialdemokraten und Kommunisten in den Tagen der Weimarer Republik kennen, gelangen „ohne Aufsehen zu wecken" zum Hauptquartier des Heeres in der Bendlerstraße. Der Anführer rüstet sie sowohl mit Schusswaffen als auch mit Handgranaten aus, die sie kontrollieren, während einige von ihnen sich die trockenen Lippen lecken.

In Kürze werden Heinz und seine Männer sich einen Weg in die Reichskanzlei bahnen, um Hitler zu töten – sie warten nur auf das Signal.

In seinem Büro bei der Abwehr, wenige Straßen von der Bendlerstraße entfernt, steht General Oster mit einer Mappe, die für ihn und seine Mitverschwörer alles entscheidend sein wird. Während der letzten Monate hatte er einen Boten nach dem anderen nach Großbritannien geschickt, um mit der englischen Regierung ins Gespräch zu kommen. Alle haben versucht, den Briten unmissverständlich klar zu machen, dass die Gegner des Hitler-Regimes das Heer im Rücken haben müssen, um ihn von der Macht zu vertreiben. Das können sie erreichen, wenn Großbritannien Hitler mit Krieg droht für den Fall, dass er sich entscheidet, in die Tschechoslowakei einzumarschieren. Bis vor Kurzem wollte die Regierung in London fast alles tun, um den Frieden zu bewahren, aber nun hat sie Hitler endlich den Stuhl vor die Tür gesetzt. In der Mappe liegt eine Kopie von Hitlers Antwort an den britischen Premierminister, Neville Chamberlain, die Oster durch seine vielen Kontakte in die

Hände bekommen hat: Der deutsche Diktator weist Chamberlains Forderung zurück, und der Krieg kann jetzt jederzeit beginnen.

Oster setzt sich mit General Erwin von Witzleben in Verbindung, der Leiter der Streitkräfte des Heeres in Berlin ist und die gleiche Haltung vertritt wie Oster. Von Witzleben und seine Truppen sollen die wichtigsten Gebäude in Berlin besetzen, wenn Heinz und seine Gruppe zu Hitler in die Reichskanzlei eingedrungen sind – doch glaubt der General, dass Deutschlands oberster Führer nur verhaftet werden soll. Wie die meisten anderen tief konservativen und religiösen Verschwörer kann er nicht akzeptieren, dass man ohne vorherigen fairen Prozess einen anderen Menschen hinrichtet. Deshalb weiß er nichts von der Vereinbarung, die Oster mit Heinz getroffen hat.

Aber als sich Heinz von der Bendlerstraße in Richtung des Machtzentrums in Berlin bewegen will, müssen die Attentäter ihre Pläne abbrechen.

Hitler sagt ja zu Verhandlungen – und er bekommt das, was er haben will, ohne den Krieg zu erklären: Die Tschechoslowakei muss das Sudetenland an das Deutsche Reich abgeben und alle ethnischen Tschechen sollen das Gebiet vor dem 10. Oktober verlassen. Damit kann Deutschland die tschechischen Verteidigungsanlagen im Grenzgebiet übernehmen, während der Rest der Tschechoslowakei ohne Verteidigungsanlagen bleibt.

Die Stimmung ist gedrückt, und es gibt kaum ein Lächeln, als die wichtigsten Verschwörer sich am Abend des 29. September in General von Witzlebens Wohnung in Berlin treffen.

„Sehen Sie, meine Herren, für unsere arme, irregeleitete Nation ist er wieder unser lieber, so hochgeliebter Führer, einzigartig, von Gott gesandt ... Und wir, wir sind nur ein Haufen reaktionärer und unzufriedener ... missmutiger Offiziere und Politiker, die es wagen, dem größten Staatsmann aller Zeiten im Augenblick seines größten Triumphes kleine Steine in den Weg zur werfen“, sagt der General zu den Anwesenden.

Ein neuer Versuch kommt nicht in Frage, solange Hitler das Volk auf seiner Seite hat, und als sich die Gruppe einige Tage später bei von Witzleben wieder trifft, wirft sie alle Dokumente, die das Attentat betreffen, in den Kamin des Generals.

* * *

In Deutschland war Hitler nun der unumstrittene Herrscher. Er war es de facto schon seit dem 2. August 1934 – wenige Tage nach der „Nacht der langen Messer" –, als der alternde deutsche Reichspräsident, Paul von Hindenburg, verstarb. Das Amt des Reichspräsidenten und das des Reichskanzlers waren jetzt in einer Hand und danach wählte Hitler für sich den Titel „Führer". Bei einer Volksabstimmung einige Wochen später – bei der selbstverständlich niemand anderes als die Nationalsozialisten zu Wort kam, stimmten 90 % der deutschen Bevölkerung für diese Änderung, und damit war der letzte Stein auf dem Weg zur absoluten Macht in Deutschland aus dem Weg geräumt.

Tags darauf wurde auch der Eid geändert, den Beamte und Soldaten gegenüber Volk und Vaterland ablegen mussten. Nun mussten stattdessen alle Hitler als Person ewige Treue schwören – ein Vorschlag von Verteidigungsminister Werner von Blomberg. Es mag merkwürdig klingen, aber der Minister wollte so Hitler enger mit dem Heer verbinden gegen Partei und SS. Der Eid sollte eine ausschlaggebende Bedeutung für viele Gegner des Regimes der Nationalsozialisten im Heer bekommen, und von Blomberg musste bald erkennen, dass sich der Führer auf diese Weise nicht zähmen ließ.

Dies war auch nicht der Fall in der Frage der Behandlung deutscher Bürger jüdischer Herkunft. Auf dem Reichsparteitag 1935 wurden die Nürnberger Gesetze eingeführt. Sie enthielten teils Bestimmungen darüber, wer als Jude zu betrachten sei, teils solche, die mit der Zeit die Juden aus der übrigen deutschen Gesellschaft heraustrennen sollten. Eines der beiden Gesetze, das Reichsbürgergesetz, machte „nicht-arische" Einwohner in Deutschland zu Bürgern zweiter Klasse, während das „Gesetz zum Schutz von deutschem Blut und deutscher Ehre" unter anderem die Ehe und den Geschlechtsverkehr zwischen „Ariern" und

„Nicht-Ariern“ verbot. Es wurde bestimmt, dass jeder, der mindestens drei jüdische Großeltern hätte, selbst Jude war, und mit den Nürnberger Gesetzen begann die Diskriminierung, die in den Folgejahren den jüdischen Mitbürgern alle Rechte nahm. Jüdische Geschäfte wurden nun offiziell boykottiert, und die jüdischen Bürger trafen weitere Verbote: ihre Arbeitsmöglichkeiten wurden stark eingeschränkt, sie durften sich nicht an den gleichen Orten bewegen wie andere, ihnen wurde verboten, zu bestimmten Zeitpunkten einzukaufen, ihr Eigentum wurde beschlagnahmt, der Judenstern eingeführt und so ging es weiter Schritt für Schritt einem der größten Verbrechen in der Menschheitsgeschichte entgegen.

Gleichzeitig lief die Aufrüstung in Deutschland mit voller Kraft weiter und Hitler verhehlte nicht, dass er die Absicht habe, die Macht des Militärs zu nutzen, um außenpolitische Ziele zu erreichen. Am 5. November 1937 hatte Hitler das Oberkommando der Wehrmacht – wie die Reichswehr nun genannt wurde – einberufen und das Außenministerium. Zugegen waren neben Hitler und seinem Adjutanten der Außenminister Konstantin von Neurath, Verteidigungsminister Werner von Blomberg, der Oberkommandierende des Heeres, Werner von Fritsch, der Oberkommandierende der Marine, Erich Raeder, und der erste Mann der Luftwaffe, Hermann Göring. Auf dem Treffen machte Hitler klar, dass er die Absicht habe, vor Ende 1938 in die Tschechoslowakei einzumarschieren, wogegen sowohl von Blomberg als auch von Fritsch heftig opponierten – nicht, weil sie irgendwelche Skrupel vor einem Angriffskrieg gegen die Tschechen gehabt hätten, sondern weil sie meinten, dass das Heer noch zu schwach sei und dass Deutschland eine Wiederholung des Ersten Weltkrieges riskiere, weil es in diesem Fall sowohl Frankreich als auch Großbritannien und Russland gegen sich hätte.

Wenige Monate später waren beide Generäle arbeitslos.

Der Verteidigungsminister war Witwer und hatte sich in eine junge Büroangestellte verliebt, die ein Vorleben als Escortmädchen in einem der teuersten Berliner Nachtclubs hatte. Er vertraute sich Göring an und erzählte, dass er die junge Dame gern heiraten wolle, aber nicht sicher sei, wie Hitler darauf reagieren würde. Göring versprach, die Sache mit dem Führer zu besprechen, und am Ende waren sowohl Göring als auch Hitler Gäste bei der Hochzeit. Kurze Zeit später tauchten dann jedoch pornografische Fotos der neuen Frau von Blomberg auf und über Umwege landeten die Bilder auf dem Schreibtisch des ehrgeizigen Untergebenen des Verteidigungsministers, General Wilhelm Keitel. Er zeigte die Bilder Göring, der sich selbst Hoffnungen machte, die Kontrolle über das Heer zu übernehmen, und damit bekam Hitler sie am Ende zu Gesicht. Damit hatten die Top-Nazis einen Grund, den schwierigen General loszuwerden, und am Ende wurde von Blomberg entlassen, das Verteidigungsministerium abgeschafft und Hitler persönlich übernahm die Kontrolle über die bewaffneten Streitkräfte.

Von Blombergs Entlassung machte dem Führer der SS, Heinrich Himmler, Appetit auf mehr. Himmler wollte das Heer nach und nach schwächen und es durch die SS ersetzen, und sollte ein vergleichbarer Skandal den Oberkommandierenden des Heeres, Werner von Fritsch, treffen, wäre der Weg dafür frei. Dass es über von Fritsch nichts „Schmutziges auszugraben“ gab, war dabei kein Hindernis. Es wurde eine falsche Geschichte über eine angebliche Homosexualität erfunden, und ein falscher Zeuge machte eine Aussage gegen den Junggesellen von Fritsch. Am Ende erging es ihm wie seinem Kollegen. Als Hitler von Fritsch fragte, wen er als seinen Nachfolger ernennen solle, schlug von Fritsch seinen Stabschef, General Ludwig Beck, vor. Hitler wusste, dass Beck ein Gegner der Nationalsozialisten war, und ernannte einen der wenigen Offiziere, die das Regime aus vollem Herzen unterstützten, General Wilhelm Keitel, dem man den wenig schmeichelhaften Spitzenamen „Lakeitel“ verpasst hatte.

Die Entlassungen von Blombergs und von Fritschs wurden für einen Teil der Offiziere des Heeres der Tropfen, der das Fass zum Überlaufen brachte. Einer von ihnen war der vorgenannte Ludwig Beck, der in der Zeit vor dem Treffen zwischen Hitler und dem britischen Premierminister mit General Oster von der Abwehr zusammengearbeitet hatte, um den Weg für einen Putschversuch zu bereiten. Die beiden Männer trafen sich regelmäßig und es war für sie schwer zu verstehen, dass im Heer niemand gegen die Art und Weise protestierte, in der mit zwei der tüchtigsten und höchstrangigsten Soldaten in Deutschland umgegangen worden war. Für sie war dies ein weiteres Beispiel dafür, dass der Nationalsozialismus nicht nur rein politisch ein Fehler sei, sondern auch in moralischer Hinsicht. Davon zeugte auch der Umgang mit den Juden in Deutschland.

In den folgenden Monaten schrieb Beck eine Reihe von Briefen an Hitler, in denen er ihn warnte, militärisch gegen die Tschechoslowakei vorzugehen, aber der Führer dachte nicht daran, seine Pläne aufzugeben.

„Ich verlange nicht, dass meine Generäle meine Befehle verstehen – nur dass sie ihnen gehorchen", lautete der Bescheid des vormaligen Gefreiten.

Anlässlich eines Treffens der obersten Generäle des Heeres Anfang August 1938 forderte Beck seine Kollegen auf, gemeinsam zurückzutreten, wenn Hitler ihnen nicht folgen würde, aber zwei von ihnen „petzten" bei Hitler, und zwei Wochen später suchte Beck um seinen Abschied nach.

Ludwig Beck entstammte einer hessischen Offiziersfamilie, und eine Karriere beim Militär war mehr oder weniger vorgezeichnet. Er war konservativ, Gentleman alter Schule und ein tüchtiger Organisator. Anfänglich begeisterte er sich für Hitler und die Nationalsozialisten – nicht zuletzt, wenn es um ihre Versprechen ging, das Heer und die deutsche Nation wieder aufzurichten –, aber er wurde schnell zu einem der heftigsten und offenherzigsten Kritiker Hitlers und betrachtete das Regime der Nationalsozialisten als einen Fleck auf der Ehre Deutschlands. Er war trotz seines unverhohlenen Widerstandes ein in sich gekehrter Mensch, der gut überlegte, bevor er sich äußerte, und er wurde von vielen als eine Art Asket betrachtet, da er ein stilles, genügsames Leben führte. Gerade deshalb wurden seine Proteste von den anderen Generälen zur Kenntnis genommen. Die meisten hatten die gleiche Haltung. Es wollte jedoch keiner von ihnen mit Hitler auf Kollisionskurs kommen.

Auch nicht im Herbst 1938, als Europa an den Rand eines neuen großen Krieges geriet, der jedoch im letzten Augenblick abgewendet werden konnte, weil Frankreich und Großbritannien gegenüber Hitlers Forderungen nachgaben im Glauben daran, der deutsche Diktator würde sein Wort halten und keine weiteren Grenzverschiebungen verlangen.

Dabei waren beide Länder – und der Rest von Europa – in den vergangenen Jahren Zeugen gewesen, wie Deutschland die eine Bestimmung des Versailler Vertrags nach der anderen übertreten hatte, ohne dass irgendwer etwas dagegen unternommen hätte: Im Februar 1935 gab Hitler Göring den Befehl, eine deutsche Luftwaffe aufzubauen, und einen Monat später veröffentlichte er Pläne, das Heer zu vergrößern und unter anderem die Wehrpflicht wieder einzuführen.

Im Jahr darauf sandte Hitler deutsche Truppen in das Rheinland an die Grenze zu den Niederlanden, Belgien, Luxemburg und Frankreich. Auch wenn das Rheinland ein Teil Deutschlands war, durften sich in dem Gebiet keine deutschen Soldaten aufhalten, weil es nach Ende des Ersten Weltkrieges als entmilitarisierte Pufferzone dienen sollte. Für Hitler war es ein großes Vorhaben, ganz offen 32000 Soldaten und Polizisten ins Rheinland zu schicken, denn die deutschen Streitkräfte wären zu diesem Zeitpunkt nicht annähernd stark genug gewesen, den Franzosen zu trotzen, wenn die französische Regierung ihrem Heer die Order gegeben hätte, die Deutschen aus dem Gebiet hinauszuwerfen. Hitler wusste das und hatte vorab bestimmt, dass die Soldaten und Polizisten sich zurückziehen sollten, wenn sie auch nur auf den geringsten Widerstand stießen, aber da sich Frankreich mitten in einer politischen Krise befandt, geschah nichts. Die Briten unternahmen auch nichts, weil die meisten europäischen Politiker es eigentlich als Deutschlands Recht ansahen, über das Rheinland zu bestimmen, das – wie erwähnt – innerhalb der deutschen Grenzen lag. Hitler öffnete dies die Augen. Frankreich hatte gewusst, dass Deutschland für das Rheinland, das eine Barriere gegen Deutschland darstellte, keinen Krieg beginnen wollte, und deshalb schloss der deutsche Diktator, dass die Franzosen kaum einen Finger rühren würden, wenn er sich fortan auf die Grenzgebiete in Osteuropa konzentrierte. Was die Briten betraf, konnte er nun davon ausgehen, dass der Text des Versailler Traktats nicht länger in Stein gemeißelt sei, sondern dass er jetzt die Möglichkeit hatte, einige Teile der Vereinbarung zu ignorieren, ohne dass etwas passieren würde.

Und er behielt recht. Am 14. März 1938 überschritten deutsche Truppen die Grenze nach Österreich und das Land wurde daraufhin Deutschland einverleibt, ohne dass es zu Konflikten kam, weder mit Frankreich noch mit Großbritannien.

Der ehemalige Generalstabschef Beck war entsetzt. Ein Ort, an dem er seine Wut über Hitlers Pläne zum Einmarsch in die Tschechoslowakei zum Ausdruck bringen konnte, war die sogenannte Mittwochsgesellschaft, die sich jeden zweiten Mittwoch in Berlin traf – daher der Name. Die Gesellschaft hatte seit Mitte des 19. Jahrhunderts existiert und immer nur 16 Mitglieder mit jeweils eigenem wissenschaftlichen Bezug und einer Stellung in Heer, Staatsverwaltung, Diplomatie und der Welt der Forschung. Die Mitglieder trafen sich abwechselnd in ihren Privathäusern, wo der jeweilige Gastgeber einen Vortrag hielt, bevor man zur offenen Debatte über Wissenschaft, Kultur, Geschichte und aktuelle Ereignisse überging. Die Gesellschaft hielt sich prinzipiell aus der Politik heraus. Da sich die Gespräche aber häufig um Ethik und Staatsrecht drehten, war es unmöglich, das Thema Nazismus zu umgehen. Der Schriftsteller Paul Fechter beschrieb die Mittwochsgesellschaft als eine Insel von Freigeistern inmitten eines Meeres der Gleichschaltung.

„Jeder einzelne dieser Männer hielt auf seine Weise und mit seinen eigenen Werten die Fahne des Geistes hoch in einer Zeit, in der alles, was mit dem Geist verbunden war, misstrauisch beäugt wurde."

Anlässlich eines Treffens der Mittwochsgesellschaft begegnete Beck einem großen, schlanken Nationalökonomen, den ein Mitglied – der ehemalige deutsche Botschafter in Rom, Ulrich von Hassell – als typisch nordschleswigsch beschrieb: ein nachdenklicher Mann, der selten durchscheinen ließ, was er fühlte oder worüber er nachdachte, dafür aber ein Mensch war, dessen Gesellschaft sehr angenehm war, wenn man ihn kennenlernte.

Dieser Nationalökonom hieß Jens Peter Jessen.

Vieles hatte sich in Jessens Leben ereignet, bevor man ihn im Herbst 1939 zu seiner ersten Sitzung in der Mittwochsgesellschaft einlud. Wie gesagt hatte die Gesellschaft immer nur 16 Mitglieder und als Jessens alter Lehrmeister Bernhard Harms verstarb, schlug der preußische Finanzminister, Johannes Popitz – selbst ein Mitglied der Gesellschaft –, vor, dass seinem Protegé erlaubt würde, an dessen Stelle zu treten.

Hier konnte Jessen sich und sein Schicksal wiederfinden in Becks Erlebnissen mit dem Regime, das nicht den geringsten selbstständigen Gedanken duldete. Der nun 44-jährige Professor war Ende 1934 an die Universität in Magdeburg zwangsversetzt worden, aber der Aufenthalt in Mitteldeutschland währte nur ein Semester, weil einflussreiche Unterstützer hinter den Kulissen daran arbeiteten, ihm einen Ruf an die Handelshochschule nach Berlin zu verschaffen. Im folgenden Sommer trat er seine neue Stellung an und wurde vom Minister zum Berater ernannt für die Arbeit an der Umwandlung der ökonomischen Studien und Forschungen in nationalsozialistischem Sinn. In Jessens Personalpapieren steht zu lesen, dass er ernsthaft an diese neue Aufgabe heranging und dass seine Vorgesetzten befanden, dass er die dahinterliegende Politik aus vollem Herzen unterstütze. Wie es Jessen selbst damit erging, geht aus den Papieren nicht hervor. Auf der einen Seite startete er gerade wieder einen neuen Anlauf für seine Karriere, nachdem der ambitionierte Wissenschaftler im Verlaufe der Joachim-Haupt-Angelegenheit ordentlich „eins auf die Nase" bekommen hatte. Auf der anderen Seite wurde er nun Zeuge, wie die Politik zunehmend mit der Forschung vermischt wurde, die in seinen Augen hätte unabhängig sein sollen. Wenn er das Mindeste gemein hatte mit vielen der Widerstandsleute, die er bald kennenlernen sollte, so befand sich Jessen noch in einer Phase, in der er ganz gewiss uneinig war mit der Art und Weise, in der die Ideale des Nationalsozialismus in die Wirklichkeit umgesetzt wurden, aber er glaubte nach wie vor daran, dass er dazu beitragen könnte, die Verhältnisse von innen heraus zu ändern – ein Glaube, der mit der Zeit vollständig verschwinden sollte.

Einer der entscheidenden Augenblicke wurde die Herausgabe des Grundsatzbuches „Volk und Wirtschaft" 1935.

In dem Buch wiederholte Jessen, was er schon 1933 im „Wörterbuch der Volkswirtschaft" über den Nationalsozialismus geschrieben hatte – nämlich, dass man als Forscher auch durch die wissenschaftliche Brille auf den Nationalsozialismus sehen und dadurch Ideen und Ziele einschätzen könne. Gleichzeitig warnte er davor, dass das Führerprinzip, wenn er dies auch nicht grundsätzlich ablehnte, missbraucht werden könnte.

Damit brach die Hölle los.

In der Zeitung der NSDAP, dem „Völkischen Beobachter", verunglimpfte der Rezensent Ottokar Lorenz, auch ökonomischer Ratgeber der Handelskammer in Berlin, den Professor auf das Schlimmste. Er beschuldigte Jessen, eingebildet zu sein, und meinte, dass dieser wissenschaftliche Experte sich nicht damit abfinden könne, dass Taten sich als weit wertvoller erwiesen hätten als das, was ein „theoretisierendes Gehirn" jemals hervorbringen könne.

Der Verlag, der nun „kalte Füße" bekam, rief sämtliche Exemplare des Buches aus dem Handel zurück und schrieb Jessen, dass seine objektive, wissenschaftliche Haltung nicht toleriert werden könne. Der Fehler läge nicht nur in verschiedenen Beispielen, sondern auch im Ganzheitseindruck. Der Professor habe nach Ansicht des Verlages dem Staat im Verhältnis zur Partei allzu viel Platz eingeräumt, und nicht in genügendem Maße den Einsatz der Partei und den des Führers für Deutschland gewürdigt.

Jessen, der bis zum Erscheinen des Buches als Rektor oder Prorektor der Handelshochschule in Berlin im Gespräch gewesen war, erlebte nun, wie ein Teil seiner Kollegen ihm den Rücken kehrte. Es wurde gesagt, dass er ein Schüler von Carl Schmitt gewesen sei, ein eigentlich überzeugter Nationalsozialist und Antisemit, der aber in Ungnade gefallen war. Niemand wollte mit ihm in Verbindung gebracht werden. Einer der einflussreichsten nationalsozialistischen Ökonomen, Erwin Wiskemann, beschuldigte Jessen, zu vorlaut und zu kritisch zu sein – eine Aussage, die ihren Weg in Jessens Personalakte fand.

Die Partei und der Verlag versuchten, den Schaden durch eine Neuausgabe von „Volk und Wirtschaft“ zu begrenzen, aber Jessen half das nicht mehr. Unter den jetzigen Umständen konnte Jessen, so Bernhard Rust, Minister für Wissenschaft, Kunst und Volksbildung, weder zum Rektor noch zum Konrektor gemacht werden, und er wurde – wieder – in Urlaub geschickt mit der Begründung, dass seine Kriegsverletzungen ihm Probleme bereiteten und er sich in jüngster Zeit überanstrengt hätte.

Obwohl es Johannes Popitz im Sommer 1936 gelang, seinem Protegé an der Universität Berlin eine Stelle als Professor für Nationalökonomie zu verschaffen, wo überlegt worden war, dass Jessen Leiter des staatswissenschaftlich-statistischen Seminars werden sollte, bekam er erneut Probleme. In Verbindung mit seiner Anstellung entstanden nämlich Zweifel an seiner Mitgliedschaft in der Partei, weil man keine Eintragung seiner Mitgliedsbeiträge fand und Jessen selbst keinen Mitgliedsausweis vorlegen konnte. Da jedoch alle Unterrichtenden an Universitäten zwingend Mitglieder der NSDAP sein mussten, hatte der Minister keine andere Wahl, als eine Untersuchung anzuordnen, obwohl Bernhard Rust selbst Jessens Erklärung glaubte, dass er seinen Mitgliedsausweis 1930 verloren hätte.

Jessens Feinde sahen sofort die Möglichkeit, den ungeliebten Professor weiter in Misskredit zu bringen. Journalisten des „Völkischen Beobachters“ fanden einen Zeugen, der berichtete, dass Jessen in Göttingen seinerzeit gezögert habe, ein Formular auszufüllen, weil er lieber Mitglied der Partei im Hauptquartier in München sein wolle. Dies erscheint vielleicht als Formalität, aber nicht für die Nazis. München war der Ort, an dem alles begann, wo Hitler versuchte, sich 1923 an die Macht zu putschen und wo mehrere der ältesten Mitglieder der Partei in den Kämpfen zwischen Parteitruppen auf der einen Seite und dem Heer und der Polizei auf der anderen ihr Leben verloren. Eine Mitgliedschaft beim Hauptquartier München brachte – insbesondere, wenn man wie Jessen zu den frühen Mitgliedern gehörte – Prestige und konnte dazu beitragen, die Karriere des Betreffenden zu fördern. Schmückte man sich dagegen mit fremden Federn, wie es einige im Fall Jessen aussehen lassen wollten, konnte dies ernsthaft Probleme geben.

Ottokar Lorenz, der Mann hinter dem Verriss von „Volk und Wirtschaft", legte die Sache Bernhard Rust vor, der bei einer weiteren Gelegenheit darauf aufmerksam gemacht wurde, dass Jessen sich selbst in „Das deutsche Führer-Lexikon" – eine Art „Who is who" für Nationalsozialisten – als wohl einen der ersten Lehrer auf Universitätsniveau beschrieben hatte, der der Nazipartei beigetreten war. Das sei obendrein zu einer Zeit geschehen, in der die Partei in den meisten deutschen Ländern verboten war.

Wenn es der Wahrheit entsprach, dass Jessen in Wirklichkeit gar kein Mitglied gewesen war, hatte er gegen das „Gesetz zum Schutz von Partei und Staat" verstoßen, welches ein ernsthaftes Vergehen gewesen wäre.

Andere setzten sich für Jessen ein und bestritten, dass er sich nur deshalb als Nationalsozialist bezeichnete, weil dieses seiner Karriere dienlich sein könnte, und der Minister selbst erinnerte daran, dass Jessen die Partei offen unterstützt hatte, obwohl er als preußischer Beamter wegen seiner politischen Haltungen Probleme hätte befürchten müssen. Wenn er nur – aufgrund des einen oder anderen Fehlers – in der Warteschlange zurückgesetzt werden solle, während andere, die in großer Zahl nach der Machtergreifung 1933 in die Partei eintraten, willkommen seien, wäre dies unerträglich, schrieb Rust an die Parteiführung, die Jessen beschuldigte, sich mit fremden Federn zu schmücken und nicht vertrauenswürdig und zuverlässig zu sein.

Jessen war die Unruhe um seine Person inzwischen ziemlich leid. Wie schon früher, brachte er seine Haltung in einem Brief an den für die Untersuchung zuständigen Beamten klar zum Ausdruck, in dem er schrieb, dass er die Tendenz, totale Gefügigkeit und totales Nachgeben bei kleinsten Dingen zu fordern, nicht leiden könne – eine Anforderung selbst bei denen, die sich um Stellungen bewarben, die für das Regime nicht von entscheidender Bedeutung seien. Wenn Jessen dies auch nicht ausdrücklich schrieb, so hatte er dennoch damit eingeräumt, dass man ein Nachgeben von seiner Seite nicht erwarten solle.

Für Jessen war diese Episode eine weitere persönliche Begegnung mit den Realitäten des nationalsozialistischen Gemeinwesens. Er hatte bereits Anfang der 1930er-Jahre im Buch „Wörterbuch der Volkswirtschaft“ einen Artikel geschrieben über den Nationalsozialismus, indem er seine Partei vor Tendenzen einiger Mitglieder warnte, ihre Positionen zum eigenen Vorteil zu nutzen. Er erlebte jetzt selbst den Machtmissbrauch und die Korruption aus der vordersten Reihe und meinte, dass vielen der Personen, die auf leitenden Posten in der Partei und der öffentlichen Hand säßen, die eigene Macht anscheinend wichtiger war als die Rücksicht auf die Nation.

Trotzdem wurde Jessen nicht hinausgeworfen, denn wieder konnte er mit Unterstützung von weiter oben im System rechnen. Im SD – dem Sicherheitsdienst, dem Nachrichtendienst der Nazipartei unter der SS – arbeitete ein Mann namens Otto Ohlendorf. Er war Jurist und Ökonom und hatte an der Universität in Kiel studiert. Einer seiner Lehrer hieß Jens Peter Jessen. Ohlendorf und Jessen waren sich in vielen Dingen einig. Bis etwa 1934 hatten beide mit Sorge auf den linken Flügel der Partei geschaut, der fortgesetzt von einer „zweiten Revolution“ redete und sich Gedanken über einen Kollektivismus machte. Jessens Schüler hatte sich öffentlich beschwert, dass die Partei dagegen nichts unternähme. Seine Proteste waren am Ende so laut, dass er von der Gestapo, der Geheimen Staatspolizei, verhört wurde. Ohlendorf war sich sicher, dass damit seine Karriere beendet sei, aber Jessen nahm Kontakt auf zu einem Kollegen in der Hauptverwaltung des SD, und es gelang, Ohlendorf eine Stellung in der wissenschaftlichen Abteilung des Dienstes zu beschaffen. Nun konnte Ohlendorf sich für diesen Freundschaftsdienst revanchieren und durch seine Intervention bekam Jessen die Erlaubnis, seine Arbeit fortzusetzen, ohne dass die Angelegenheit dadurch jedoch endgültig geklärt worden wäre.

Auch Johannes Popitz beteiligte sich an der Verteidigung Jessens. Als Finanzminister in Preußen war er es letzten Endes, der „auf der

Geldkasse“ saß, und als er Kontakt zu dem Beamten aufnahm, der die Untersuchung leitete, sprach er nicht zu tauben Ohren.

Letztendlich stieß man bei der Untersuchung auf nichts, was Disziplinarmaßnahmen gegen Jessen gerechtfertigt hätte. Der Beamte gab zu, dass es schwierig sein könne, mit Jessen zusammenzuarbeiten, weil dieser sich überlegen fühle und als Besserwisser erscheinen könne, und dies dazu beitragen könne, dass er mit anderen Menschen Probleme bekäme. Gegenüber Bernhard Rust betonte er auch, dass man wahrscheinlich mit Jessen weitere Probleme bekommen würde, wenn man ihn bestrafte, denn er sei so auf seine Ehre bedacht, dass er selbst eine Rüge als große Ungerechtigkeit betrachten würde.

Dabei blieb es. Der Minister sorgte dafür, dass Jessens Papiere in Ordnung gebracht wurden – obwohl man im Hauptquartier der Partei ernsthaft daran zu zweifeln begonnen hatte, ob der Professor nun auch die richtige Gesinnung hätte – und Jessen konnte weiter in seinem Amt bleiben.

Er hatte weiterhin keine Skrupel, Kontakte zu nutzen, die er in der Partei hatte, um Kollegen, die seine Weltsicht teilten, in wichtigen Stellungen unterzubringen, so wie dies 1935 mit Heinrich von Stackelberg geschah. Wie Jessen war auch er frühzeitig Mitglied der NSDAP geworden und trat 1933 in die SS ein, aber seine Begeisterung für den Nationalsozialismus kühlte bald ab, als er nach Berlin kam. Seine Vorgesetzten schrieben dies in seinen Papieren dem Einfluss Jessens zu. Ein anderes Beispiel ist Martin Lohmann, ein Professor für Betriebswirtschaft. Die Partei mochte ihn nicht, aber der ansonsten so beherrschte Jessen schlug buchstäblich auf den Tisch, um seinen Willen durchzusetzen, und er scheute sich nicht, dem Rest des Berufungsausschusses den falschen Eindruck zu vermitteln, dass auch das Hauptquartier der Partei in München wünsche, dass Lohmann nach Berlin käme. Später – im Jahr 1941 – war er auch daran beteiligt, seinen alten Kollegen aus Göttingen, Hans Wilhelm Ritschl, von seinem damaligen Arbeitsplatz Basel nach Straßburg zu versetzen.

Stackelberg, Lohmann und Ritschl hatten alle drei mit Jessen gemein, dass sie sich gegen den Nationalsozialismus und dessen totale Gleichschaltung der Universitäten in Deutschland gewendet hatten. Die verlangte, dass Lehre und Forschung ausschließlich der Ideologie der Partei dienen sollten, ob es hierfür eine Grundlage gab oder nicht. Ritschl schrieb später über die – im Verborgenen – stattgefundenen Bestrebungen, ein unabhängiges Forschungsmilieu zu bewahren:

„Alle waren von der Aufgabe erfüllt, diese Universität als eine Pflegestätte deutscher Kultur und Wissenschaft wieder aufzubauen. Nirgends hatte etwa die Partei oder die SS hineinzuregieren. Die Universität sollte gerade eine Arbeitsuniversität ..."

1939 bat Hans Frank – der später so berüchtigte Generalgouverneur in Polen – in seiner Funktion als Präsident der Akademie für Deutsches Recht Jessen darum, die Leitung eines Ausschusses für die Reform des Volkswirtschaftsstudiums in Deutschland zu übernehmen. Für Jessen war dies eine Traumaufgabe, denn er meinte, das Ausbildungsniveau sei unerhört niedrig und dieses könne nicht ohne Auswirkungen auf die Menschen bleiben, die an die Spitze der deutschen Ökonomie gesetzt würden.

Und gewiss gab es einen Bedarf an klugen Köpfen. Hitler hatte 1936 einen neuen Plan gutgeheißen, nach dem die Wehrmacht im Laufe von vier Jahren auf 3,6 Millionen Mann aufgestockt werden und unzählige Panzer, Flugzeuge, Schiffe, Bomben und Projektile produziert werden sollten. Es gab indessen ein großes Problem: Wenn Deutschland es sich leisten können sollte, in dem Tempo aufzurüsten, gab es einen enormen Bedarf an ausländischer Währung zur Bezahlung der Rohstoffe, aber da der Plan große Teile der deutschen Industrie mit Beschlag belegte, war der Export nicht groß genug. Da das Regime sich wiederum weigerte, die Deutsche Mark abzuwerten, um so die Konkurrenzfähigkeit zu verbessern, gab es keinen anderen Weg als die Verstärkung der staatlichen Kontrolle der Volkswirtschaft, um die militärische Aufrüstung zu gewährleisten. Rationierungen, Preisstopp, Lohnkürzungen und viele andere Aktionen setzten nach und nach den freien Markt außer Kraft, das deutsche Handelsbilanzdefizit lag 1938 bei 8,1 Milliarden Reichsmark und große Teile der zivilen Wirtschaft wurden zum Stillstand gebracht. U. a. wurde der Bau von Häusern und Wohnungen gestoppt, obwohl das Land sich inmitten der größten Wohnungskrise aller Zeiten befand.

Für Hitler und andere Top-Nazis waren die ökonomischen Probleme von geringerer Bedeutung. Göring, der an der Spitze des Planes stand, sagte den Offizieren unverblümt, die bewaffneten Streitkräfte sollten sich überhaupt nicht um die Ökonomie kümmern. Die Nationalsozialisten glaubten schließlich, dass sich alle Probleme von selbst erledigen würden, wenn das Heer erst so stark sei, dass man sich in anderen Ländern das besorgen könne, was man benötige. Die Aufrüstung war so gewaltig, dass sie Deutschland de facto in einen Krieg zwingen würde. Mit einem so großen Heer gab es einen dauerhaften Bedarf an einer enormen Produktion von Kriegsmaterial, allein um dieses in Friedenszeiten zu versorgen – ganz zu schweigen von den Mengen, die notwendig waren, alle Truppen in Alarmbereitschaft zu halten. Die Ausgaben würden gewaltig sein und es wäre auf Dauer unhaltbar, einen so großen Teil der deutschen Wirtschaft für die bewaffneten Streitkräfte produzieren zu lassen.

Wie Adam Tooze in seinem Buch „The Wage of Destruction – The Making and Breaking of Nazi Economy“ schreibt:

„Die Frage von Krieg und Frieden war nun unausweichlich. Die gigantische Maschinerie der Mobilmachung konnte nicht ohne Probleme immer weiter schnurren. Wenn es keine Intention gab, das Heer zu irgendeinem Zeitpunkt einzusetzen, musste man sich fragen, worin der Sinn der Aufrüstung läge und der Geschwindigkeit, mit der sie im Sommer 1936 betrieben wurde. Betrachtet man die Menge der Ressourcen, die benötigt wurde, konnten Mittel und Ziel nicht unabhängig voneinander betrachtet werden. Der Krieg musste nun nicht mehr als Möglichkeit gesehen werden, sondern als logische Konsequenz der Vorbereitungen, die man traf.“

Für Ökonomen wie Jessen, die den freien Markt als Quelle des Wohlstandes sahen, war die staatliche Einmischung Gift für die deutsche Wirtschaft. Von seinem Platz an der Universität Berlin aus hatte er auf so hohem politischen Niveau nicht viel zu sagen, aber er tat, was er konnte, mit den Mitteln, die ihm zu Verfügung standen.

Für Jessen bedeutete die Arbeit an der Studienreform, dass er zwei Fliegen mit einer Klappe schlagen konnte: er konnte nicht nur alles versuchen, das akademische Niveau innerhalb seines eigenen Faches zu verbessern, er konnte auch – ohne dass es offensichtlich wirkte – dem Versuch des Regimes, die Studenten zu indoktrinieren, entgegenwirken. Seine Schlussfolgerung lautete deshalb, dass man, wenn das Regime bessere Ökonomen wünschte, Prioritäten setzen müsse, sodass sich die Studenten in erster Linie auf das Fach Volkswirtschaft konzentrieren konnten. Jessen schlug vor, dass Fächer wie „Volk und Rasse“, „Deutschtum im Ausland“ und „Vorgeschichte“ aus dem Lehrplan gestrichenen würden, und er war auch der Auffassung, dass Leibesübungen – ansonsten ein Grundpfeiler der nationalsozialistischen Ausbildungsphilosophie – an einem anderen Ort stattfinden sollten, wenn sie denn überhaupt für das Fach notwendig seien. Schließlich empfahl er auch, die Praktika der Studenten zu verkürzen, da das rechte Verständnis für die ökonomischen Theorien eine Voraussetzung sei, um Lösungen für die finanziellen Probleme Deutschlands zu entwickeln. Jessens Schlussfolgerungen können keine Begeisterung geweckt haben. Nicht nur, dass er die ideologischen Fächer aus dem Studium verbannen wollte, er legte auch großes Gewicht auf die theoretischen und wissenschaftlichen Fächer, die von den Nationalsozialisten als reaktionär angesehen wurden und als ein Ausdruck für einen kritischen Zugang zur Welt. Sie wünschten stattdessen das Studium der Volkswirtschaft zu einem praktischen Fach zu entwickeln, das die Studenten in die Lage versetzen sollte, für das Regime die praktischen Probleme ausgehend von der Ideologie der Nationalsozialisten zu lösen.

Jessens Bestrebungen, Kollegen zu helfen, die seine Haltung zum Regime teilten, und der Versuch, die Wissenschaft, auf die er so große Stücke hielt, zu entnazifizieren, war ein erster, zaghafter Widerstand gegen das Regime. Ganz gewiss sah er sich selbst noch als Nationalsozialisten. Er unterstützte nach wie vor die ursprünglichen Ideen von der Nation über allem anderen, von einem starken Militär, einem starken Führer, der die richtigen Beschlüsse für Deutschland treffen könne, aber in seinen Augen waren die Parteibosse abgesunken in Machtversessenheit und Korruption. Nicht er hatte seine Haltung geändert – es waren die anderen. Aber verändert hatte er sich nun doch. War er Ende der 1920er- und zu Beginn der 1930er-Jahre Mitglied in einem antisemitischen Verein und glühender Anhänger von Hitler und dessen Partei gewesen, hatte sich der Professor nun ganz und gar von den Nationalsozialisten abgewandt. In früheren Jahren hatte der enttäuschte und desillusionierte Soldat aus den Schützengräben des Ersten Weltkrieges eine Person gesucht, die sein geliebtes Deutschland aus dem Chaos erlösen konnte, in das das Land als Folge des Friedensvertrages von 1919 versank. In Hitler sah er den starken Mann, aber die Begeisterung währte nicht lange, weil Jessen schnell erleben musste, wie die Ideologie in der Realität seinen Freunden und Bekannten schadete sowie der freien Forschung und der deutschen Ökonomie, und er zusammen mit anderen Zeuge wurde, wie Hitlers aggressive Politik Deutschland wieder und wieder in einen Krieg zu werfen drohte, der in Jessens Augen eine Wiederholung des Ersten Weltkrieges sein würde. Die Diktatur – also dass man einen starken Mann hatte, der alles bestimmte – stritt nicht gegen Jessens Vorstellung vom Staat, aber der Diktator sollte verantwortlich sein gegenüber Prinzipien wie Vernunft, Gerechtigkeit und Respekt. Stattdessen wurde er Zeuge eines primitiven Durstes nach Macht um der Macht willen, Opportunismus im Gegensatz zu Wissenschaftlichkeit und Verachtung gegenüber dem menschlichen Individuum.

Letzteres konnten Jessen und die übrigen Mitglieder der Mittwochsgesellschaft insbesondere nach dem 9. November 1938 feststellen, der als Kristallnacht in die Geschichte eingehen sollte. Zwei Tage vorher hatte ein junger Jude, dessen Familie aus Deutschland nach Polen ausgewiesen worden war, in Paris auf den deutschen Diplomaten Ernst vom Rath geschossen, der wenig später an den Folgen seiner Verletzungen verstarb. Der 9. November war für die Nationalsozialisten ein großer Gedenktag. An diesem Datum hatte Hitler 1923 versucht, sich in München an die Macht zu putschen, als aber nun die Meldung vom Tod des Diplomaten kam, wurden die Festlichkeiten abgesagt. Stattdessen hielt

Propagandaminister Joseph Goebbels eine Rede an die Spitzen der Partei, in der er klar machte, dass es jetzt an der Zeit sei, die Juden Deutschlands zu bestrafen. Die Aktion solle jedoch wie eine „spontane" Reaktion der Bevölkerung aussehen.

Überall in Deutschland wurden einfache Parteimitglieder, SA- und Gestapo-Leute in Zivil, bewaffnet mit Schlagstöcken und Äxten, auf die Straße geschickt. Im Schutz der Dunkelheit begannen sie, jüdische Häuser zu zerstören, Geschäfte mit jüdischen Besitzern zu demolieren und jüdische Synagogen bis auf die Grundmauern niederzubrennen – nachdem deren Archiv an den Sicherheitsdienst unter der SS übergeben worden war –, während die regulären Polizeieinheiten zusahen, ohne auch nur einen Finger zu rühren. Jüdische Mitbürger wurden zusammengeschlagen oder gezwungen, die Bürgersteige mit Zahnbürsten zu putzen, während von ihren Nachbarn und früheren Freunden beleidigende Zurufe kamen. Knapp 100 Menschen verloren ihr Leben, 30 000 jüdische Männer wurden verhaftet und in Konzentrationslager deportiert – und um die Demütigung komplett zu machen, wurde die Schuld für die Kristallnacht deutschen Juden gegeben, die dafür eine Strafe in Höhe von einer Milliarde Mark zu zahlen hatten. Das Ereignis markierte gleichzeitig einen Wendepunkt: war der nationalsozialistische Antisemitismus zunächst in ökonomischer, politischer und sozialer Diskriminierung umgesetzt worden, waren jetzt Tor und Tür geöffnet für Gewalt, Verhaftungen und Mord.

Natürlich unterstützten längst nicht alle Deutschen die Verfolgungen ihrer jüdischen Mitbürger, aber die wenigsten wagten, etwas dagegen zu unternehmen. Die Mitglieder der Mittwochsgesellschaft verabscheuten, was geschehen war.

„Ich schreibe unter dem schwer lastenden Eindruck der niederträchtigen Judenverfolgung nach der Ermordung vom Raths. Seit dem Weltkriege haben wir niemals so an Kredit in der Welt verloren wie dieses Mal, und das kurz nach den größten außenpolitischen Erfolgen. Aber meine Hauptsorge ist nicht die Auswirkung im Auslande ... Die wirklich schwere Sorge bezieht sich auf unser inneres Leben, das immer vollständiger und eiserner von einem solcher Dinge fähigen System erfasst wird", schrieb der frühere Botschafter in Rom, Ulrich von Hassell, in sein Tagebuch und fuhr fort: „Bruckmanns und Alex von Müllers zum Tee hier. Das Entsetzen über die schamlosen Judenverfolgungen ist bei ihnen so groß wie bei allen anständigen Menschen. Durch und durch treue Nationalsozialisten, die in Dachau wohnen und bisher trotz allem ‚durchgehalten' haben, sind nach der Erzählung Bruckmanns jetzt restlos erledigt, nachdem sie die teuflische Barbarei mit angesehen haben ... ohne Macht hat man kein wirksames Mittel; einzige Folge wäre vielmehr ein Mundtotmachen oder Schlimmeres ... Die Armee hat auch enorm eingebüßt."

Damit bezog sich von Hassell auf den früheren Generalstabschef Ludwig Beck, der aus Protest gegen Hitler zurückgetreten war und den von Hassell regelmäßig bei den Treffen der Mittwochsgesellschaft sah.

Hier konnte man nur als Mitglied in Betracht kommen, wenn man empfohlen wurde. Man durfte nicht Nationalsozialist sein, musste aber die Lebensanschauung der preußischen Elite teilen, patriotisch und nationalistisch sein und von den übrigen Mitgliedern als moralischer und rechtschaffener Mensch angesehen werden.

In diese Gesellschaft passte Jessen hinein und in ihr kam er wirklich in die Nähe von Männern, die nicht nur Gegner des Regimes, sondern auch gewillt waren, etwas zu unternehmen – Männer, die sogar davon überrascht werden sollten, wie weit der nachdenkliche Professor aus Nordschleswig zu gehen bereit war.

„Was seine Empfindungen für die leitenden Männer des Dritten Reiches anging, erinnerte er an von Hassell und er ging sogar noch weiter als dieser. Es gab Gespräche mit Jessen, die an Deutlichkeit nichts zu wünschen übrig ließen und mit Konzentrationslager nicht mehr abzumachen gewesen wären", schrieb ein Mitglied der Gesellschaft, der Schriftsteller Paul Fechter, acht Jahre später über das neue Mitglied der Gesellschaft.

Für Jessen war es sonnenklar, und obwohl er mit seiner Meinung am Anfang ziemlich allein war, ließ er selten eine Möglichkeit aus, dies auch zu sagen:

Sie mussten Hitler töten.

KAPITEL 6

Die Spinne in ihrem Netz

Zwei Flugzeuge. Nicht eins, sondern zwei. Und beide identisch – vollständig identisch.

Die Gedanken schwirren dem Generalmajor Henning von Tresckow durch den Kopf, als die beiden Maschinen in der russischen Stadt Smolensk zur Landung ansetzen, denn in welcher sitzt er nun? Und wird er die gleiche zurück ins Hauptquartier nehmen in Rastenburg in Ostpreußen?

Als sich die Türen der beiden Flugzeuge öffnen, steigen sowohl Offiziere in den grünen Uniformen des Heeres als auch schwarz gekleidete SS-Männer aus – selbst der Leibarzt, der Quacksalber Theo Morell, der Pillen gegen alles Mögliche verschreibt, und der Koch, der sein vegetarisches Essen zubereitet, sind dabei.

Der Führer selbst hat seine Uniformmütze auf dem Kopf. Der Schatten, den der Schirm wirft, ist schwarz und verdeckt fast seine Augen. Er trägt Uniform und darüber einen langen Mantel – es liegt nach wie vor Schnee auf dem Boden, aber der ist am Schmelzen und gut auf dem Weg, die Landschaft in eine große graubraune Masse zu verwandeln.

Nachdem der Führer vom Oberkommandierenden der Heeresgruppe Mitte – einem der drei Heere in der Sowjetunion im Frühjahr 1943 –, Generalfeldmarschall Günther von Kluge, empfangen worden ist, fahren der vornehme Gast, sein Gefolge und die Gastgeber ins Hauptquartier, wo ein Essen vorbereitet wird.

Tresckow benutzt die Gelegenheit, seinen Adjutanten, Fabian von Schlabrendorff, zur Seite zu nehmen.

Der 42-jährige Tresckow ist ein weltoffener Mann, leicht zu erkennen an seiner sehr hohen Stirn und seinem scharfen Blick. Er kommt aus einer Familie mit stolzen, preußischen Militärtraditionen und nahm am Ersten Weltkrieg teil, wo man ihm als siebzehnjährigem Leutnant für seinen Einsatz das Eiserne Kreuz verlieh. Wie viele andere ließ er sich von Hitlers Worten über die Wiedererrichtung Deutschlands und den Kampf gegen den Kommunismus blenden, aber die Gesetzlosigkeit, die Verbrechen gegen die Juden, der Umgang mit von Blomberg und von Fritsch und die Tschechoslowakei-Krise vor fünf Jahren änderten seine Haltung und er ist jetzt wohl einer der gefährlichsten Gegner des Führers. Als Stabschef der Heeresgruppe Mitte ist es ihm gelungen, eine Gruppe von Männern um sich zu scharen, die gewillt sind, ihren Worten Taten folgen zu lassen.

Tresckow und von Schlabrendorff überlegen, ob sie ihren Plan ändern und während des Treffens zwischen Hitler, Kluge und anderen zuschlagen sollen, aber sie beschließen, es nicht zu tun. Deutschland braucht viele der anwesenden Männer und wenn sie bis zum Essen warten, würden viele Freunde und Kameraden umkommen.

Stattdessen entschließen sie sich, abzuwarten. Als das Essen serviert wird, kann von Schlabrendorff seine Augen nicht vom Führer abwenden. Abscheu mischt sich mit Faszination, als er wie in Trance beobachtet, wie Deutschlands oberster Führer seinen Kopf zum Teller mit Gemüse neigt und es in sich hineinschaufelt, als habe er mehrere Tage nichts zu essen bekommen. Unterdessen geht Tresckow zu einem der Offiziere in Hitlers Gefolge, Generalmajor Heinz Brandt, den er schon kennt.

„Könnten Sie mir einen Dienst erweisen?“, fragt er so nebenbei.

Tresckow erklärt, dass er eine Wette verloren habe. Er schulde daher einem der Offiziere im Führerhauptquartier in Rastenburg eine Kiste Cointreau, die Brandt vielleicht freundlicherweise mit zurücknehmen könne, um die Schuld aus der Welt zu schaffen.

Brandt willigt ein.

Während Hitler und sein Gefolge sich darauf vorbereiten, zum Flughafen zu fahren, holt von Schlabrendorff ein Paket, das er dort liegen gehabt hat, wo er nachts schläft. Unter dem Papier kann man die Formen der charakteristischen viereckigen Flaschen vermuten, aber man sollte sich nicht täuschen lassen. Das Paket ist eine Bombe, die aus dem gleichen Plastiksprengstoff gemacht ist, den die Briten an Fallschirmen für Widerstandsgruppen über ganz Europa abwerfen. Einer von Tresckows Mitverschwörern mit

Zutritt zu den Lagern hat das explosive Material besorgt. Aus mehreren Gründen hat man sich für den britischen Sprengstoff entschieden. Beim Testen verschiedener Materialien am nahegelegenen Fluss hat man entdeckt, dass der Plastiksprengstoff extrem effektiv ist, man braucht nicht viel davon, er riecht nicht und ist relativ leicht – und dazu ist die Lunte lautlos.

An der Landebahn fängt von Schlabrendorff einen Blick seines Vorgesetzten auf, der nicht misszuverstehen ist. Mit einem Schlüssel presst der Adjutant einen Finger hart hinein in das Paket, so dass eine kleine Glasampulle mit Säure in diesem zerbricht. Die Säure frisst sich nun langsam durch einen Draht und wenn dieser Draht bricht, löst das einen Stift, der den Zünder auslösen wird – und dann …

Brandt nimmt das Paket entgegen, besteigt kurz darauf das gleiche Flugzeug wie der Führer und einen Augenblick später heben die Maschinen ab – gefolgt von ein paar brüllenden Jagdflugzeugen. Sie nehmen Kurs auf Nordwest. Zurück an der Landebahn behalten Tresckow und von Schlabrendorff die Flugzeuge im Auge, bis sie im Luftraum über ihnen verschwinden. Als sie ins Hauptquartier zurückkommen, ruft von Schlabrendorff einen der Mitverschwörer in Berlin an und nennt im Laufe der Unterredung das Codewort, das dem Mann in der Hauptstadt bestätigt, dass die Bombe an Bord von Hitlers Flugzeug ist und dass die Truppen der Putschisten sich bald bereithalten sollen, die wichtigsten Gebäude einzunehmen und die SS niederzukämpfen, wenn die Schwarzgekleideten Widerstand leisten sollten.

Das Einzige, was Tresckow und von Schlabrendorff jetzt tun können, ist abwarten. Und rauchen. Die beiden Männer rauchen so stark, dass das Büro, in dem sie – auf ein Telefon starrend – sitzen, völlig vernebelt. Nach zwei Stunden steht jedoch fest: Hitler ist in Rastenburg gelandet. Die Bombe ist nicht explodiert.

Und was noch schlimmer ist: Brandt läuft im Führerhauptquartier mit der explosiven Packung Cointreau herum, die er von Tresckow und von Schlabrendorff bekommen hat. Während Schlabrendorff seine Kontaktperson in Berlin anruft und erzählt, was geschehen ist, erfindet Tresckow einen Vorwand, Brandt anzurufen und während des Gespräches nach dem Paket zu fragen. Als Brandt mitteilt, dass er noch keine Zeit gehabt habe, dieses abzugeben, teilt ihm Tresckow mit, dass ein Fehler geschehen sei, und sein Adjutant, der ohnehin am folgenden Tag nach Rastenburg soll, mit dem richtigen Paket vorbeikommen wird. Am nächsten Tag steht von Schlabrendorff wieder vor Brandt mit einem Paket – das diesmal zwei Flaschen Cointreau enthält. Der Adjutant bemüht sich, nicht nervös zu erscheinen, aber als Brandt zum Spaß so tut, als wolle er das falsche Paket zurücknehmen, bringt ihn das in die Nähe eines Herzstillstandes. In ruhigem Tempo verlässt von Schlabrendorff das Gebäude in Richtung des nahe gelegenen Bahnhofes, um den Zug nach Berlin zu erreichen. Als er in seinem privaten Abteil Platz genommen hat, öffnet er mit angehaltenem Atem und vorsichtigen Bewegungen vermittels einer Rasiererklinge das Paket, während der Zug von einer Seite zur anderen wiegt. Langsam entfernt er das Papier und zieht mit gleichmäßigen, ruhigen Bewegungen die Lunte aus der Bombe heraus, bevor er diese näher studiert. Die Säure hat sich – wie vorgesehen – durch den Draht geätzt, der Stift hat sich auch gelöst, aber aus unerfindlichen Gründen hat der Zünder seinen Dienst versagt.

War es Materialversagen – oder war es im Flugzeug zu kalt?

Von Schlabrendorff hat keine Ahnung. Er weiß nur, dass Hitler einen weiteren Attentatsversuch überlebt hat – und das mit viel Glück.

Die Verschwörer haben einen Rückschlag hinnehmen müssen. Wieder.

* * *

Einer von denen, die Tresckow und von Schlabrendorff im März 1943 unterstützten, war – Jens Peter Jessen.

Zu diesem Zeitpunkt hatte man alle nicht kriegswichtigen Institutionen geschlossen. Das bedeutete auch, dass große Teile von Forschung und Unterricht in Deutschland still standen. Wie viele andere wurde Jessen wieder zu den Streitkräften eingezogen, und da er über organisatorisches Talent verfügte, stellte man ihn im Rang eines Hauptmanns an die Spitze der Passierscheinhauptstelle beim Generalquartiermeister des Heeres.

Damit spielte der nun ehemalige Universitätsprofessor eine zentrale Rolle für die Verschwörer, denn ohne gültige Reisegenehmigung war es ziemlich riskant in einem Europa herumzureisen, das größtenteils von Deutschland besetzt war. Und ohne die Möglichkeit zu reisen hätten Hitlers Gegner, die sich oft in entgegengesetzten Teilen des Kontinents befanden, keine Möglichkeit gehabt, sich von Angesicht zu Angesicht zu treffen, was entscheidende Bedeutung für die Vertrauensbildung untereinander hatte – von der Gefährlichkeit von Briefen und Telefonaten, die jederzeit von der Gestapo gelesen oder abgehört werden konnten, einmal abgesehen.

Zum Beispiel war es Jessen, der dafür sorgte, dass Ulrich von Hassell, früherer Botschafter in Rom und Mitglied der Mittwochsgesellschaft, Anfang 1942 nach Belgien und Frankreich reisen konnte, unter dem Vorwand, eine Reihe von Vorträgen halten zu sollen. Zweck der Reise war aber in Wirklichkeit ein Treffen mit zwei der hochrangigen Gegner Hitlers in der Wehrmacht. In Belgien traf er General Alexander von Falkenhausen, den Chef der deutschen Militärregierung in Brüssel, und dieser bekräftigte erneut seine Unterstützung eines Putschversuches gegen die nationalsozialistische Führung, die er von Anfang an verabscheut hatte. In Paris traf er sich etliche Male mit einem alten Bekannten, Feldmarschall Erwin von Witzleben (er war befördert worden), der schon 1938 anlässlich des Attentatsversuchs von Hans Oster bereit gewesen war, die wichtigsten Gebäude in Berlin durch seine Truppen besetzen zu lassen. Auch er teilte von Hassell mit – und damit den übrigen Verschwörern zu Hause in Deutschland –, dass er nach wie vor auf deren Seite stände und sich als Oberkommandierender in Frankreich nicht scheuen würde, deutsche Truppen gegen das kriminelle Regime in Berlin einzusetzen.

Jessen selbst reiste auch mehrfach in Europa umher. Nur einen Monat, nachdem von Hassell in Paris gewesen war, traf Jessen in der französischen Hauptstadt ein, wo er sich mit einem untergeordneten Offizier verabredet hatte. Ob er von Witzleben traf, ist nicht überliefert, aber wenn man bedenkt, dass Jessen tief eingebunden war in die Gestaltung einer neuen Verfassung für Deutschland, ist es absolut nicht undenkbar, dass der Professor auch den Oberkommandierenden in Frankreich traf, um mit ihm über eine Zukunft ohne Nationalsozialisten zu diskutieren.

Im Sommer 1942 flog er dann nach Osten zur Heeresgruppe Mitte in der Sowjetunion, wo er genauso wie Tresckow versuchte, den Oberkommandierenden, Generalfeldmarschall Günther von Kluge, zu überzeugen, dem man den Spitznamen „der kluge Hans" gegeben hatte, weil er selten offenbarte, was er selbst dachte, sondern immer nur den Leuten nach dem Mund redete. Auf diese Weise musste er in Diskussionen nie das Risiko eingehen, Partei ergreifen zu müssen für eine bestimmte Seite, und damit eventuell seine Loyalität gegenüber dem Regime in Frage zu stellen. Gleichzeitig neigte er dazu, mit der letzten Person, die er getroffen hatte, einig zu sein, sodass sich Tresckow und auch Jessen unermüdlich befleißigten, immer die Letzten zu sein, mit denen Kluge sprach, wenn wichtige Entscheidungen anstanden. Bei sich hatte Jessen einen Brief von Ludwig Beck, der ebenfalls versuchte, Kluge zu überreden, sich aktiv am Widerstand gegen den Führer zu beteiligen, aber die Unentschlossenheit des Generalfeldmarschalls stand dem im Wege, obwohl er nicht verhehlte, mit Tresckow, Jessen, Beck und anderen einig zu sein.

Jessen und sein Chef, Eduard Wagner, der auch zu den Gegnern Hitlers zählte, nutzten unterdessen ihre zentralen Stellungen, um ein Büro einzurichten, das als Bindeglied zwischen dem Generalquartiermeister, den verschiedenen Ministerien und den Parteibüros dienen sollte. Dieses gab ihnen die Möglichkeit, verschiedene Verschwörer einzustellen, die unter dem Vorwand, für Jessen und Wagner zu arbeiten, auch weiterhin Kontakte in ganz Europa aufbauten.

Das Europa, in dem Jessen und seine Mitverschworenen herumreisten, hatte sich sehr verändert gegenüber dem Tag 1938, als das Netzwerk beim Nachrichtendienst des Heeres, der Abwehr, geplant hatte, Hitler zu töten. Der Versuch wurde wie erwähnt abgeblasen, als die französische und die britische Regierung bei einem internationalen Spitzentreffen in München dem deutschen Diktator erlaubten, das Sudetenland zu besetzen, in dem Glauben, dass es sich um das handelte, was Hitler selbst als seine letzte territoriale Forderung in Europa bezeichnete. Nur drei Wochen später gab Hitler seinen Generälen Befehl, einen Angriff vorzubereiten, der die Tschechoslowakei ein für alle Mal auf der europäischen Landkarte ausradieren sollte. Nachdem er zunächst deutschfreundliche Nationalisten im westlichen Teil des Landes dazu gebracht hatte, die Slowakei als selbstständigen Staat auszurufen, befahl Hitler am 15. März 1939 den deutschen Streitkräften, die Grenze zu überschreiten zu dem, was vom Nachbarland übrig geblieben war. Am gleichen Tag baten die slowakischen Führer – nach vorheriger Absprache – um den Schutz Deutschlands, und damit hatte die Tschechoslowakei aufgehört zu existieren.

Der britische Premierminister teilte zunächst mit, dass Großbritannien keinerlei Verpflichtungen hätte gegenüber den Tschechen, da die Tschechoslowakei formal nicht mehr existierte, weil die Slowaken ihren Teil des Landes als selbstständig erklärt hatten. Er änderte jedoch seine Haltung, als sowohl politische Freunde und Gegner, als auch die öffentliche Meinung sich gegen ihn wendeten. In einer Rundfunkansprache an das britische Volk sagte er:

„Ist dies der letzte Angriff auf einen kleinen Staat, oder werden noch andere folgen? Ist dies in Wirklichkeit ein Schritt zu einem Versuch, die Welt mit Macht zu dominieren? … Man kann keinen größeren Irrtum begehen, als anzunehmen, dass diese Nation [Großbritannien] – weil sie den Krieg als sinnlos und böse ansieht – den Mut verloren hat und ihre Kräfte nicht bis zum Äußersten nutzen wird, um sich einer solchen Herausforderung zu widersetzen, wenn sie jemals auftauchen sollte."

Innerhalb der Grenzen Deutschlands sahen große Teile der Offiziere des Heeres und die Diplomaten im Auswärtigen Dienst mit Erschrecken zu, während Hitler, ohne mit der Wimper zu zucken, eine der führenden Weltmächte herausforderte und internationale Absprachen verhöhnte. So schrieb Ulrich von Hassell Ende März 1939 in sein Tagebuch:

„… glänzend durchgeführt, zur völligen Überraschung der ganzen Welt, die entsetzt den Mund aufsperrt … Es ist der erste Fall von offenbarer Hybris, das Überschreiten aller Grenzen, zugleich jedes Anstands … eine Verletzung materiell aller bisher verkündeten und aller gesunden nationalen Grundsätze, formell aller Regeln von Treu und Glauben … England reagiert am stärksten und scheint eine feste Abwehrfront gegen uns schmieden zu wollen. Aber da der Wille zum Letzten überall fehlt, worauf Hitler baut, wird wohl nichts passieren."

Und er behielt recht.

Großbritannien begnügte sich damit, zu protestieren. Erst als Deutschland ein halbes Jahr später – am 1. September 1939 – Polen angriff, erklärten sowohl die Briten als auch die Franzosen Hitler den Krieg und leiteten damit das ein, was sich zum Zweiten Weltkrieg entwickeln sollte. Nur eine Woche vorher hatte der deutsche Außenminister, Joachim von Ribbentrop, einen Nichtangriffspakt mit der Sowjetunion verhandelt, demzufolge die beiden Länder Polen unter sich aufteilten. Auf viele der adligen, nationalkonservativen Offiziere und Diplomaten wirkte die Nachricht von dem Pakt wie ein Schock. Viele von ihnen hatten in Hitler eine Person gesehen, die sicherstellte, dass der Kommunismus in Deutschland nie Fuß fassen würde, und nun war das Vaterland mit einem Schlag alliiert mit den Bolschewiken in Moskau, aber wie viele Male zuvor gab es nur ein Murren in den Ecken, bevor der Befehl zur Invasion in Polen erging.

Das folgende halbe Jahr sollte als Geisterkrieg in die Geschichtsbücher eingehen. Europa war im Krieg, aber auf eine verblüffend leise Art und Weise. Er sollte sich erst im Frühjahr 1940 ernsthaft entfalten. Während nur weniger Monate besetzten die Deutschen Dänemark und Norwegen, überrannten die neutralen Länder Holland, Belgien und Luxemburg und besiegten die französischen Streitkräfte nach nur 42 Tagen. Danach konnte das deutsche Heer als Europas unbestrittener Sieger in Paris einmarschieren.

Auch innerhalb der deutschen Grenzen erlebte Jessen, dass das, was er und mehrere seiner Freunde und Bekannte schon als ein kriminelles Regime bezeichnet hatten, sich als wesentlich verbrecherischer erweisen sollte, als man es sich jemals hatte vorstellen können.

Zeitgleich mit dem Kriegsausbruch leiteten die Nationalsozialisten einen neuen Umgang mit körperlich und geistig behinderten Mitbürgern ein. Das Programm, das unter dem offiziellen Namen Aktion T4 figurierte, lief schlicht darauf hinaus, Menschen zu ermorden, die als unwertes Leben angesehen wurden. Die Massenmorde erfolgten natürlich im Geheimen, aber es verging nicht viel Zeit, bevor die Gerüchte zu schwirren begannen – nicht zuletzt in den Städten, in denen es Institutionen für Behinderte gab.

„Der abscheulichste Aspekt im Augenblick ist die hemmungslose Abschlachtung nicht heilbarer Geisteskranker", schrieb von Hassell in sein Tagebuch.

Er berichtete dort, wie ein Ehepaar, das er kannte, einen Brief von einer Institution bekam, in dem mitgeteilt wurde, dass ihre Tochter leider verstorben sei. Das Problem – aus Sicht der Behörden – war nur, dass das Paar einige Zeit vorher seine Tochter nach Hause geholt hatte, als ihm klar wurde, dass diese vermutlich zu den Menschen gehören würde, die getötet werden sollten. Deshalb entging sie dem grausamen Schicksal. Das Programm wurde 1941 aufgrund von Protesten, insbesondere vonseiten der Kirchen, eingestellt, im Geheimen aber wieder in Gang gesetzt, und als der Krieg endete, waren etwa 250 000 körperlich und geistig Behinderte Opfer der Ausrottung geworden. Für die Gegner Hitlers, die meisten tief religiös, war das Nazi-Regime nicht länger „nur" kriminell, es war auch unchristlich und scheute sich nicht einmal, Gottes Gebote zu übertreten.

Von da an begründeten Jessen und seine Mitverschwörer ihren Versuch, Hitler auszuschalten, mit sowohl politischen, ökonomischen als auch moralischen Argumenten.

Am 30. März 1941 bestellte Hitler 250 seiner obersten Offiziere ein zu einer Sitzung in der Reichskanzlei nach Berlin, um sie über die „Operation Barbarossa" in Kenntnis zu setzen, die Invasion der Sowjetunion. Der Führer machte klar, dass der Krieg gegen die Russen kein traditioneller Kampf zwischen vornehmen Gentlemen werden würde. Im Gegenteil war von einem Ausrottungskrieg die Rede, einem Kampf auf Leben und Tod zwischen zwei unvereinbaren Ideologien und zwei konkurrierenden Rassen. Hitler schloss seine zweieinhalb Stunden lange Rede mit der Erteilung des später berüchtigten Kommissarbefehls, mit dem er den Generälen befahl, alle politischen Offiziere (Kommissare), die zusammen mit den sowjetischen Streitkräften ins Feld geschickt worden waren, auf der Stelle erschießen zu lassen ohne die Möglichkeit, sich zu ergeben, und ohne irgendeine Form von Gerichtsverfahren. Die Anwesenden beschrieben später, dass im Saal Totenstille geherrscht habe, als Hitler die Offiziere verließ. Keiner bezweifelte, dass der Führer ihnen soeben einen Befehl zum Massenmord erteilt hatte, der allem widersprach, was in ihren Augen gerecht und angemessen war. Es herrschte zunächst Stille, danach Erschrecken, aber wie schon so oft war keiner der Anwesenden zu mehr als symbolischem Protest bereit.

Henning von Tresckow, der im Namen von Jessen, von Hassell, Beck und vielen anderen Männern sprach, die gewillt waren, etwas zu unternehmen, explodierte fast vor Wut, als der offizielle Befehl die Heeresgruppe Mitte Juni erreichte. Auf dem Weg zum damaligen Oberkommandierenden, Feldmarschall Fedor von Bock, äußerte er gegenüber einem seiner Vertrauten, Major Rudolf Christoph von Gersdorff:

„Sind Sie sich darüber im Klaren, was dies hier bedeutet? Dies wird in Hunderten von Jahren Bedeutung haben und es wird nicht nur Hitler sein, dem die Schuld angelastet wird, sondern auch Ihnen, mir, Ihrer Ehefrau, meiner Ehefrau, Ihren Kindern und meinen Kindern, der Frau dort, die die Straße überquert, und dem Jungen, der dort gegen den Ball tritt. Denken Sie darüber nach.“

Als Tresckow von Bock den Befehl Hitlers zeigte, reagierte dieser entsetzt, aber er war nicht gewillt, zusammen mit den Oberkommandierenden der Heeresgruppe Nord und der Heeresgruppe Süd in das Hauptquartier des Führers zu fliegen, um zu verlangen, dass der Kommissarbefehl zurückgenommen wurde. Stattdessen sandte er von Gersdorff zur Führung der Wehrmacht, aber der Bescheid von dort war, dass man trotz der gemeinsamen Abscheu gegenüber dem Beschluss das Thema beim Führer nicht ansprechen werde.

Hitler wäre zu gehorchen.

Feldmarschall von Bock hatte auch keine Absicht, in der Sache Weiteres zu unternehmen.

„Meine Herren, nehmen Sie zur Kenntnis, dass Feldmarschall von Bock protestiert hat", sprach er von sich selbst in der dritten Person.

Und dabei beließ er es. Tresckow, von Gersdorff und einige wenige andere waren die schwachen Stimmen in einem Meer der Stille.

Um 3 Uhr morgens am 22. Juni 1941 begann der Feldzug gegen die Sowjetunion. Drei Millionen Soldaten, 3580 Panzer, 7184 Artilleriekanonen, 1830 Flugzeuge und 750 000 Pferde wurden eingesetzt in einem dreigeteilten Vorstoß gegen Leningrad im Norden, Moskau im zentralen Teil des Landes und die Ukraine im Süden. Der Angriff erfolgte auf einem Niveau und mit einer Geschwindigkeit, die die Welt vorher noch nie gesehen hatte. Im Laufe von nur 17 Tagen waren 300 000 russische Soldaten gefangengenommen und 2500 Panzer, 1400 Kanonen und 250 Flugzeuge allein von der Heeresgruppe Mitte entweder in Besitz genommen oder zerstört worden.

In den Fußstapfen des Heeres folgten die sogenannten Einsatzgruppen, die nach der Invasion in Polen 1939 schon ihre verbrecherischen Aufgaben ausgeführt hatten. Trotz des neutralen Namens waren die deutschen Einsatzgruppen schlechthin Todespatrouillen, die die besetzten Gebiete im Osten von kommunistischen Parteifunktionären und Widerständlern „säuberten" und sie ermordeten. Es waren auch diese gefürchteten Einsatzgruppen, die in Wahrheit die Ausrottung der jüdischen Bevölkerung in Europa einleiteten – ein Verbrechen, das noch mehr Offiziere dazu veranlasste, sich gegen Hitler zu stellen.

Einer von ihnen war der 24-jährige Hauptmann Axel von dem Bussche-Streithorst. Trotz seines jugendlichen Alters war Bussche-Streithorst ein erfahrener Soldat. Er hatte aktiv an den

Kämpfen teilgenommen, als Polen zwischen Deutschland und der Sowjetunion aufgeteilt wurde, er nahm 1940 teil an der Invasion in Frankreich und er war dabei, als die Kämpfe gegen die Russen eingeleitet wurden. Er war mehrfach verwundet worden und hielt sich im Herbst 1942 in der Nähe der kleinen polnischen Stadt Dubno auf – sie liegt heute in der Ukraine –, wo er versuchte, nach einer Schussverletzung in der Brust wieder zu Kräften zu kommen. Dubno war eine typische osteuropäische Stadt, in der seit dem Mittelalter Juden gewohnt hatten, und etwa die Hälfte der 15 000 Einwohner waren jüdischer Abstammung. Als die Deutschen die Stadt eroberten, sperrten sie die Juden hinter Stacheldraht in einem Ghetto ein, aus dem sie die Starken zur Zwangsarbeit schickten, während die Schwachen an Hunger und Krankheiten starben. Im Sommer 1942 erging ein Befehl, dass das Ghetto, wie in vielen anderen Städten, zu liquidieren sei, und es war dieses Verbrechen, dessen der junge Hauptmann unfreiwillig Zeuge wurde. Die Ausführung der blutigen Operation durch ukrainische Milizen und deutsche SS-Männer ging nicht schnell genug, und Bussche-Streithorsts Vorgesetzter bekam Order, Hilfestellung zu leisten. Er weigerte sich. Bussche-Streithorst flehte seinen Chef an, das Morden aufzuhalten, da die SS-Leute und deren Handlanger aber weit besser bewaffnet waren als die Soldaten des Heeres, erschien dies aussichtslos. Der junge Mann konnte nichts tun, als zu bezeugen, was nun geschah. Die Juden – Männer, Frauen und Kinder – erreichten auf den Ladeflächen von Lkws den Flughafen außerhalb von Dubno, auf dem sich Bussche-Streithorst befand. Sie erhielten den Befehl, ihre Kleidung auszuziehen, welche sofort in große Haufen mit Schuhen, Strümpfen, Hosen, Kleidern, Blusen und Hemden sortiert wurde. Er konnte sehen, wie die nackten Menschen vor Kälte zitterten, während sie versuchten, ihre Familienmitglieder zusammenzuhalten, um sich voneinander verabschieden zu können. Hinter einem Erdwall gab es drei rechteckige Löcher in der Erde – 30 m lang und 3 m tief. Am Rand jedes Loches standen bewaffnete SS-Leute. In regelmäßigen Abständen wurden 20 der armseligen Menschen an den Rand einer Grube getrieben und erschossen, sodass sie hinunterfielen zu ihren Freunden und Verwandten, die schon tot oder sterbend dort unten lagen. Bussche-Streithorst erzählte später, dass er, der aus einer vornehmen, preußischen Militärfamilie stammte, sich plötzlich seiner Uniform ekelte, und das Gefühl hatte, sich diese vom Leib reißen und mit den jüdischen Familien hinüber zum Rand der Grube gehen zu müssen. Er tat es nicht. Stattdessen konzentrierte er ab sofort alle seine Kräfte auf die Bestrebungen, das Naziregime zu beseitigen. Ein Jahr später, als sich die Möglichkeit bot, Hitler bei der Präsentation neuer Uniformen zu töten, meldete er sich freiwillig als Selbstmordattentäter. Aus dem Versuch wurde jedoch nichts, weil der Zug, der die Uniformen transportieren sollte, von alliierten Flugzeugen zerbombt wurde. Von dem Bussche-Streithorst sagte im Übrigen nach dem Krieg beim Kriegsverbrechertribunal in Nürnberg als Zeuge aus.

Die Morde bei Dubno waren kein Einzelfall. Sie geschahen überall in Polen, im Baltikum, in Russland und der Ukraine, wo die deutschen Einsatzgruppen es bis zum Kriegsende schafften, über eine Million Menschen umzubringen.

Jessen wusste von dem, was drüben im Osten vor sich ging. Otto Ohlendorf, sein ehemaliger Schüler, der jetzt für den Sicherheitsdienst in der SS arbeitete, war zum Kommandeur einer der Einsatzgruppen ernannt worden. Laut Aussage eines der Söhne von Jessen kam Ohlendorf eines Tages in voller SS-Uniform bei den Eltern zu Besuch. Er berichtete auch von seinen Aufgaben und über das, was mit Juden, Partisanen und Kommunisten in den besetzten Gebieten geschah. Sowohl Jessen als auch seine Frau waren sehr erschrocken über das Gehörte und verabscheuten danach umso mehr die Verbrecher an der Spitze von Regierung und Partei.

Durch Männer wie Ohlendorf, Bussche-Streithorst und Tresckow erhielten auch die Verschwörer in Berlin Informationen über die Geschehnisse im Osten. Hierüber wurde insbesondere diskutiert, wenn Jessen sich mit von Hassell, Beck und Popitz traf, um die Bestrebungen zu forcieren, alle Kräfte zu vereinen, die bereit waren, etwas zu unternehmen:

„Es gibt in zunehmendem Maße eine Erkenntnis von den unerträglichen Verhältnissen in allen besetzten Ländern. Alle anständigen Menschen verabscheuen die schamlosen Maßnahmen gegen Juden und Gefangene im Osten und gegen harmlose und oft wohlangesehene Juden in Berlin und anderen Großstädten. Es gibt unter den militärischen Leitern eine langsam wachsende Neigung, diesen schändlichen und schmutzigen Taten nicht weiter zuzusehen", schrieb Ulrich von Hassell nach einer ihrer Sitzungen in sein Tagebuch.

Aber es war für Jessen und die anderen nicht leicht, bei den Generälen des Heeres Gehör zu finden. Zum einen war Deutschland im Krieg, und das allein machte es für viele der obersten Offiziere der Wehrmacht unmöglich, an einem Putschversuch teilzunehmen. Zunächst mussten alle Kräfte eingesetzt werden, den Feind zu besiegen. Zum anderen gab es eine Tradition des unbedingten Gehorsams – insbesondere unter preußischen Offizieren. Einem Befehl zu gehorchen war ein derartiger Inbegriff des Soldatendaseins, dass nur die wenigsten vermochten, einen Befehl zu verweigern. Gleichzeitig bedeutete der Eid, den sie nun auf den Führer persönlich geschworen hatten, dass es immer schwieriger wurde, Personen für den Verschwörerkreis zu rekrutieren. Den adligen, konservativen Offizieren bedeutete die Ehre alles, und wenn man sich nicht mehr auf das Wort eines Mannes verlassen konnte – in diesem Fall den Treueeid gegenüber Hitler – hatte man keine Ehre. Und dann gab es selbstverständlich noch die Tatsache, dass Hitler bis Ende 1941 immer recht behalten hatte. Jedes Mal, wenn die Generäle sich besorgt geäußert und versucht hatten, Hitler seine Pläne bezüglich der Annektierung von Österreich und des Sudetenlandes, der Besetzung der Tschechoslowakei, der Invasion in Polen und des Angriffes auf Frankreich durch Holland, Belgien und Luxemburg hindurch, auszureden, war der Führer aus den Schlachten siegreich hervorgegangen. In nur acht Jahren hatte Hitler die Erinnerung an die Niederlage des Ersten Weltkrieges auf dem Müllhaufen der Geschichte entsorgt und Deutschland zur absolut stärksten Macht in Europa gemacht.

War es wirklich Aufgabe der Generäle, sich in eine Politik einzumischen, die zur Wiedergeburt der Nation geführt hatte?

Jessen war nicht im Zweifel. Ihm wurde zu jener Zeit an der Universität Bonn eine Stelle als Forscher angeboten, aber er schlug sie aus, weil er in Berlin zu bleiben wünschte, wo er sich auf den Widerstand gegen das nationalsozialistische Regime konzentrieren konnte.

Mit dem Angriff auf die Sowjetunion hatte Hitler das Schicksal Deutschlands ein für alle Mal besiegelt. Die Russen verfügten nicht nur über enorme Territorien und eine so große Anzahl von Soldaten, dass Stalin es sich leisten konnte, bewusst Millionen von ihnen als Kanonenfutter zu gebrauchen. Es war auch gelungen, das riesige Land von einem rückständigen Bauern-Staat zu einem industriellen Giganten zu entwickeln, der über Rohstoffe verfügte, von denen Deutschland nur träumen konnte, und Fabriken, die durch ein Heer von Arbeitern Panzer, Flugzeuge und Waffen in einer schwindelerregenden Geschwindigkeit produzierten.

Als Hauptmann beim deutschen Generalquartiermeister hatte Jessen einen guten Überblick über die jeweils aktuelle Situation der deutschen Wehrmacht. Und als Volkswirt war ihm sehr wohl klar, dass letztendlich die ökonomischen Fähigkeiten für den Ausgang des Krieges ausschlaggebend sein würden. Eins der ganz großen Probleme waren die Entfernungen in der Sowjetunion. Die Deutschen waren zum Transport von Nahrungsmitteln, Brennstoff und Munition für die Soldaten abhängig von Eisenbahnen, aber das sowjetische Eisenbahnnetz hatte nicht annähernd die notwendigen Kapazitäten für diese enorme Aufgabe. Bei einem Treffen von Beamten verschiedener Ministerien und den obersten ökonomischen Beratern des Militärs Anfang 1941 zog man daraus die Schlussfolgerung, dass die Soldaten dort verpflegt werden müssten, wo sie sich gerade befanden:

„1. Der Krieg kann nur fortgesetzt werden, wenn die ganze Wehrmacht im dritten Kriegsjahr in Russland verpflegt wird. 2. Wenn wir das nehmen, was wir in dem Land benötigen, steht außer Zweifel, dass Millionen Menschen an Hunger sterben werden …"

Irgendwo zwischen 20 und 30 Millionen Menschen würden verhungern, lautete die Analyse, und dies sollte am besten im westlichen Teil Russlands geschehen, wenn die Industrie und die landwirtschaftlichen Flächen später von deutschen Kolonisten übernommen werden sollten – dies war der „Lebensraum“, von dem Hitler geträumt hatte.

Für Jessen, der an besagter Sitzung nicht teilnahm, handelte es sich bei diesem Plan dagegen um einen Albtraum – nicht nur für die Einwohner der besetzten Gebiete, sondern auch für Deutschland, das nicht nur die industrielle Stärke der Russen zu berücksichtigen hatte. Die USA, die größte Volkswirtschaft der Welt, unterstützten Großbritannien, das damit Zugang zu nahezu unerschöpflichen Ressourcen hatte, und als die USA Ende 1941 nach dem japanischen Angriff auf Pearl Harbour aufseiten der Briten in den Krieg eintraten, war die Entscheidung in Jessens Augen gefallen: Deutschland hatte schlicht und ergreifend nicht Ressourcen genug, um noch zu gewinnen.

Er wurde in dieser Ansicht durch Ludwig Beck bestärkt, der Hitler bereits Ende der 1930er-Jahre davor gewarnt hatte, dass dessen Politik letzten Endes zu einer Wiederholung der Situation während des Ersten Weltkrieges führen würde, als die Deutschen sowohl gegen die USA, Großbritannien, Frankreich und Russland als auch an zwei unterschiedlichen Fronten kämpfen mussten.

Sollte Deutschlands totale Niederlage vermieden werden, musste man versuchen, einen Frieden zu verträglichen Bedingungen zu schließen – einige der Widerständler sprachen von der Möglichkeit, eine Vereinbarung mit den westlichen Ländern zu treffen und den Kampf gegen die Kommunisten fortzusetzen. Da die Alliierten es ablehnten, mit Hitler zu verhandeln, musste er entfernt werden. Deshalb wiederholte Jessen gegenüber seinen Kameraden, was er seit seinem Eintritt in den inneren Kreis im Jahre 1939 gesagt hatte: Auch wenn einige moralische Skrupel hätten, müsste Hitler getötet werden.

Jessen benutzte weiterhin das große Netzwerk, das er sich durch seine Karriere aufgebaut hatte. Der Widerstand gegen Hitler war nie als eine große Gruppe organisiert – das wäre viel zu gefährlich gewesen. Er kann eher mit einer großen Anzahl von Spinnennetzen verglichen werden, die untereinander durch persönliche Freundschaften, Kontakte, Treffen und Diskussionen verbunden waren. In der Mitte eines dieser Spinnengewebe saß Jessen mit Hauptsitz in der Passierscheinhauptstelle, von wo aus er es den Leuten ermöglichen konnte, sich zu treffen.

Um wie viele Menschen es sich handelte, ist nicht zu sagen, denn die wenigsten Beteiligten kannten alle, weil viele sich häufig in die Kreise der Widerständler hinein und heraus bewegten. Gleichzeitig gab es einen großen Unterschied in der Art des Widerstandes, der geleistet wurde. Einige – dies galt insbesondere für einen Teil der Kirchenleute, die nach wie vor einen gewissen Spielraum hatten – distanzierten sich öffentlich von der Politik der Nationalsozialisten, z. B. wenn es um die Frage der Tötung der Behinderten ging. Andere halfen Menschen, die vom System verfolgt wurden, während einige sich nur aus ihren Stellungen zurückzogen, um so die Regierung nicht weiter durch ihre Arbeit zu unterstützen. Auch der umgekehrte Fall kam vor, dass die Widerständler meinten, sie hätten bessere Möglichkeiten, den Fanatismus der Nationalsozialisten abzumildern, wenn sie im System blieben. Die wenigsten entschieden sich wie Jessen dafür, dass das Regime beseitigt werden müsse, nötigenfalls mit Gewalt. Wenn der Widerstand auch viele unterschiedliche Gesichter hatte, hatten doch alle das gleiche Problem: Ihnen fehlten die „Muskeln". Die zivilen Widerständler wie Jessen und von Hassell hatten keinen Zugang zu Pulver und Kugeln, und ein großer Teil der militärischen Verschwörer hatte administrative Stellungen und damit keine Truppen, derer sie sich bei einem möglichen Putschversuch bedienen konnten.

Für Jessen galt es deshalb, seine Kontakte und Reisemöglichkeiten zu nutzen. In seinem Spinnengewebe hatte er Kontakt zu den zwei Personen, die als militärische und zivile Anführer des Widerstandes angesehen wurden. Der Erste war Ludwig Beck, der – wie bereits erwähnt – einer der wenigen Offiziere war, die es wagten, Hitler zu widersprechen, und der die Konsequenz aus seiner Abscheu gegenüber dem Nationalsozialismus zog und als Stabschef der bewaffneten Streitkräfte zurücktrat. Der Zweite war Carl Friedrich Goerdeler, ein ultrakonservativer Ökonom und früherer Bürgermeister in Leipzig, wo er u. a. dadurch Aufsehen erregte, dass er sich der Zerstörung einer Skulptur des jüdischen Komponisten Mendelssohn widersetzte. Wie Beck folgte auch er seinem Gewissen und trat 1937 zurück, als ihm befohlen wurde, die Statue zu entfernen, die für ihn zum Symbol der nationalsozialistischen Verbrechen wurde. Goerdeler war von Anfang an Gegner des Nationalsozialismus und war unermüdlich in seinem Kampf gegen das Regime. Er reiste oft als Abgesandter von Beck und Oster oder aus eigenem Antrieb ins Ausland, um dort um Unterstützung bei den Alliierten zu werben. Leider war er auch indiskret und traf sich z. B. oft mit Menschen in der Öffentlichkeit und hatte dabei eine große Anzahl heimlicher Dokumente bei sich. Gleichzeitig meinten viele der Mitverschwörer, dass er allzu optimistisch sei. Er glaubte unter anderem, dass er mit Hilfe guter Argumente das Regime davon überzeugen könne, seinen Kurs zu ändern, und er war bis zuletzt davon überzeugt, dass Hitler mit friedlichen Mitteln von der Macht entfernt werden könne. Gleichzeitig beurteilte er die Alliierten falsch und rechnete damit, dass Deutschland nach einem zukünftigen Friedensvertrag einige der Gebiete behalten durfte, die das Land annektiert oder erobert hatte. Das ändert jedoch nichts daran, dass er ein Mann war, der unentwegt und unermüdlich versuchte, Kompromisse zwischen den sehr verschiedenen Persönlichkeiten des Widerstandes zu finden.

Auch seine Bekannten in der Welt der Wissenschaft versuchte Jessen in sein Netzwerk einzubinden. 1940 hatte er von der Akademie für Deutsches Recht die Aufgabe gestellt bekommen, sich näher mit den Herausforderungen der Kriegswirtschaft und unterschiedlichen Lösungsmöglichkeiten zu beschäftigen und gleichzeitig den Fokus auf die Einrichtung der deutschen Volkswirtschaft nach einem gewonnenen Krieg zu richten. Er bildete elf verschiedene Arbeitsgruppen mit Ökonomen und Juristen aus dem ganzen Land – von denen er viele persönliche aussuchte, weil er wusste, dass sie die gleiche Einstellung zum Nationalsozialismus hatten wie er selbst. Die Arbeit wurde Anfang 1943 abgebrochen, da sie nicht als für den Kriegseinsatz wichtig angesehen wurde, aber Jessen forderte heimlich dazu auf, die Treffen weiterzuführen. Auf diese Weise entwickelten sich Inseln der Opposition, die es ermöglichten, die ökonomische Situation nach einem Staatsstreich zu betrachten. Eines der Mitglieder dieser Arbeitsgruppen war Peter Graf Yorck von Wartenburg, leitendes Mitglied des Kreisauer Kreises. Kreisau war ein deutscher Herrensitz, der heute im südwestlichen Polen liegt. Hier – und in Berlin – traf sich ein Kreis vornehmlich junger, adliger Männer. Viele waren konservativ, aber es gab in ihrer Gesellschaft auch Platz für Liberale und Gewerkschaftler, für Katholiken wie für Protestanten, Monarchisten und Republikaner – gemeinsam war ihnen die Abscheu gegenüber dem Nationalsozialismus. Die meisten Kreisauer begnügten sich damit, zu diskutieren und Kontakte im Ausland über die Entwicklungen in Deutschland zu informieren, aber einige von ihnen wurden – unter anderen durch den Kontakt zu Jessen – tiefer einbezogen in den aktiven Widerstand gegen das Regime.

Ein anderer Teil von Jessens Netzwerk war verbunden mit weit düstereren Kräften: der SS. Durch seinen früheren Schüler Otto Ohlendorf konnte Jessen sich selbst und seine Mitverschwörer darüber informiert halten, was in Himmlers schwarzem Imperium vor sich ging. Ohlendorf war jedoch nicht selbst am Widerstand gegen Hitler beteiligt und entdeckte erst später, dass Jessen die Informationen seines früheren Schülers an die übrigen Verschwörer weitergab.

Und dann war da sein Untergebener in der Passierscheinhauptstelle: Werner von Haeften.

Werner von Haeften arbeitete für eine Bank in Hamburg. Als der Krieg ausbrach, wurde er zum Heer eingezogen. Wie so viele andere junge Männer wurde er an die Ostfront geschickt, um gegen die sowjetischen Streitkräfte zu kämpfen. Als er verletzt wurde, versetzte man ihn in die Abteilung, in der Jessen Chef war. Hier blieb er bis zum Herbst 1943, dann wurde er Adjutant für einen Offizier, der aufgrund seiner Verletzungen, die er sich in Tunesien zugezogen hatte, nun im Stab des Ersatzheeres arbeitete.

Sein Name war Claus Schenk Graf von Stauffenberg.

KAPITEL 7

„Es wäre in der Theorie so einfach, diesen Verbrecher zu beseitigen …“

Rudolf Christoph von Gersdorff, Offizier im militärischen Nachrichtendienst Abwehr bei der Heeresgruppe Mitte, wirft einen Blick auf die hellrote Fassade des Zeughauses in Berlin, das in alten Tagen als Waffenlager gebraucht wurde.

Er geht die Treppe zum Haupteingang hinauf und begibt sich hinein. Es wimmelt von Arbeitern, die lange Stuhlreihen aufstellen und eine Bühne aufbauen, damit Platz ist für das Rednerpult des Führers. Rundherum beobachten schwarz gekleidete SS-Leute die Arbeit. Deren Kollegen in Zivil sind der Aufmerksamkeit von Gersdorffs nicht entgangen – dies ist für ihn Routine – und er versucht, so wenig Aufmerksamkeit wie möglich zu wecken.

Es ist keine Woche vergangen, seit er zusammen mit Henning von Tresckow und Fabian von Schlabrendorff eine als Paket mit Cointreau-Flaschen getarnte Bombe in Hitlers Flugzeug anbringen ließ. Die Bombe detonierte nicht, und die Verschwörer waren davon ausgegangen, dass sich ihnen kaum eine vergleichbare Chance bieten würde, als mitgeteilt wird, dass der Führer den Wunsch hat, anlässlich seiner jährlichen Rede zum Heldengedenktag – an dem die Nation die Helden der Schlachtfelder ehrt – eine Ausstellung russischer Kriegsausrüstung zu besichtigen. Durch Tresckows Vermittlung wird von Gersdorff, der am Zustandekommen der Ausstellung beteiligt war, nach Berlin geschickt, um einer von denen zu sein, die dem Führer die Ausstellung präsentieren.

„Dies ist unsere einzige Chance. Hitler muss erschlagen werden wie ein tollwütiger Hund“, hatte Tresckow gesagt, als er während eines Spaziergangs am Dnjepr-Fluss in Russland den Nachrichtenoffizier fragte, ob dieser bereit sei, einen weiteren Versuch zu wagen.

Von Gersdorff, nach dem Tod seiner Frau Renata verwitwet, hat keine Zweifel: Sollte sein Einsatz zum Fall des Naziregimes führen, ist es seine Pflicht, das Attentat auszuführen.

Und nun steht er also im Gebäude, in dem Hitler morgen herumgeführt werden soll. Optimal scheint es nicht zu sein. Zur Decke hin ist es hoch, das Dach besteht aus Glas, wodurch die Druckwelle der Explosion leicht entweichen kann, ohne dass jemand ernsthaft zu Schaden kommt. Nur wenn die Bombe unmittelbar neben dem Führer hochgeht, ist von Gersdorff der Erfolg sicher. Er wirft einen Blick auf das Rednerpult, dem einzigen Platz, an dem sein Ziel längere Zeit stillstehen muss, aber durch die Anwesenheit der vielen SS-Leute wird es unmöglich sein, den Sprengstoff anzubringen, ohne Aufsehen zu erregen.

Es gibt nur eine Möglichkeit.

Der Nachrichtenoffizier begibt sich zurück zum Hotel Eden, in dem er übernachten wird. Dort empfängt er Fabian von Schlabrendorff, der noch einmal die Aufgabe bekommen hat, den britischen Sprengstoff zu transportieren – den gleichen, den er nach dem misslungenen Cointreau-Komplott aus dem Führerhauptquartier in Ostpreußen holen musste. Den Zünder hat von Gersdorff selbst mitgebracht. Von dem Zeitpunkt, an dem er die Bomben aktiviert – es gibt genug Sprengstoff für zwei Bomben –, vergehen bis zur Detonation etwa zehn Minuten, aber wegen der Geheimniskrämerei um das Besuchsprogramm des Führers weiß er nicht genau, wann er die Möglichkeit haben wird, ihn zu töten.

Aber so ist es nun einmal.

Am nächsten Tag trifft von Gersdorff gegen Mittag am Zeughaus ein. Alles ist nun vorbereitet, Hitler in Empfang zu nehmen. Ein Orchester spielt gedämpfte Musik, die Flaggen der verschiedenen Streitkräfte sind in dem großen Saal aufgestellt. Punkt 13 Uhr fährt der Ehrengast in einem großen Mercedes vor, der vorher über die Prachtstraße „Unter den Linden“ gefahren ist, vorbei an Tausenden von Menschen, die den Führer sehen wollten. Ihm folgt Goebbels, und begrüßt wird er von Göring, Himmler und Großadmiral Dönitz von der Flotte. Zunächst spielt das Orchester ein Stück von Hitlers Lieblingskomponisten, dem Österreicher Anton Bruckner, und dann ist es Zeit für die Rede.

„Dank dem Opfer und dem Heldentum unserer Soldaten ist es gelungen, nunmehr endgültig die Krise, in die das deutsche Heer – durch ein unverdientes Schicksal – gestürzt worden war, zu überwinden, die Front zu stabilisieren und jene Maßnahmen einzuleiten, die den vor uns liegenden Monaten wieder den Erfolg bis zum endgültigen Sieg sichern werden", versichert der Führer seinen Zuhörern.

Wie so oft zuvor macht er klar, dass dieser Krieg davon handelt, das deutsche Volk und die deutsche Rasse vor den Juden zu retten, die sich befleißigen, sowohl durch die westliche Demokratie als auch den Bolschewismus im Osten sich die ganze Welt zu unterwerfen. Was dieses für Tausende und Abertausende unschuldige Männer, Frauen und Kinder im Osten bedeutet, wissen von Gersdorff und seine Gleichgesinnten nur zu gut, und sie verabscheuen die Schande, die Hitler und seine Kumpanen über Deutschland gebracht haben.

„Die letzte treibende Kraft ist ohnehin der ewige Hass jener Rasse, die seit Jahrtausenden als wahre Gottesgeißel die Völker so lange züchtigt, bis sich diese in Zeiten der Selbstbesinnung ihrer Peiniger wieder erwehren", fährt Hitler fort.

Normalerweise kann er stundenlang so weitersprechen, aber heute beendet er seine Rede nach wenig mehr als zehn Minuten.

Als der Führer und sein Gefolge aus dem Saal kommen, steht von Gersdorff mit seinem nichts Böses ahnenden Vorgesetzten und dem Museumsdirektor am Eingang der Ausstellung. Während der vornehme Gast sich nähert, grüßen ihn die drei Männer mit einem „Heil Hitler", dieweil von Gersdorff mit der linken Hand in der Manteltasche hart in den Sprengstoff hineindrückt, damit das Röhrchen mit der Säure des Zünders zerbricht. In einem Sekundenbruchteil erinnert er sich daran, dass ein Bekannter fast von einem SS-Mann überwältigt worden ist, als er in der Nähe Hitlers seine Hand in die Tasche steckte, um ein Taschentuch hervorzuziehen, und er entschließt sich deshalb, die Bombe in der rechten Hosentasche nicht scharf zu machen – eine Bombe muss genügen.

Innerhalb der nächsten zehn Minuten wird die Bombe hochgehen – von Gersdorff ist bereit, sein Leben zu opfern und den Verbrecher mit in den Tod zu nehmen.

Mit dem Gefolge geht von Gersdorff in den Ausstellungssaal hinein, wo ein kleiner Teil der russischen Kriegsausrüstung, die die Deutschen erbeutet haben, ausgestellt ist. Er drängt sich nach vorn, sodass er möglichst nahe an Hitler herankommt, und macht sich bereit, zu erklären, um was es sich bei den ausgestellten Gegenständen handelt, wie sie funktionieren und wie sie in die Hände der Deutschen gelangt sind.

Aber dann geschieht etwas Merkwürdiges.

Der Führer würdigt die Gegenstände keines Blickes, sondern hastet durch die Ausstellung und bleibt höchstens zwei Minuten im Raum. Stattdessen eilt er hinaus zur Ehrenwache, die vor dem Zeughaus Aufstellung genommen hat, wo er einen Kranz für die Gefallenen des Reiches niederlegen soll. Die Chance, näher an Hitler heranzukommen, ist verpasst, und von Gersdorff begibt sich so ruhig wie möglich zu einer Toilette im westlichen Teil des Gebäudes, wo es ihm gelingt, die Lunte aus dem Sprengstoff herauszuziehen.

In der Zwischenzeit begrüßt Hitler einige der vielen Kriegsversehrten, denen erlaubt wurde, an der Gedenkfeier teilzunehmen. In regelmäßigen Abständen reicht er einigen die Hand und fragt, wo sie verwundet worden seien, und jedes Mal wiederholt er für sich selbst die Ortsnamen: „Bei Juchnow. Bei Sewastopol. Bei Kalinin.“

Einen Monat später treten von Hassell und seine Frau Ilse durch das Gartentor des Hauses, das an der Limonenstraße 26 in der Nähe des Botanischen Gartens der Hauptstadt liegt. Vorbei am Kastanienbaum im Vorgarten gehen sie zur Eingangstür und betätigen die Klingel. Käthe Jessen öffnet. Ihr Mann ist momentan sehr niedergeschlagen und wünscht im Augenblick eigentlich niemanden zu sehen. Er hat nicht nur das Gefühl, dass es unmöglich ist, etwas zu unternehmen, um den Untergang Deutschlands zu verhindern. Seine Frau und er haben auch einen ihrer beiden Söhne an der Ostfront verloren. Trotzdem beharrt seine Frau darauf, dass es gut tue, von guten Freunden Besuch zu bekommen.

Normalerweise ist Jessen einer der eifrigsten und aktivsten der Verschwörer, und er gehört auch zu denen mit dem größten Optimismus, aber im Augenblick fällt es immer schwerer, ein einziges Licht am Ende des Tunnels zu sehen, jetzt wo einer der erfolgversprechendsten Versuche gescheitert ist, nicht nur Hitler, sondern auch einen Teil seiner Handlanger zu töten.

Es wird daher, mit von Hassells Worten, ein herzlicher, aber nicht geradezu aufmunternder Abend im Hause Jessen. Wie alle anderen Beteiligten beschäftigt Jessen sehr, wie es jemals möglich sein wird, einen Mann ganz nahe an Hitler heranzubekommen, wenn die Sicherheit um ihn herum immer weiter verschärft wird und er anscheinend einen siebten Sinn dafür hat, in seiner Nähe Gefahr zu wittern.

Aber es ist Jessen, der die Idee hat, und am 20. April 1943 fügte Ilse von Hassell in das Tagebuch ihres Mannes eine Randbemerkung ein, in der sie schreibt, dass der Mann, der bei den Verschwörerern unter dem Decknamen „Nordmann" geführt wird, sich einen Plan ausgedacht hat:

„Es wäre in der Theorie so einfach, diesen Verbrecher zu beseitigen: Der vortragende Offizier bringt eine Mappe mit herein, die Sprengstoffladung enthält, legt die Mappe auf den Schreibtisch von Hitler, lässt sich zu einem verabredeten Telefonanruf herausholen, und Hitler ist beseitigt."

* * *

Es ist verständlich, dass selbst der fleißige und optimistische Jessen im Frühjahr 1943 deprimiert war, denn zusammengenommen war den Widerständlern alles misslungen, was misslingen konnte. Nicht nur ein Versuch nach dem anderen, Hitler zu töten, war fehlgeschlagen durch das anscheinend unendliche Glück des Führers, nun wurde auch noch eine der wichtigsten Trumpfkarten der Verschwörer aus dem Spiel entfernt.

Am Vormittag des 5. April erschienen zwei Gestapo-Männer in der Hauptverwaltung der Abwehr, wo Oster seit dem Ende der 1930er-Jahre eine Gruppe Gleichgesinnter um sich geschart hatte, um mit den Leuten um Jessen, Beck und Goerdeler zusammenzuarbeiten. Die beiden Männer von der Geheimpolizei hatten einen

Durchsuchungsbefehl für die Büros dabei, weil man einen Teil der Beschäftigten der Korruption und des gesetzwidrigen Handels mit ausländischer Währung verdächtigte. Der Verdacht richtete sich insbesondere gegen den Juristen Hans von Dohnanyi, der unter anderem Beweise für die Verbrechen der Nazis gesammelt hatte – für Gerichtsverfahren nach einem geglückten Umsturz – und der geholfen hatte bei der sogenannten „Cointreau-Bombe". Dohnanyi und Oster hatten – trotz der Warnungen ihres Chefs – nach wie vor stapelweise Dokumente in ihren Büros, und ein Teil von diesen wurde entdeckt, als die Polizisten nach Beweisen für die vorgenannten Anklagen suchten. Die Papiere enthielten Informationen über einige Kontakte Dohnanyis in den Kirchen, und wenn der Schaden sich trotz allem nur auf die Abwehr begrenzte, dann, weil es gelang, einen Teil der Papiere als Desinformation darzustellen, die zur Enttarnung von Spionen und Verrätern gebraucht werden sollte. Dohnanyi wurde inhaftiert und Oster unter Hausarrest gestellt, und damit verloren die Widerständler einen der aktivsten und ausdauerndsten Männer.

Jessen musste sich auch von einem jungen Offizier aus dem Stabshauptquartier in Berlin verabschieden, den er im Sommer 1942 kennengelernt hatte und an den er große Hoffnungen knüpfte:

Claus Schenk Graf von Stauffenberg.

Wie Jessen war Stauffenberg ein konservativer Nationalist, der zunächst Hitlers Machtergreifung 1933 willkommen geheißen hatte, obwohl er selbst kein Nationalsozialist war. In Hitler sah er den Mann, der Deutschland wieder aufrichten und den Kommunismus bekämpfen konnte, und er begrüßte die Annektierung Österreichs und des Sudetenlandes. Zunächst war er auch optimistisch, als Hitler 1942 persönlich die Kontrolle über das Heer an sich zog, weil er meinte, dass dies die Kommandostruktur vereinfachen würde. Als er dann jedoch teils Zeuge der verbrecherischen Methoden des Regimes wurde, teils erlebte, wie Hitler sich in die kleinsten militärischen Details einmischte, änderte er seine Meinung. Aktiver Widerständler wurde er indessen erst 1942, als er erlebte, wie die Generäle „den Schwanz einzogen" und es nicht wagten, Hitler zu trotzen, obwohl dies zu enormen Verlusten unter den deutschen Soldaten führte. Der Tropfen, der das Fass zum Überlaufen brachte, war die Schlacht um Stalingrad, wo 300 000 deutsche Soldaten 1,5 Millionen sowjetischen gegenüberstanden. Hitler weigerte sich – trotz wiederholter Warnungen, die u. a. dem Stabschef des Heeres seinen Posten kosteten –, die Truppen zurückzuziehen, worauf die Russen diese einkesselten. 250 000 Deutsche verloren ihr Leben in den vereisten Ruinen der Stadt, und Zehntausende wurden gefangengenommen, als der Oberkommandierende sich dem Befehl des Führers widersetzte, sich nicht zu ergeben.

In Stauffenbergs Augen hatten Hitler und seine Kumpane das deutsche Heer verraten und konnten nur als Kriminelle bezeichnet werden, nachdem sie mehrere hunderttausend Männer in den sicheren Tod geschickt hatten.

Etwas musste getan werden, solange es noch möglich war, die Nation und das Heer zu retten.

Insbesondere die Nation bedeutete für sowohl Stauffenberg als auch die meisten anderen Gegner des Regimes alles. Es ist wichtig, sich klarzumachen, dass Jessen, Stauffenberg und die Übrigen in erster Linie gegen den Nationalsozialismus kämpften, weil sie befürchteten, dass die menschenfeindliche Ideologie in letzter Konsequenz das Ende Deutschlands zur Folge haben würde. Egal, wie oft Hitler in seinen Reden den Endsieg propagierte, waren sie sich darüber im Klaren, dass Deutschland den Krieg verlieren würde, wenn es sowohl die Sowjetunion als auch die USA gegen sich hatte – es war nur eine Frage der Zeit. Das Ziel musste deshalb sein, Hitler zu beseitigen, sodass es möglich würde, einen Friedensvertrag zu erreichen, der garantierte, dass die Grenzen nicht geändert, das Land nicht geteilt, und – das wäre das Schlimmste, was geschehen konnte – von fremden Mächten besetzt würde, welches in ihren Augen gleichbedeutend war mit dem Ende Deutschlands als selbstständiger Nation. Dass die Ausrottung der Juden, die Abschlachtung von Zivilisten und Kriegsgefangenen, die Konzentrationslager und die Vernichtung des Rechtsstaats für die meisten auch von großer Bedeutung war, ist klar. Aber das allerwichtigste Argument, ihrem eigenen Anführer mitten im Krieg, den Deutschland nun zu verlieren drohte, in den Rücken zu fallen, war die Rücksicht auf die Nation. Wie Stauffenberg es formulierte, als er hörte, dass ein Teil der deutschen Kriegsgefangenen in den sowjetischen Lagern zum Feind überlief:

„Ich verrate meine Regierung, jene aber verraten ihr Land."

Jessen, der verschiedentlich davor gewarnt worden war, zu prinzipienfest und offen zu sein, fand in Stauffenberg einen Mann, der trotz des Altersunterschiedes, der Ausbildung und des Standes ihm selbst glich. In einem Restaurant in Berlin tat Stauffenberg z. B. laut seine Meinung über Hitlers Entscheidungen in Bezug auf Stalingrad kund, einige Tage später forderte er Feldmarschall Erich von Manstein, einen der höchsten Offiziere des Heeres, auf, Hitler zu stürzen, während ein diplomatisches Ende des Krieges noch möglich sei. Der Feldmarschall wurde so nervös, dass er am Ende damit drohte, Stauffenberg festnehmen zu lassen. Unter gemeinen Soldaten äußerte Stauffenberg sogar ausdrücklich, dass Hitler erschossen werden müsste.

Jessen und Stauffenberg ähnelten sich auch in einem anderen Punkt: sie verfügten beide über ein außerordentlich gutes Organisationstalent, und sie vermochten beide, Dinge umzusetzen, ohne dass die Leute um sie herum das Gefühl hatten, benutzt zu werden. Jessen nutzte sein Talent sowohl in der Welt der Forschung als auch in seiner Arbeit an der Planung der eigenen Reisen und der der Mitverschwörer, während Stauffenberg sein Talent in seiner Stellung im Stabshauptquartier nutzte, wo er u. a. an der Planung des Kriegsverlaufes in Russland beteiligt war. Dies war eine weitere Fähigkeit, die Jessen hoch schätzte. Sie trug dazu bei, dass die beiden Männer, die sich begegneten, weil ihre Aufgaben in der Passierscheinhauptstelle und im Stabshauptquartier regelmäßig Zusammenarbeit erforderte, begannen, sich in Jessens Haus auch privat zu treffen.

Aber dann wurde Stauffenberg nach Tunesien geschickt, wo die deutschen Truppen gegen britische und amerikanische Truppen kämpften. Im Laufe der ersten Monate des Jahres 1943 hatten die Widerständler zwei ihrer besten Trumpfkarten – Oster und Stauffenberg – verloren, und dann wussten sie obendrein, dass die Gestapo es eilig hatte, aufzudecken, wie groß die Gruppe um Oster war. Wie viel wusste die Geheimpolizei – wann würden sie an die Tür klopfen? Keiner wusste es und die meisten wünschten sich, nicht aufzufallen, welches – wie gesagt – den eifrigen Jessen traurig stimmte.

Und es sollte noch schlimmer kommen.

Eines der wichtigsten Argumente der Verschwörer bei den Versuchen, die Generäle zu überreden, ihre Waffen gegen das Naziregime zu wenden, war, dass es nach wie vor die Möglichkeit gab, mit den Alliierten einen Friedensvertrag zu erträglichen Bedingungen zu schließen. Dieses Argument löste sich Anfang des Jahres in Luft auf, als sich die Alliierten bei einem Treffen in Casablanca in Marokko darauf verständigten, nicht nur – wie bei früheren Konferenzen verabredet – separate Friedensvereinbarungen mit Deutschland auszuschließen, sondern auch eine bedingungslose Kapitulation zu verlangen.

Jessen und die anderen Verschwörer hatten damit das Gefühl, als sei ihre Arbeit vergebens gewesen. Sie konnten jetzt nur zusehen, während die Zerstörung ihres geliebten Deutschlands nicht länger verhindert werden konnte. Der Einmarsch in die Sowjetunion, der als Blitzkrieg begonnen hatte, kam schon im Winter 1941 zum Stillstand, als der russische Winter die deutschen Truppen aufhielt, die überhaupt nicht auf die extremen Minustemperaturen vorbereitet waren. Trotz einzelner Siege stand nach der Katastrophe von Stalingrad fest, dass es nur eine Frage der Zeit war, bevor die deutschen Truppen zurückgedrängt werden würden. Die großen Siege in Nordafrika, die zuvor die Briten beinahe aus Ägypten und vom Suezkanal vertrieben hatten, waren nun abgelöst worden von weit härteren Kämpfen, und im eigentlichen Deutschland bekam die Bevölkerung jetzt auch den Krieg zu spüren, wenn die Sirenen regelmäßig vor den britischen und amerikanischen Bombern warnten, die ihre tödliche Ladung über der Hauptstadt entluden. Und dann strömten die Gerüchte, Berichte und Protokolle von Kontakten im Osten in den Kreis um Jessen herein von den Ungeheuerlichkeiten, die weiterhin in den besetzten Gebieten vor sich gingen – nicht zuletzt in Polen.

„... haust die SS in Polen weiter in unvorstellbarer beschämendster Weise. Unzählige Juden werden in besonders dazu gebauten Hallen vergast, jedenfalls Hunderttausende", schrieb Ulrich von Hassell am 15. Mai 1943 in sein Tagebuch.

Abgesehen davon, dass die Anzahl der jüdischen Opfer ungeheuerlich viel größer war, als die Widerständler sich vorstellen konnten, bestärkte der Holocaust sie darin, gegen ein Regime zu kämpfen, das nicht nur die Zerstörung Deutschlands mit sich bringen würde, sondern auch Verbrechen in einem Umfang beging, den sich die Welt nicht vorstellen konnte – und es gab nichts dagegen auszurichten.

Eines der großen Probleme der Verschwörer war, dass es ihnen schwer fiel, die obersten Generäle des Heeres zu überreden, sich gegen Hitler zu wenden. Viele von ihnen verabscheuten die Nazis und deren Verbrechen, aber die meisten schlossen ihre Augen und gehorchten den Befehlen oder begnügten sich damit, einen einzelnen, offiziellen Protest einzulegen. Die zivilen Mitglieder der Widerstandsbewegungen konnten natürlich nicht sehr viel ausrichten, wenn es um militärische Macht ging, aber das Gleiche galt auch für viele Soldaten, weil die wenigsten von ihnen Posten innehatten, in denen sie das Kommando über Streitkräfte führten, die etwas hätten ausrichten können.

„Je länger der Krieg dauert, desto geringer wird meine Meinung von den Generälen. Sie haben wohl technisches Können und physischen Mut, aber wenig Zivilcourage, gar keinen Überblick oder Weltblick und keinerlei innere, auf wirklicher Kultur beruhende Selbstständigkeit oder Widerstandskraft, daher sind sie einem Manne wie Hitler völlig unterlegen und ausgeliefert. Der Mehrzahl sind außerdem die Karriere in niedrigem Sinne, die Donationen und Marschallstäbe wichtiger als die großen, auf dem Spiel stehenden sachlichen Gesichtspunkte und sittlichen Werte ... Alle, auf die man gehofft hatte, versagen, und zwar insofern in besonders elender Weise, als sie alles, was ihnen gesagt wird, zugeben und sich auf die tollsten Gespräche einlassen, aber den Mut zur Tat nicht aufbringen", schrieb von Hassell und spielte damit auf die Stimmung an, in der sich auch sein guter Freund Jessen befand.

Doch Jessens Optimismus sollte sich bald wieder einstellen – wenn auch aus einem etwas makabren Grund.

Am 7. April 1943 flogen amerikanische Jagdflugzeuge einen Angriff auf eine deutsche Militärkolonne in Tunesien. Stauffenberg, der versuchte, so viele Fahrzeuge in Sicherheit zu dirigieren wie möglich, wurde während des Angriffes schwer verwundet. Er verlor sein linkes Auge und seine rechte Hand musste amputiert werden, während dasselbe der Fall war bei zwei Fingern an der linken Hand. Er weigerte sich jedoch schmerzlindernde Medizin einzunehmen und lernte im Laufe weniger Wochen, trotz seiner Schäden zurechtzukommen. Denn Deutschland von dem Selbstmordkurs zu retten, auf den Hitler und seine Handlanger die Nation gebracht hatten, war das Einzige, was ihm etwas bedeutete.

„Wenn die Generäle nichts unternehmen wollen, müssen es die Obristen tun", wie er sagte.

Er war nicht länger felddiensttauglich, aber sein Organisationstalent konnte ihm keiner nehmen und im Laufe des Herbstes kehrte er zurück ins Hauptquartier des Heeres in der Bendlerstraße in Berlin, nur wenige Straßen von Jessens Büro entfernt. Hier wurde er Stabsoffizier beim Ersatzheer, das u. a. für die Ausbildung der Soldaten zuständig war, die an die Front geschickt werden sollten. Sein Chef war General Friedrich Olbricht, ein Mitglied der Widerstandsbewegung. Olbricht war schon seit Beginn der 1920er-Jahre gegen die Nationalsozialisten gewesen und hatte unter anderem während der „Nacht der langen Messer" mehreren Personen das Leben gerettet, und er sah in Stauffenberg den Mann, der die gestrandeten Umsturzpläne wieder zu neuem Leben erwecken konnte.

So sah es auch Jessen.

Er hatte – wie so oft vorher – einen weiteren Gegner des Regimes angestellt, Ulrich-Wilhelm von Schwerin von Schwanenfeld, der als Sohn eines deutschen Diplomaten auch in Dänemark geboren war. Schwanenfeld hatte in Witzlebens Stab in Paris gedient, bis der sich 1942 aus Gesundheitsgründen zurückzog. Als dies geschah, sah Jessen eine Möglichkeit, sein Netzwerk weiter auszubauen, mit einem Mitglied des sogenannten Kreisauer Kreises. Diesem Kreis von jungen Adligen war auch Stauffenberg verbunden durch seinen Vetter Yorck von Wartenburg, den Jessen für die Arbeit an der deutschen Kriegswirtschaft in der Akademie für Deutsches Recht angestellt hatte.

Jessen und Schwanenfeld, Letzterer ohnehin ein guter Freund von Stauffenbergs, besuchten häufig das Hauptquartier des Ersatzheeres, was kein Misstrauen weckte, weil Jessen der Verantwortliche war für das Ausstellen von Reisegenehmigungen für Soldaten und Offiziere. Anfänglich sprach Jessen meistens mit Olbricht, aber der Kontakt zu Stauffenberg wurde enger und enger. Er stellte den jungen Offizier mehreren zivilen Mitgliedern der Widerstandsbewegung vor – unter anderem Ulrich von Hassell und Johannes Popitz – und Stauffenberg besuchte mehrere Male Jessen und seine Frau in deren Haus, in dem ein Teil der Arbeit an der Formulierung einer neuen Verfassung für ein Deutschland ohne Hitler und die Nationalsozialisten vor sich ging.

Und wie wünschte sich Jessen nun, dass ein neues Deutschland aussehen solle?

Zunächst muss festgehalten werden, dass er kein Demokrat war. Dies war im Allgemeinen keiner der Widerständler. Jessen hatte erlebt, wie die Demokratie die Nation geschwächt hatte, weil die Politiker ihre Eigeninteressen dem Wohl und Wehe des Landes vorzogen. Die Parteien waren nicht in der Lage gewesen zusammenzuarbeiten, um die Krise zu verhindern, die den Verbrecher an die Macht gebracht hatte. Mit der Demokratie hatte das deutsche Volk einen Versuch gewagt, aber dieser endete in einer Katastrophe, die sich nicht wiederholen sollte, meinte er.

Zusammen mit vor allem Ludwig Beck, von Hassell und seinem alten Mentor Johannes Popitz hatte Jessen an verschiedenen Entwürfen für ein neues Grundgesetz gearbeitet. Wenn man die Vorschläge heute liest, stellt man in erster Linie fest, dass freie Wahlen nicht mit einem Wort erwähnt werden. Stattdessen sollte ein starkes Staatsoberhaupt, eine Art Regent – mehrere Widerständler wünschten sich eine Wiedereinführung der Monarchie – ernannt werden und dieser sollte für die Außenpolitik verantwortlich sein, Oberkommandierender der Streitkräfte sein, den Kanzler, Beamte und Offiziere ernennen (oder entlassen) und dann sollte der Betreffende auch Einfluss darauf haben, wer als Richter im Rechtswesen ernannt würde. Es war die Rede von einem starken zentralistischen Staat, in dem die Länder „an einer kurzen Leine" gehalten werden sollten durch Gouverneure, die das Staatsoberhaupt repräsentieren sollten. Der Kanzler und die Regierung konnten Gesetze nur erlassen nach Beratungen mit dem Staatsoberhaupt und dem Staatsrat u. a. bestehend aus würdigen Männern und ernannt – vom Staatsoberhaupt. Des Weiteren war daran gedacht, später einen weiteren Rat einzurichten, der das Volk vertreten sollte, aber wieder würde es keine Wahl geben und Jessen und die anderen beabsichtigten, politische Parteien voll und ganz zu verbieten.

Die unterschiedlichen Entwürfe legten gleichzeitig großen Wert auf Moral und Anstand und eine Rückkehr zum Rechtsstaat mit Rechten für das Individuum – doch unter Berücksichtigung der nationalen Sicherheit:

„Jede freie Meinungsäußerung, selbst in nicht-politischen Zusammenhängen, wurde zu einem Verbrechen gemacht: Eine jede freie, intellektuelle Bewegung wurde in Fesseln gelegt. Spionage und Verleumdung in einem nie gekannten Ausmaß waren an der Tagesordnung. Die Rechtspflege, insbesondere Strafsachen, wurden immer mehr den Gesichtspunkten der Partei untergeordnet. Das Auftreten der Gestapo verletzte fundamentale Prinzipien der Moral und zerstörte die Menschlichkeit. Ernsthafte Verletzungen der Gerechtigkeit und des Gesetzes, Angriffe auf das Leben Unschuldiger und die Freiheit wurden nie bestraft – im Gegenteil wurde von oben dazu ermuntert. Vor Kurzem gab es in Verbindung mit dem Krieg Vorkommnisse – mit Einverständnis der obersten Anführer des Staates –, die es noch nie in der deutschen Geschichte gegeben hat. Zu diesen gehören furchtbare Untaten gegen Juden, die die Partei ungestraft geschehen ließ", so stand es in einem der Entwürfe, die zwischen Jessen und den anderen zirkulierten.

Darüber hinaus unterstrichen sie die Notwendigkeit einer verantwortlichen ökonomischen Politik, die die Rückkehr zu einer liberaleren Wirtschaft sichern sollte, bei der die öffentlichen Mittel in einem höheren Maß verwendet werden sollten zur Sicherung von Wohnungen für die Bevölkerung, Unterricht und Unterstützung für Bürger, die aufgrund von Krankheit, Alter und Arbeitslosigkeit nicht in der Lage waren, sich selbst zu versorgen.

Jessen, Beck, von Hassell und Popitz machten sich mit anderen Worten Gedanken über das moralische Fundament für ein neues Deutschland, aber es würde grundlegend von einer Mischung aus seinem autoritären Militärregime und einer Form von aufgeklärtem Absolutismus unter einem neuen Staatsoberhaupt die Rede sein.

Die Nationalkonservativen um Jessen waren jedoch nicht die Einzigen, die eine Vorstellung hatten, wie die Gesellschaft nach dem Fall Hitlers eingerichtet werden sollte. Die Trennungslinie verlief insbesondere zwischen den älteren Widerständlern – Männern wie von Hassell, Beck und Popitz – und den jüngeren Adligen, die sich aus dem Kreisauer Kreis kannten. Die Kreisauer legten auch großen Wert auf den Rechtsstaat und den Respekt vor dem einzelnen Menschen, aber in den Augen der älteren tendierten sie zum Sozialismus, wenn sie meinten, dass der Staat für Arbeit, Essen, Kleidung, Wohnung, einen Garten und ein gesundes Leben für alle sorgen sollte. Die jungen Adligen waren auch Gegner des Zentralismus, den die Nationalkonservativen befürworteten, denn es war gerade der extreme Zentralismus, der es einem Mann möglich gemacht hatte, die absolute Macht an sich zu reißen, und der es der Partei ermöglichte, jede Handlung, Äußerung und das Denken in der deutschen Gesellschaft zu kontrollieren. Stattdessen sollten Familien, Gemeinden, Kreise und die Länder eine erweiterte Autonomie bekommen, damit Entscheidungen möglichst nahe an den Bürgern gefällt würden. Die Kreisauer sprachen sogar von direkten Wahlen zu Versammlungen auf Ortsebene, während die örtlichen Räte Vertreter in die Landesparlamente wählen sollten, die wiederum zur Aufgabe bekamen, Mitglieder des Reichstages in Berlin zu wählen. Der Reichstag sollte ein Staatsoberhaupt wählen, das wiederum das Recht hätte, den Kanzler zu benennen und den Rest der Regierung zu bestätigen, worauf der Reichstag keinen Einfluss bekommen würde – ein kompliziertes Verfahren sollte sichern, dass eine Regierung nicht ewig im Amt bleiben könnte. Die Kreisauer waren gegen politische Parteien – auch sie wollten keine Wiederholung der Weimarer Republik – und meinten, dass die Mitglieder der verschiedenen Räte stattdessen aus einer Elite gebildeter Männer gewählt werden sollten und dass die Politik von den intellektuellen, politischen, sozialen und religiösen Kräften gestaltet werden sollte, die zum Wohle der Nation zusammenzuarbeiten wünschten.

In den Augen der Nationalkonservativen war der Kreisauer Kreis nicht mehr als ein Diskussionsklub von Utopisten, die redeten, statt zu handeln, und da der Kreis auch Liberale und Sozialisten zu seinen Mitgliedern zählte und einige von diesen auch das Wort „Revolution" im Munde führten, hatten sie nicht viel übrig für seine politischen Ziele. Da beide Gruppen aus äußerst selbstständigen Persönlichkeiten bestanden, sprühten oft die Funken zwischen ihnen und 1943 traten die Spannungen anlässlich eines Treffens zwischen den Jungen und den Alten, an dem auch Jessen teilnahm, offen zutage. Das Treffen war angesetzt worden, um einige der Streitigkeiten beizulegen und stattdessen zusammenzuarbeiten für das gemeinsame Ziel – Hitler zu stürzen, den Nationalsozialismus zu bekämpfen und eine erträgliche Friedensvereinbarung mit den Alliierten zu vereinbaren. Doch wo die Kreisauer den Wunsch hatten, ihre langfristigen Ziele vorzulegen und die Einrichtung der deutschen Gesellschaft auf längere Sicht zu diskutieren, meinte ein Teil der übrigen Teilnehmer, dass es in erster Linie darum ginge, die praktischen Probleme bei einem konkreten Umsturzversuch zu lösen. Darauf, dass ein autoritäres Regime nach dem Sturz des Verbrechers notwendig sei, konnten sich alle einigen, aber Jessen und die ihm Nahestehenden, Beck, von Hassell und Popitz, mochten das Gerede der Jungen nicht, dass die politischen Veränderungen auch zu einer sozialen Revolution führen müssten, bei der die Grenzen zwischen den unterschiedlichen Klassen ausgelöscht würden.

In der Mitte all dessen stand Carl Friedrich Goerdeler, der als Anführer des zivilen Teiles des Widerstandes dazu ausersehen war, nach Hitlers Tod Kanzler zu werden. Der frühere Bürgermeister von Leipzig arbeitete fortwährend daran, Kompromisse zu finden zwischen den sehr unterschiedlichen Haltungen, und dies brachte ihn ständig zwischen die Mühlsteine – leichter wurde es nicht durch den Umstand, dass er oft in Bezug auf das, was machbar war, überoptimistisch war und sich immer darauf verließ, dass die Menschen mit guten Argumenten für die Sache zu gewinnen seien. Leider – für ihn – hatten seine Mitverschwörer oft den Eindruck, dass er in ihrem Auftrag ohne ihr Einverständnis Zusammenfassungen vornahm, wenn er die unterschiedlichen Haltungen in einem Dokument zusammenschrieb. Schon 1942, als Goerdeler seine Gedanken von einem neuen Deutschland vorlegte, die er durch Einbeziehung von Ideen der sehr unterschiedlichen Teile des Widerstandes gegen Hitler angefertigt hatte, wiesen ihn Jessen, Popitz und von Hassell zurück. Einerseits kamen für sie keine Formen von Parteien und Parlamentarismus in Frage, andererseits wünschten sie nicht, alle Änderungen zurückzunehmen, die mit der Machtergreifung der Nationalsozialisten eingeführt worden waren. Z. B. wollten sie gerne die Deutsche Arbeitsfront beibehalten – den Nachfolger der Nationalsozialisten für verschiedene Gewerkschaften –, damit man die Gründung starker Gewerkschaften verhinderte, die für Sonderinteressen kämpfen konnten auf Kosten dessen, was für die Nation das Beste sei, nur sollte die Front keine politische Organisation mehr sein.

Das Treffen endete jedoch mit einer Versöhnung. Es war der hochangesehene – und für den Fall, dass alles gut ginge, das kommende Staatsoberhaupt – Ludwig Beck, der Öl auf die Wogen goss, indem er eindringlich dazu aufforderte, für das zu kämpfen, wofür man gemeinsam eintrat: den Widerstand gegen ein böses, unchristliches und kriminelles Regime.

Ganz entscheidend wurde der Umstand, dass Stauffenberg sich im Herbst 1943 unter die Fahnen des Widerstandes meldete. Er war jung und adlig und hatte Freunde und Verwandte im Kreisauer Kreis und als verwundeter Kriegsheld und vorzüglicher Organisator, der bereit war zu handeln, erhielt er auch die Unterstützung der Nationalkonservativen.

Insbesondere Jessen hatte großes Zutrauen, dass ein Umsturz gelingen würde, jetzt, wo sein junger Freund neue Energie in die Verschwörung brachte. Er nahm seine Reisen wieder auf und begab sich im Sommer 1943 an die Ostfront, wo er – unter dem Vorwand, eine Abteilung der Passierscheinhauptstelle inspizieren zu müssen – Generalmajor Hans Speidel von der Heeresgruppe Süd in der Ukraine besuchte. Dieser hatte früher im Jahr den Plan gehabt, Hitler dort während eines Besuches zu verhaften. Der Besuch wurde jedoch abgesagt, weil der Führer kurz vorher – wie üblich – seine Pläne änderte, aber Speidel setzte seine Zusammenarbeit mit den Putschisten in Berlin fort.

Während einer Reise zur Familie in Dänemark 1944 soll Jessen auch versucht haben, bei der dortigen deutschen Minderheit Unterstützung für seinen Umsturzversuch zu erhalten – eine etwas gefährliche Angelegenheit, wenn man berücksichtigt, dass die Nationalsozialisten in der „Nordmark“ stark waren, wo die verschiedenen deutschen Vereine schnell von Hitlers Anhängern übernommen worden waren und wo viele darauf hofften, dass der Führer eine Grenzrevision durchführen würde. Jessen warnte auch mehrere seiner Bekannten eindringlich davor, auf die Propaganda hereinzufallen und ihren jungen Söhnen zu erlauben, sich freiwillig zum deutschen Kriegsdienst an der Ostfront zu melden, welches vermutlich gleichbedeutend mit dem sicheren Tod sein würde.

Wie Jessen nutzten auch die anderen Widerständler alle Kontakte, über die sie verfügten, um Druck auf die Generäle auszuüben, ohne deren Unterstützung ein Umsturz kaum Chancen haben würde. Aber es war, als ob man gegen einen Wattebausch schlug. Dies veranlasste einige Verschwörer, über die Möglichkeit nachzudenken, Unterstützung bei dem anderen großen Machtfaktor in Deutschland zu suchen: Himmlers schwarz gekleideter SS, die sich inzwischen zu einem Staat im Staate entwickelt und die Macht hatte, Hitler zu stürzen, wenn sie es wünschte. Dass ein Teil der Verschwörer bereit war, die SS einzubeziehen, verdeutlicht, wie verzweifelt die Situation war, denn einerseits war die SS verantwortlich für viele der Ungeheuerlichkeiten, gegen die man kämpfte, andererseits war Himmler wie kein anderer ein Machtmensch, dem die wenigsten über den Weg trauten.

„... immer häufiger die Möglichkeit erörtert, wenn alle Stricke reißen, sich der SS zum Sturz des Regimes zu bedienen, schon um das Instrument in der Hand zu haben, innere Unordnung zu verhindern; nachher will man dann natürlich die SS ausschalten. Die Frage ist nur: erstens, ob Himmler und Genossen ein solches Spiel wagen und nachher in dem gewünschten freundlichen Sinn mitspielen, zweitens welche Wirkung dies Verfahren im Ausland hat, für das gerade die SS den Teufel verkörpert", schrieb der zweifelnde von Hassell in sein Tagebuch, denn konnten die Widerständler sicher sein, dass sie nicht nur benutzt werden würden, um Hitler zu töten, wonach Himmler selbst die Macht an sich reißen würde?

Einer der Verschwörer, die keinen anderen Ausweg sahen, als die SS einzubeziehen – die u. a. auch für die Sicherheit des Führers verantwortlich war –, wenn ein Putschversuch gelingen sollte, war Jessens alter Mentor Johannes Popitz. Laut Jessens Frau, die nach dem Krieg zu diesem Thema interviewt wurde, versuchte ihr Mann, Popitz davon abzuhalten, sich mit Himmler zu treffen. Jessen wusste um die Verhältnisse in der SS, u. a. durch seinen ehemaligen Schüler Otto Ohlendorf. Dieser unterstützte den Nationalsozialismus nach wie vor, von dem er nur meinte, er sei von egoistischen Parteibossen korrumpiert worden, und er sah jeglichen Widerstand als Verrat am Vaterland an. Aus diesem Grund meinte Jessen, sei es viel zu gefährlich, die Schwarzröcke einzubeziehen, und er war sehr skeptisch, als Popitz sich dennoch entschloss, einen diskreten Versuch zu wagen. Popitz erklärte Himmler während eines stundenlangen Treffens im August 1943, dass der Krieg nicht mehr gewonnen werden könne und dass Hitler durch eine stärkere Persönlichkeit (sprich: Himmler selbst) abgelöst werden müsse, die mit den westlichen Ländern Frieden schließen könne, und Himmler hörte zu. Sie verabredeten sich wieder, aber daraus wurde nichts, weil die Gestapo von einem von Himmlers Untergeordneten, der das erste Treffen organisiert hatte, einen Tipp bekam, und der SS-Führer brach danach jede Verbindung zu Popitz ab.

Für Popitz war der Schaden jedoch nicht mehr abzuwenden. War er bis dahin eines der zentralen Mitglieder der Gruppe um Ludwig Beck gewesen, verlor er nun das Vertrauen, das er gehabt hatte, und stand plötzlich im Regen. Jessen vergaß seinen Freund und Mentor jedoch nicht und hielt den Kontakt zu ihm aufrecht, ein Gestus, der für ihn typisch war: Freundschaft zählte mehr als Politik. War Popitz auch nicht länger ein Teil des inneren Zirkels, so bestand Jessen darauf, sein Freund zu bleiben.

Die Verschwörer mussten damit leben, die SS am Tag des Putsches zum Feind zu haben, dennoch wurden die Vorbereitungen weiter vorangetrieben – nicht zuletzt, nachdem Stauffenberg sich im Herbst 1943 von seinem Posten in Olbrichts Stab aus intensiv um die organisatorischen Details kümmerte.

Und der Bedarf hierfür war groß, denn zu diesem Zeitpunkt hatten die Deutschen Nordafrika verloren, und die britischen und amerikanischen Streitkräfte waren in Italien gelandet, wo Hitlers Alliierter, Mussolini, gestürzt worden war. In der Sowjetunion wurden die deutschen Truppen zurückgedrängt, sowohl im Baltikum, in Weißrussland, der Ukraine als auch in Russland, und alle warteten nur darauf, wann die Briten und Amerikaner eine Invasion Europas von Westen aus einleiten würden.

Sollte Deutschland gerettet werden, musste Hitler jetzt beseitigt werden.

Die Verschwörer in Berlin verfügten nicht über eigene Streitkräfte, weil sie hauptsächlich administrative Posten innehatten, sodass ihr großes Problem war, wie sie nach einem geglückten Attentat auf den Führer die Macht in der Hauptstadt übernehmen und dann einen eventuellen Widerstand der SS und der Gestapo niederschlagen könnten. Man beabsichtigte, die „Operations Walküre“ zu nutzen. Eigentlich war dies ein Plan, den das Ersatzheer im Falle von Unruhen in Deutschland befolgen sollte, die die amtierende Regierung bedrohen könnten – z.B. wenn die über zehn Millionen ausländischen Zwangsarbeiter in deutschen Fabriken sich dazu entschlossen, einen Aufruhr zu beginnen.

Der Plan war ursprünglich eine Strategie, wie das Ersatzheer, das u. a. aus einfachen Soldaten in Ausbildung, Wachpersonal,

Lehrern und Soldaten auf Urlaub bestand, in reguläre Einheiten umgewandelt werden konnte, um einen Aufruhr an der Heimatfront niederzuschlagen. Er war von General Olbricht, Stauffenbergs Chef, zu Beginn des Krieges entwickelt worden. Eins der ganz zentralen Probleme der Verschwörer war, dass keiner von ihnen das Kommando über eigene Soldaten hatte, aber Olbricht sah von Anfang an eine Möglichkeit in der „Operation Walküre", was jedoch eine Reihe von Änderungen und Ergänzungen erforderte. Es war insbesondere Henning von Tresckow von der Heeresgruppe Mitte, der für diesen Teil der Arbeit verantwortlich zeichnete, wonach die Operation einen heimlichen Text beinhaltete, von dem nur die Verschwörer wussten.

Er beschrieb, wie der Führer von SS- und Partei-Leuten ermordet worden sei, weshalb das Heer die Kontrolle über Deutschland übernähme. Gleichzeitig wurde ein Plan hinzugefügt, wie das Ersatzheer die Kontrolle über die Ministerien, Himmlers Hauptquartier, die Rundfunkstationen und Telefonzentralen übernehmen und die Mitglieder der SS verhaften sollte, wenn diese sich nicht ruhig verhalten würden. Tresckow diktierte den Text im Übrigen seiner Frau und seiner Sekretärin, die beim Schreiben Handschuhe trugen, sodass sie keine Fingerabdrücke auf der Schreibmaschine hinterließen.

Wenn die Verschwörer das Ersatzheer kontrollieren könnten, würden sie über eine große Anzahl von Truppen verfügen, die u.a. gegen die SS eingesetzt werden konnten. Doch dies war leichter gesagt als getan. Es gab nur zwei Personen, die die „Operation Walküre" befehlen durften: Hitler und der Oberkommandierende des Ersatzheeres, General Friedrich Fromm.

Gerade deshalb war es von entscheidender Bedeutung, Hitler zu töten und ihn nicht nur zu verhaften, wie es ein Teil der Widerständler aus moralischen Gründen befürwortete. Zum einen wäre dann nur Fromm übrig, den Befehl zu geben, zum anderen würden alle deutschen Soldaten frei sein von ihrem Treueeid, den sie auf Hitler persönlich abgelegt hatten – gegenüber dem eigentlichen Nazisystem und seinen Einrichtungen hatten sie keine Verpflichtungen.

Und hier kam Jessens ursprünglicher Plan ins Spiel: Sollte es gelingen, Hitler zu töten, musste eine Person mit Zutritt zum Führer eine mit Sprengstoff gefüllte Mappe mitbringen und sich vor der Explosion zu einem Telefongespräch hinausrufen lassen.

Sobald Hitler tot war, konnte der eigentliche Umsturz bewerkstelligt werden, und dieses forderte einen großen Bluff von Seiten der Verschwörer. Die Idee war, eine offizielle Mitteilung auszugeben, dass die SS und korrupte Partei-Leute den Führer erschlagen hätten und dass man nun die „Operation Walküre" in Gang setzte. Das Ersatzheer sollte die Verräter niederkämpfen und Ruhe und Ordnung in Deutschland wieder herstellen.

Es gab jedoch ein sehr wesentliches Hindernis: General Fromm. Fromm wusste, wie viele andere hochstehende Offiziere, vom Widerstand gegen Hitler und er wusste auch, dass etliche seiner Kollegen in unterschiedliche Pläne eingeweiht waren, ohne dass er selbst konkrete Details kannte. Er unterstützte sie nicht, aber er hatte auch nie der Gestapo oder anderen von seinem Wissen erzählt. Dadurch ahnten die Widerständler nicht, wo er stand, und er war es, der den Befehl zur „Operation Walküre" geben musste.

Trotzdem entschieden sich die Widerständler, den Versuch zu wagen. Sie waren sich sehr wohl darüber im Klaren, dass Deutschland den Krieg verlieren werde und dass das Land mit hoher Wahrscheinlichkeit von den Alliierten besetzt werden würde, jetzt, wo britische, amerikanische und viele andere Truppen Anfang Juni in der Normandie an Land gegangen waren. Ein erträglicher Frieden aufgrund von Verhandlungen war ausgeschlossen – Deutschland war verloren. Übrig war nur die Möglichkeit, das Morden auf den Schlachtfeldern und in den Konzentrationslagern zu beenden und damit so viele Menschenleben wie möglich zu retten.

„Das Attentat auf Hitler muss erfolgen, um jeden Preis. Sollte es nicht gelingen, so muss trotzdem der Staatsstreich versucht werden. Denn es kommt nicht mehr auf den praktischen Zweck an, sondern darauf, dass die deutsche Widerstandsbewegung vor der Welt und vor der Geschichte unter Einsatz des Lebens den entscheidenden

Wurf gewagt hat. Alles andere ist daneben gleichgültig.", wie Tresckow es ausdrückte.

Er erhielt Unterstützung von Stauffenberg, der auch mehr an Moral und Ethik dachte als an Militär und Politik:

„Wir nahmen diese Herausforderung, die ausgeführt werden muss, auf uns vor Gott und unserem Gewissen, weil dieser Mann, Hitler, das Böse selbst ist."

Der Gedanke daran, dass der Umsturz in großem Maße von einem Mann abhing, auf den man sich nicht verlassen konnte, machte Jessen nervös.

Im Frühjahr 1944 war der Professor an einem schweren Verkehrsunfall beteiligt, aber obwohl er fast jeden Knochen in seinem Körper gebrochen hatte, arbeitete er von seinem Krankenlager aus weiter an den Attentatsplänen und nahm sogar mit Hilfe einer Trage an verschiedenen Sitzungen teil. U. a. schrieb er die Proklamation, die Generalfeldmarschall Erwin von Witzleben, der als Oberkommandierender der Streitkräfte vorgesehen war, gegenüber der Bevölkerung im Rundfunk vortragen sollte, wenn der Umsturz überstanden sei.

Jessens Nervosität hatte seinen Grund in eben jenem Fromm.

Denn was würde geschehen, wenn sich dieser weigerte, die „Operation Walküre" zu befehlen?

Jessen brachte dieses Thema deshalb anlässlich einer Besprechung am 19. Juli 1944 – dem Tag vor dem Attentat – vor und bestand darauf, dass als Erstes General Fromm zu töten sei, weil es unmöglich sei vorauszusagen, wie er reagieren würde. Aber der militärische Anführer des Widerstandes, Ludwig Beck, weigerte sich kategorisch, einen „Kameradenmord" zu begehen, wie er es nannte. Es war eine Sache, einen Verbrecher und Tyrannen wie Hitler zu töten, um das Vaterland zu erlösen – etwas ganz anderes war es, einen Offizier ohne Gerichtsverfahren umzubringen. Und dabei blieb es. Sollte sich Fromm nicht auf die Seite der Attentäter schlagen, musste er auf andere Weise neutralisiert werden.

Dies sollte sich als fataler Fehler erweisen.

KAPITEL 8

Die Bombe in der Mappe

Es ist früher Morgen am 20. Juli 1944, aber es beginnt langsam warm zu werden, als ein Auto vor der Tristanstraße 8 in einem der Vororte Berlins hält. Die Tür zum Haus geht auf und Oberst Claus von Stauffenberg kommt heraus, gefolgt von seinem Bruder. Stauffenberg trägt eine Mappe in seiner Hand. Die beiden Männer setzen sich ins Auto. Der Fahrer gibt Gas, fährt Richtung Norden zum Flughafen in Rangsdorf: vorbei an einer Reihe von Ruinen von ehemals feinen Häusern, Hotels, Kirchen, Museen und Verwaltungsgebäuden, die jedoch von alliierten Bombenflugzeugen ausradiert wurden, jetzt wo Görings Luftwaffe ausgeschaltet ist.

Das Auto fährt nahe an der Limonenstraße vorbei, wo Stauffenbergs Freund Jens Peter Jessen auf seinem Krankenlager liegt und wartet. Nach dem gestrigen Treffen kann der Professor nichts anderes tun. Jetzt ist es an dem jungen Adligen, den Plan auszuführen, den sich Jessen ausgedacht hat und der ganz entscheidend dafür sein wird, ob der Staatsstreich gegen den Diktator und den Nationalsozialismus gelingt.

Am Flughafen trifft Stauffenberg seinen Adjutanten, Werner von Haeften, den jungen Offizier, der früher in der Passierscheinhauptstelle für Jessen gearbeitet hat. Wie Stauffenberg trägt auch Haeften eine Mappe, die er mit in das Flugzeug nimmt, das Jessens Chef, Eduard Wagner, zur Verfügung gestellt hat, sodass die beiden Männer sicher sein können, schnell nach Berlin zurückkehren zu können, wenn alles überstanden ist.

Kurz darauf hebt das Junker-Flugzeug brüllend ab und fliegt Richtung Ostpreußen über die dichten Wälder des nördlichen Polens hinweg und landet gegen zehn Uhr vormittags in Rastenburg, wo Hitler sein Hauptquartier in der Wolfsschanze hat, nur 150 km entfernt von der Front, an der die russischen Soldaten dabei sind, das deutsche Heer ganz aus der Sowjetunion hinauszudrängen.

Nach dem Passieren zweier Kontrollposten mit bewaffneten SS-Wachen gelangt Stauffenberg hinein in den „Sperrkreis 2“, der wie ein Ring um das Allerheiligste gezogen ist, wohin er und Haeften gefahren werden, nachdem sie zuvor mit einigen Kollegen gefrühstückt haben. Ein elektrischer Stacheldrahtzaun umgibt das Hauptquartier des Führers, und im Abstand von dreißig Metern beobachten der Oberst und sein Adjutant Wachen mit Schäferhunden. Es ist 11.30 Uhr und die Hitze unerträglich. Im dunklen Licht, das durch die Baumkronen dringt, steht die Luft fast still, wodurch der Ort noch verschlossener und unheilverkündender wirkt, als die Leute ihn beschrieben haben. Innerhalb des Zaunes liegt eine Reihe von Gebäuden – darunter auch Hitlers Bunker mit sechs Meter dicken Mauern, die im Stande sein sollen, einem Volltreffer russischer Bomben zu widerstehen. Auch die Luftwaffe, die Wehrmacht und die Flotte haben jeweils Räume hier, ebenso die SS und die vielen Fahrer, Sekretäre, das Küchenpersonal und die Arbeiter. Obendrein gibt es ein Kino, eine Sauna und ein Café, in dem der Führer die gleichen Sahnetorten in sich hineinstopft, mit denen er in Österreich aufgewachsen ist.

Während Stauffenberg an einer Sitzung mit Feldmarschall Wilhelm Keitel teilnimmt, Chef des Oberkommandos des Heeres und Hitlers engster militärischer Berater, wartet Haeften im Korridor vor dem Sitzungsraum. Zu seinen Füßen steht Stauffenbergs Mappe. Plötzlich kommt Keitels Assistent, Werner Vogel, auf ihn zu.

„Wem gehört die Mappe?“

Haeften versucht so natürlich wie möglich zu reagieren und erklärt, dass Stauffenberg diese im weiteren Verlauf des Tages für den Vortrag bei Hitler benötigt.

Währenddessen teilt Keitel im Sitzungsraum mit, dass das Treffen mit dem Führer verschoben worden ist. Es wird nun um 11.30 Uhr stattfinden, statt um 13 Uhr, da man Besuch erwartet von Italiens Faschistenführer, Benito Mussolini. Dadurch haben Stauffenberg und Haeften nicht mehr viel Zeit, die beiden Sprengladungen scharf zu machen, bevor die Lagebesprechung beginnt.

„Gibt es einen Ort, an dem ich mein Hemd wechseln kann?“, fragt Stauffenberg Keitels Adjutant, John von Freyend, und sagt, dass ihn die lange Reise verschwitzt habe und er dem Führer so nicht gegenübertreten möchte.

Dieser geleitet Stauffenberg in einen der Nebenräume, und Haeften folgt hinterher – um seinem Vorgesetzten zu helfen, der aufgrund seiner Kriegsverwundungen Unterstützung benötigen könnte, wie er erklärt. Vogel, der schon früher nach der Mappe gefragt hat, passiert mehrfach den Raum und beobachtet dabei, dass die beiden Männer sich über etwas beugen, das auf dem Tisch vor ihnen liegt, aber er denkt nicht weiter darüber nach, weil ihm von Freyend einen Auftrag erteilt. General Fellgiebel hat angerufen. Er ist nicht nur verantwortlich für die Kommunikation zur und von der Wolfsschanze, er ist auch der ganz zentrale Mitverschwörer vor Ort, denn es ist an ihm, alle Verbindungen zur Umwelt zu kappen, wenn Stauffenberg seine Aufgabe ausgeführt hat.

Stauffenberg benötigt eine Entschuldigung, um später am Tag die Sitzung bei Hitler verlassen zu können, und die gibt ihm Fellgiebel, als er gegenüber von Freyend vorgibt, dass Stauffenberg seine Vorgesetzten in Berlin anrufen soll, wenn es möglich ist. Von Freyend fordert Vogel auf, diesen Bescheid an Stauffenberg weiterzugeben und den Oberst gleichzeitig an die Sitzung des Tages zu erinnern, denn die Zeit läuft davon.

Vogel geht zurück zu dem Raum, in dem sich Stauffenberg und Haeften aufhalten, als er aber die Tür öffnen will, geht dies nur einen Spalt weit, weil der Oberst sie versperrt. Vogel erwähnt den Telefonanruf und erinnert gleichzeitig daran, dass der Führer es hasst, wenn man zu spät kommt.

„Komme sofort!“, lautet es brüsk von der anderen Seite der Tür.

Denn Stauffenberg und Haeften haben es eilig.

Obwohl Stauffenbergs Bruder eine spezielle Zange hergestellt hat, die der Oberst auch mit seinen nur noch drei Fingern nutzen kann, braucht es dennoch seine Zeit, die Bombe scharf zu machen. Viel zu viel Zeit. Er hat gerade erst die Ampulle mit der Säure zerdrückt, die ihren Weg durch den Draht zur ersten der beiden Sprengladungen ätzen soll, um den Zünder auszulösen, als die beiden Männer von Freyend draußen hören:

„Kommen Sie jetzt, Stauffenberg!“, ruft er.

Stauffenberg schließt seine Mappe, die nun nur eine der Sprengladungen enthält. Die andere wird Haeften überlassen, dessen Rang ihn nicht dazu berechtigt, an der Sitzung mit dem Führer teilzunehmen. Stauffenberg geht hinaus zu den draußen wartenden von Freyend und Keitel. Letzerer sieht ihn verärgert an – der junge Oberst ist sonst immer sehr pünktlich, aber jetzt hat er sich um ein paar Minuten verspätet. Auf dem Weg hinüber zur Baracke, in der die Lagebesprechung abgehalten werden soll – sie ist aufgrund der Hitze aus dem geschlossenen Bunker hierhin verlegt worden –, bietet von Freyend an, die schwere Mappe zu tragen und greift nach dem Handgriff, doch Stoltenberg reißt sie mit einer heftigen Bewegung an sich. Ebenso plötzlich überlässt er die Mappe dann, um kein Misstrauen zu wecken, doch von Freyend, und er bittet diesen, einen Platz so nahe wie möglich am Führer zu bekommen, da die Schäden, die er in Tunesien erlitten hat, sein Gehör beeinträchtigt haben.

Sowohl von Freyend als auch Vogel werden später wichtige Zeugen sein, die sich deutlich an das merkwürdige Verhalten Stauffenbergs erinnern, aber von Freyend denkt darüber nicht weiter nach, als er kurz darauf die Mappe wieder an Stauffenberg zurückgibt.

Die drei Männer erreichen den Sitzungsraum mit fünf Minuten Verspätung, und ein General hat schon begonnen, Hitler über die Lage an der Ostfront zu informieren. Insgesamt 25 Männer stehen um einen enormen, 10 mal 4 Meter großen und mit Karten bedeckten Eichentisch. Auf kleinen Tischen rundherum befinden sich Rundfunkgeräte, Telefonapparate und Haufen von Papieren, die rascheln, wenn eine der seltenen Brisen durch die offenen Fenster hineinweht. Es ist ein ewiges Kommen und Gehen von Männern, die Papiere und Karten hereinbringen, Mitteilungen für Sitzungsteilnehmer haben oder solche zu Telefongesprächen herausrufen. Stauffenberg drängt sich an die Seite von Oberst Brandt; dem Offizier, der – ohne es zu wissen – etwa ein Jahr zuvor die „Cointreau-Bombe“ mit an Bord von Hitlers Flugzeug nahm. Hitler befindet sich drei Plätze weiter. Stauffenberg schiebt die Mappe unter den Tisch und versucht sie mit dem Fuß möglichst nahe an den Führer vorzuschieben. Einen kurzen Augenblick stiert Hitler Stauffenberg direkt in die Augen – und Stauffenberg erwidert den Blick. Keitel erklärt dem Führer, dass Stauffenberg, den er zuvor einige Male getroffen hat, an der Sitzung teilnimmt, um über das Ersatzheer zu Hause in Deutschland zu berichten, und die beiden Männer geben sich die Hand, während die Lagebesprechung ihren Gang nimmt.

Es sieht nicht gut aus. Das Heer an der Ostfront verblutet und verliert jeden Tag 1500 Mann, während die Russen vorrücken, erklärt der General. Bei Lemberg in der westlichen Ukraine ist die Situation so ernst, dass die Truppen überrannt werden, wenn sie nicht augenblicklich Verstärkung erhalten.

Keitel unterbricht den General. Stauffenberg ist gerade deshalb gekommen, um über die Möglichkeit zu berichten, Soldaten des Ersatzheeres nach Osten zu verlegen. Deshalb wäre es passend, wenn dem Oberst jetzt das Wort erteilt würde, schlägt er vor.

Inzwischen ätzt sich die Säure weiter durch den Draht in der Mappe unter dem Tisch. In der Hitze weiß man nicht genau, ob sie wirklich die berechnete halbe Stunde braucht. Vielleicht geht es auch schneller. Vielleicht dauert es nur eine Viertelstunde? Unter allen Umständen benötigt Stauffenberg einen Grund, den Raum zu verlassen. Bald. Sonst wird er nicht hinausgelangen, bevor es zu spät ist.

Hitler schüttelt den Kopf. Er will, dass der General seinen Vortrag fortsetzt, und Stauffenberg dann später hören.

Stauffenberg benutzt die Gelegenheit, den Tisch zu verlassen. Auf dem Weg hinaus flüstert er Keitel zu, dass er auf ein wichtiges Gespräch aus Berlin wartet, sodass er die neuesten Informationen über den Zustand des Ersatzheeres bekommen kann; Informationen, die er benötigt, wenn der Vortrag beim Führer korrekt sein soll. Keitel runzelt die Stirn. Wie viele Verspätungen will sich der Oberst heute noch leisten? Andererseits soll Hitler umfassend informiert werden, bevor er seine Entscheidungen trifft, weshalb Keitel sich damit begnügt, Stauffenberg brüsk zuzunicken.

Am Tisch hat Oberst Brandt Schwierigkeiten, die auf dem Eichentisch ausgelegte Karte zu sehen. Als er sich vornüber neigt, stößt sein Fuß gegen die Mappe unter dem Tisch, sodass diese umkippt. Er beugt sich hinunter und schiebt sie weiter unter den Tisch, sodass sie nun hinter einem der außerordentlich massiven Tischbeine steht.

In der Zwischenzeit hat Stauffenberg das Gebäude verlassen und ist zur Kommunikationszentrale hinübergegangen, wo er zusammen mit General Fellgiebel steht und raucht. Haeften sitzt in einem Fahrzeug, das bereitsteht, innerhalb weniger Sekunden loszufahren. Im Augenblick kann niemand etwas unternehmen – außer zu warten.

Um 12.42 Uhr geschieht es.

Ein hohles Dröhnen rollt über das Gelände und eine große, gelbbraune Rauchwolke wälzt sich aus dem Gebäude, in dem die Lagebesprechung abrupt beendet worden ist. Die, die sich in der Nähe befinden, können Keitels verzweifelten Ruf hören:

„Wo ist der Führer?!"

Stauffenberg wirft die Zigarette fort, steigt in das Fahrzeug und befiehlt dem Fahrer loszufahren. Wenige Minuten später erreicht das Auto einen Kontrollposten an der Grenze zwischen dem Sperrkreis 1 und dem Sperrkreis 2. Obwohl noch kein Alarm gegeben worden ist, hat die Wache auf eigene Initiative den Schlagbaum herabgesenkt, sodass der Fahrer auf die Bremse treten muss.

Mit fester Stimme und einem Blick, der keinen Widerspruch duldet, gibt Stauffenberg der Wache den Befehl, den Wagen passieren zu lassen. Als der SS-Mann einen Augenblick zögert, fügt der Oberst hinzu, dass er Befehl vom Führer habe, augenblicklich nach Berlin zu fliegen, und da es trotz der Explosion und der großen Rauchwolke noch keinen Befehl gegeben hat, das Gelände zu sperren, lässt die Wache das Auto weiterfahren.

So einfach ist es nicht, als Stauffenberg und Haeften versuchen, den Sperrkreis 2 zu verlassen.

Zeitgleich sitzen drei Männer im Hauptquartier des Heeres in der Bendlerstraße in Berlin und beobachten die Uhr, an der die Zeiger anscheinend stehengeblieben sind. Der eine ist General Olbricht, der an der Planung der „Operation Walküre" beteiligt war. Der andere ist General Erich Hoepner, ein Panzergeneral, der im Winter 1941/1942 Hitlers Befehl ignorierte, sich vor Moskau nicht zurückzuziehen, und deshalb entlassen wurde. Der dritte ist Mertz von Quirnheim, ein Freund Stauffenbergs und Chef von Olbrichts Stab.

Um 13.30 Uhr erreicht sie ein Anruf aus der Wolfsschanze. Es ist nicht viel, was General Fellgiebel mitteilen kann, denn die Wahrscheinlichkeit, dass andere mithören, ist groß. Der General hat die Explosion und die Rauchwolke zusammen mit Stauffenberg beobachtet, aber der Oberst ist bereits abgefahren, als Fellgiebel Hitler aus dem Gebäude herauswanken sieht, in dem die Lagebesprechung abgebrochen wurde. Seine Haare sind verbrannt, seine Hosen zerfetzt, er blutet aus beiden Ohren, aber der Mann ist am Leben – kein Zweifel.

„Es ist etwas Furchtbares geschehen“, sagt er am Telefon und fügt nur hinzu, dass der Führer lebt.

Mehr bekommen die drei Männer im Hauptquartier des Heeres in der Bendlerstraße nicht zu wissen. Was nun? Können sie sicher sein, dass Hitler nicht tot ist? Und wenn das stimmt – was machen sie dann? Hat die Bombe versagt, können sie den Plan ignorieren und ihr Alltagsgeschäft weiter betreiben. Ist Hitler getötet worden, gibt es nur eins zu tun: die „Operation Walküre“ in Gang zu setzen. Aber an das dritte Szenarium – bei dem die Bombe explodiert ohne Hitler zu töten – hat keiner gedacht.

Deshalb entscheidet sich der vorsichtige und nachdenkliche Olbricht, abzuwarten, bis es bezüglich der Situation größere Klarheit gibt.

Mertz von Quirnheim, Olbrichts Stabschef, gleicht in seinem Naturell seinem Freund Stauffenberg, der momentan versucht, sich zum Flugplatz in Rastenburg durchzuschlagen. Er weigert sich, unbeweglich mit den Händen im Schoß zu sitzen, und beginnt etwa eine halbe Stunde später, den Plan auf eigene Faust umzusetzen, indem er zunächst die Offiziere anruft, von denen er weiß, dass sie Teil der Verschwörung sind. Er erzählt ihnen, dass Hitler tot sei und dass die SS und die Gestapo dahinterstecken. Deshalb sollen sich die Offiziere – mit ihren Abteilungen des Ersatzheeres – nach Berlin begeben und die Kontrolle in der Stadt übernehmen, bis das Heer und eine neue Regierung sich an die Spitze des Landes setzen können.

In Rastenburg ist es Stauffenberg gelungen, den letzten Kontrollposten zu passieren durch einen Anruf bei einem Bekannten beim Stab des Kommandanten der Wolfsschanze. Der hat mitten in all der Verwirrung keine Möglichkeit gehabt, zu untersuchen, ob die Geschichte mit dem Befehl des Führers den Tatsachen entspricht. Um 15.45 Uhr landet das Flugzeug mit Stauffenberg und Haeften an Bord auf dem Flugplatz Rangsdorf, aber zur großen Überraschung der beiden Männer steht kein Fahrzeug bereit, sie in die Bendlerstraße zu fahren. Während Haeften versucht, ein Fahrzeug zu organisieren, ruft Stauffenberg seine Mitverschwörer in der Stadt an. Maßlos enttäuscht erfährt er, dass im Großen und Ganzen nichts geschehen ist, weil die führenden Akteure auf Neues aus Rastenburg warten. Mit allen ihm zur Verfügung stehenden Überredungskünsten versucht der Oberst, diese davon zu überzeugen, dass der Führer wirklich tot ist, dass die Bombe den Sitzungsraum, in dem sich Hitler befand, vollständig zerstört hat.

Dies veranlasst Quirnheim, alle Teile der „Operation Walküre" in Gang zu setzen – auch den Teil, in dem eine Proklamation an alle Teile des Heeres geschickt wird. Eine Proklamation, die eingeleitet wird mit den Worten:

„Der Führer, Adolf Hitler, ist tot …"

Olbricht ist sich darüber im Klaren, dass das Auslösen der „Operation Walküre" letzten Endes vom Oberkommandierenden des Ersatzheeres abhängt, weil dieser formell der Einzige ist, der den Befehl geben oder auch widerrufen kann. Aber als Olbricht versucht, General Fromm davon zu überzeugen, dass Hitler bei einem Bombenangriff ums Leben gekommen ist, greift dieser nach dem Telefonhörer und wird durchgestellt in die Wolfsschanze, wo er Keitel erreicht.

„Was geschieht im Rastenburg? Es schwirren hier die wildesten Gerüchte …" sagt er.

„Überhaupt nichts. Alles ist normal hier – was haben Sie denn gehört?", fragt Keitel.

„Ich habe soeben Nachricht erhalten, dass auf den Führer ein Attentat verübt worden ist“, antwortet Fromm.

„Unsinn!“, schnaubt Keitel, der jedoch einräumt, dass es einen Attentatsversuch gegeben hat, der jedoch gescheitert sei.

„Der Führer ist am Leben und nur leicht verletzt. Und im Übrigen: wo ist Ihr Stabschef, Oberst Stauffenberg?“, fährt Keitel fort.

Fromm erklärt, dass der Oberst noch nicht vom Flughafen zurückgekehrt sei, und legt auf. Der korpulente General wendet sich an Olbricht und macht darauf aufmerksam, dass es, da Hitler am Leben sei, keinen Grund gebe, einen Befehl zum Auslösen der „Operation Walküre“ zu erteilen.

Olbricht ist jedoch nach wie vor im Zweifel: Lebt Hitler oder lebt er nicht?

Als ihm klar wird, dass Quirnheim – in Zusammenarbeit mit den mitverschworenen Offizieren – schon dabei ist, den Plan auszuführen, und dass sich Ludwig Beck, der nach Hitler neues Staatsoberhaupt werden soll, auch im Gebäude befindet, geht er zusammen mit Quirnheim in das Büro von Fromm, wo er darauf besteht, dass der Führer tot und die „Operation Walküre“ bereits in die Wege geleitet sei.

Mit hochrotem Kopf springt Fromm vom Stuhl hinter seinem Schreibtisch auf. Er verlangt Auskunft darüber, wer ohne sein Einverständnis den Befehl dazu gegeben hat.

„Mertz“, antwortet Olbricht, welches Quirnheim selbst mit ruhiger Stimme bestätigt.

„Sie sind verhaftet!“, ruft Fromm.

Im gleichen Augenblick schaut Olbricht aus dem Fenster in Fromms Büro. Unten im Hof fährt ein Fahrzeug vor: heraus steigen Stauffenberg und Haeften. Im Laufe weniger Minuten ist der Oberst die Treppe hinaufgespurtet und stürzt in Olbrichts Büro. Wieder erzählt er, dass Hitler tot sei, und er schmückt die Geschichte sogar etwas aus:

„Ich selbst sah, wie sie seine Leiche heraustrugen“, beharrt er.

„Aber Keitel …“ beginnt Olbricht.

„Keitel lügt, wie immer!“, lautet Stauffenbergs Antwort.

Während mehr und mehr Verschwörer im Bendlerblock eintreffen, übernimmt Stauffenberg die Initiative und beginnt, einige der zentralen Akteure des Staatsstreiches anzurufen. Ein Anruf geht an den Chef der Polizei in Berlin, der verspricht, Vorbereitungen zu treffen, die SS-Leute und die Gestapo zu verhaften. Ein anderer Anruf geht an die Führung in Paris, wo der oberste Chef den Befehl erteilt, die Parteifunktionäre hinter Schloss und Riegel zu bringen.

Aber längst nicht alle Offiziere des Ersatzheeres erkennen die Befehle an.

In Rastenburg überschlagen sich die Anfragen: Stimmt es, dass der Führer tot ist? Stehen die SS und die Parteispitzen dahinter? Ist es wahr, dass die „Operation Walküre" in Gang gesetzt werden soll? Hitler und die Topleute des Regimes um ihn herum begreifen schnell, dass es sich hier nicht um den Versuch eines Einzelgängers handelt, den Führer Deutschlands zu töten: es ist de facto ein Staatsstreich mit ungenehmigten Truppenbewegungen in verschiedenen deutschen Städten, Wien und Paris. Etwas Größeres steht ganz gewiss bevor.

Während Hitler an den verschiedenfarbigen Tabletten herumfingert, die er von seinem Leibarzt erhalten hat, beeilen sich die ihm Nahestehenden, ihre Unschuld zu beteuern und gegenüber allen, die Hitler und das Vaterland im Stich gelassen haben, Rache zu schwören. Im gleichen Raum sitzen Mussolini und ein Teil seines Gefolges – mehr und mehr peinlich berührt von den Top-Nazis.

„Unsere mutigen Soldaten sind von ihren Generälen verraten worden", schreit Göring und verspricht, dass die Luftwaffe sowohl dem Putsch als auch dem Krieg ein Ende bereiten wird.

Großadmiral Dönitz, der dem Chef der jetzt neutralisierten Luftwaffe nicht nachstehen mag, erhebt sich von seinem Platz, dieweil er dem Führer die unbedingte Loyalität der Flotte zusichert. Die U-Boote würden die Nachschubwege der Alliierten zerstören, versicherte er.

Außenminister von Ribbentrop und Privatsekretär Bormann sind sofort danach mit der Botschaft zur Stelle, dass sowohl die Diplomatie als auch der Parteiapparat unverzüglich dafür sorgen würden, ihre Fühler auszustrecken, damit die Verräter das bekämen, was sie verdient hätten.

Als die schrillen Rufe abebben, ist Hitler an der Reihe. Er ist so rasend und brüllt so laut, dass der Speichel in Tropfen aus seinem Mund heraussprüht. Er würdigt die Worte der ihm Nahestehenden mit keiner einzigen Silbe, versichert jedoch, dass die Verräter seine Wut spüren würden – sie und ihre Familien!

„Diese Schlangengrube, die versucht hat, die Größe Deutschlands zu sabotieren, wird ein für alle Mal ausgerottet werden!"

In Berlin marschiert Stauffenberg, gefolgt von unter anderen Olbricht und Quirnheim, in das Büro von Fromm, wo Olbricht dem Chef des Ersatzheeres mitteilt, dass Stauffenberg soeben bestätigt hat, dass Hitler tot sei.

Stauffenberg nickt und fügt hinzu:

„Ich sah die Leiche mit eigenen Augen."

Aber Fromm gibt nicht so leicht auf und verweist auf das Gespräch mit Keitel kurz zuvor.

„Keitel lügt – wie immer!", wiederholt Stauffenberg.

Der General schaut auf den Oberst und spekuliert laut darüber, ob nicht einige im Gefolge Hitlers an den Ereignissen des Tages beteiligt sind.

Mit leiser und ruhiger Stimme teilt ihm Stauffenberg mit:

„Ich weiß, dass er tot ist, denn ich selbst habe die Bombe platziert."

Fromm schießt aus seinem Stuhl hoch und explodiert in einem Anfall von Raserei, der des Führers würdig wäre, und ruft, dass es für Stauffenberg nur eins gäbe, und das sei, sich eine Pistole an die Stirn zu setzen und abzudrücken.

„Ich bin unbewaffnet", antwortet Stauffenberg trocken.

Aber dafür gäbe es eine Lösung, meint Fromm, der Quirnheim Order erteilt, eine Pistole zu besorgen, aber Quirnheim verweist darauf, dass Fromm ihn bereits verhaftet hat, sodass er gar nicht in der Lage sei, irgendetwas zu unternehmen.

Stattdessen geht Fromm zu Stauffenberg hinüber und ballt seine Fäuste. Er stellt fest, dass sowohl Stauffenberg als auch Olbricht jetzt verhaftet seien.

„Ganz im Gegenteil. Sie sind es, der verhaftet ist!“, lautet es kalt von Stauffenberg.

Im gleichen Augenblick stürzen Haeften und einige andere Mitverschwörer aus dem Kartenraum neben Fromms Büro herein. Sie sind bewaffnet und kurz darauf drückt einer von ihnen eine Pistole in den Bauch des Generals. Fromm wird zusammen mit einer Wache in seinem Büro eingeschlossen, wonach die Putschisten General Hoepner zum neuen Chef des Ersatzheeres ernennen.

Im Rest des Gebäudes herrscht Chaos. Papiere fliegen umher, Menschen kommen und gehen, die Telefone klingeln ununterbrochen oder sind besetzt mit Leuten, die sich bemühen, Offiziere im ganzen Land davon zu überzeugen, dass sie den Befehlen aus dem Bendlerblock gehorchen sollen. Als einer der Mitverschwörer, Hans Bernd Gisevius, der beim militärischen Nachrichtendienst beschäftigt gewesen ist, eintrifft, ist er schockiert über den halbherzigen Einsatz, den er bei der Mehrzahl der Putschisten beobachtet. Ohne an den Status zu denken, den Ludwig Beck unter den Mitverschwörern hat, überfährt er den distinguierten Herrn mit Fragen: „Warum ist Goebbels noch auf freiem Fuß, sodass er den Widerstand des Parteiapparates organisieren kann? Warum gibt es keine Truppen zur Verteidigung des Bendlerblocks? Ist der Rundfunk besetzt worden – und was ist mit der Gestapo?

Und noch eine Sache: Warum ist Fromm nicht auf der Stelle erschossen worden, wenn er nicht kooperieren will? Solange er am Leben ist, sind Offiziere des Ersatzheeres in vollem Recht, wenn sie sich dem Befehl zur Auslösung der „Operation Walküre“ widersetzen – genau der Punkt, auf die der Vordenker des Attentats, Jens Peter Jessen, weniger als 24 Stunden zuvor hingewiesen hat.

Aber jetzt ist es zu spät.

KAPITEL 9

„Es lebe das heilige Deutschland!"

Ein Mann in schwarzer Uniform marschiert problemlos in das Hauptquartier des Heeres in der Bendlerstraße in Berlin, gefolgt von zwei Kerlen in Zivil; ohne dass jemand sie nach ihrem Anliegen fragt, gehen sie weiter die Treppe hinauf zu dem Büro, in dem sich Stauffenberg, Olbricht und die anderen aufhalten.

Der Schwarzgekleidete öffnet die Tür mit Wucht, geht schnurstracks auf Gisevius zu, schlägt die Hacken zusammen und grüßt diesen mit ausgestrecktem Arm.

„Heil Hitler!"

Der Mann ist SS-Oberführer Humbert Pifrader und seine Gefolgsleute sind Bedienstete der Gestapo.

Ihr oberster Chef, Himmler, der sich auf dem Weg von Rastenburg nach Berlin befindet, hatte angeordnet, Stauffenberg aufzugreifen. Der SS-Mann verlangt, den Oberst zu sprechen, der eine Erklärung schuldig sei für sein Verhalten im Führerhauptquartier zuvor am Tage.

Stattdessen entwaffnen einige der Verschwörer die drei Männer und schicken sie in den Raum, in dem sich auch General Fromm befindet. Inzwischen bekommt Gisevius einen weiteren Wutanfall und verlangt lautstark Aufklärung darüber, weshalb die Männer nicht auf der Stelle erschossen worden sind. Stauffenberg verspricht dem aufgeregten Abwehrmann, dass jemand sich dieser Angelegenheit zu einem späteren Zeitpunkt annehmen wird. Stattdessen widmet sich der Oberst der Aufgabe, die im Augenblick wichtiger ist als alles andere: der Umsetzung der „Operation Walküre"; dies ist ganz entscheidend, wenn es den Putschisten und damit dem Heer gelingen soll, die Macht in Deutschland zu übernehmen.

Einfach ist die Aufgabe nicht. Der Mann, der neuer Oberkommandierender der bewaffneten Streitkräfte werden soll, Feldmarschall Erwin von Witzleben, ist noch nicht aufgetaucht, und während Stauffenberg weiterhin versucht, Offiziere im ganzen Land und in den besetzten Gebieten des restlichen Europas davon zu überzeugen, dass Hitler nach einem Attentat durch die SS und die Gestapo tot ist, ergehen aus der Wolfsschanze entgegengesetzte Befehle. Von dort wird versichert, dass der Führer lebt und unverletzt sei. Und als ob dieses nicht genug wäre, hat Hitler Himmler zum neuen Chef des Ersatzheeres ernannt; damit ist der Chef der SS der einzige – außer dem Führer selbst – der den Befehl zur Auslösung der „Operation Walküre“ geben kann.

„Befehle von General Fromm, Feldmarschall von Witzleben und General Hoepner dürfen nicht ausgeführt werden! Halten Sie Kontakt zu den Gauleitern und den übergeordneten SS- und Polizeikommandeuren“, heißt es.

Rundherum in Europa beginnen sich unter einigen der Mitverschwörer die Zweifel zu mehren. In Rastenburg, wo man mit Sicherheit weiß, dass Hitler am Leben ist, entschließt sich einer von ihnen, Eduard Wagner anzurufen – Jessens Chef –, und verlangt, dass der Umsturzversuch abgebrochen wird. Es ist Wahnsinn, diesen fortzusetzen, meint er, worauf er zu Keitel geht und diesem in einem Versuch, die eigene Haut zu retten, alles berichtet, was er weiß. Es wird sich später zeigen, dass auch er dem Schicksal, das auf ihn wartet, nicht entgeht.

Ludwig Beck – der angesehene frühere Generalstabschef, der als einziger hochrangiger Offizier 1938 im Protest gegen Hitlers Politik zurückgetreten ist – sieht dagegen keine andere Möglichkeit als weiterzumachen, ungeachtet dessen, was mit dem Führer geschehen ist. Umgeben von emsigen Mitverschwörern arbeitet er weiter an der Rede, die er an die Nation halten soll, und an der unter anderen auch Jessen mitformuliert hat:

„Ein Führer, der so viele Konflikte unter seinen Nächsten verursacht, dass es zu einem Attentatsversuch kommt, ist bereits moralisch tot“, schreibt er.

In diesem Augenblick trifft noch ein Offizier im Bendlerblock ein. Dieses Mal ist es General von Kortzfleisch, der stellvertretende Kommandierende einer der Einheiten, die man für den Umsturz benötigt. Der General ist ein entfernter Verwandter von

Stauffenberg, aber es wird sich schnell zeigen, dass die Verschwörer noch einmal einer Person gegenüberstehen, mit deren Loyalität sie nicht rechnen können. Als sich Kortzfleisch weigert, seine Truppen Stauffenberg und den anderen zur Verfügung zu stellen, wird auch er verhaftet und zu den übrigen Gefangenen der Putschisten gebracht, inzwischen eine größere Gruppe.

Und damit nicht genug.

Als Berlins Kommandant, General von Hase, ein Mitverschwörer, den Befehl zur „Operation Walküre" bekommt, ruft er seine wichtigsten Untergebenen zusammen. Einer von ihnen ist ein junger, großer Mann mit einem Aussehen, das an eine griechische Statue erinnert. Major Remer, wie er heißt, ist an der Ostfront schwer verwundet worden und steht nun an der Spitze des Wachbataillons Großdeutschland, das die Putschisten unter ihre Kontrolle bringen müssen, wenn es gelingen soll, auch Büros, Ministerien und Rundfunksender einzunehmen und gleichzeitig Widerstand leistende SS-Leute und Gestapo-Bedienstete zu verhaften. Von Hase weiß sehr wohl, dass Remer ein loyaler Nationalsozialist ist, aber er kommt nicht auf den Gedanken, dass ein junger untergebener Offizier die Befehle eines Vorgesetzten in Frage stellen könnte.

„Dem Führer ist ein Unglück geschehen – vielleicht sogar ein fatales Unglück. Wir wissen nicht genau, was geschehen ist, aber wir müssen jetzt die Stadtmitte besetzen", erklärt Hase dem jungen Remer und zeigt ihm eine Karte der Hauptstadt, auf der man das Propagandaministerium gegenüber der Reichskanzlei sieht.

Remer bekommt zur Aufgabe, einen Ring um das Gebäude zu errichten, und dafür zu sorgen, dass keiner – nicht einmal ein Minister – Zutritt erhält oder aus dem Ministerium hinaus darf.

„Sie kennen also nicht den Zustand des Führers?", fragt Remer. „Nein, aber sobald wir Neues erfahren, werden wir Sie in Kenntnis setzen", lautet die Antwort seines Vorgesetzten, während ein paar andere Offiziere einige Papiere zusammentragen und sie in eine Mappe legen, sodass Remer nicht sehen kann, was in ihnen steht.

Trotz eines mulmigen Gefühls, dass nicht alles so ist, wie es sein sollte, beginnt Remer sofort, seine Männer zusammenzurufen.

Einer von ihnen, ein Kommissar namens Hans Hagen, der dem Bataillon vom Propagandaministerium zugeteilt worden ist, um die Moral der Männer aufrechtzuerhalten, wundert sich auch und besteht darauf, dass Remer ihn zu Goebbels hinüberschicken soll, um herauszufinden, was vor sich geht. Remer, der nun ernsthaft verwirrt ist, entschließt sich unter Umgehung seines Vorgesetzten, Hagen in das Ministerium zu schicken.

Der Minister sitzt zu diesen Zeitpunkt, zwischen 17 und 18 Uhr abends, an der Vorbereitung einer Verlautbarung, die Hitler selbst in Auftrag gegeben hat. Diese soll dem Volk ein für alle Mal klar machen, dass der Führer am Leben ist und bei guter Gesundheit. Deshalb ist Goebbels sichtbar irritiert, als ein Angestellter hereinkommt und mitteilt, dass Hagen ihn zu sprechen wünsche. Hagen erklärt, dass etwas in der Hauptstadt im Schwange sei und dass er vor Kurzem einen pensionierten General in seiner alten Uniform durch die Straßen habe fahren sehen.

„Ich bin weder betrunken noch von Sinnen. Jetzt, da der Führer tot ist, sind die Generäle im Begriff, die Macht zu übernehmen“, erklärt er seinem Chef.

Goebbels schüttelt den Kopf. Hitler lebe, versichert er, aber er räumt ein, dass man früher am Tag in Rastenburg versucht habe, ihn zu töten.

„Aber, schauen Sie aus Ihrem Fenster, Herr Reichsminister“, insistiert Hagen.

Als der Propagandaminister die Gardine etwas beiseite schiebt, kann er an diesem hellen Sommerabend sehen, wie Remers Leute auf Lkws ankommen und sich auf ihre Bewachungs-Aufgabe vorbereiten.

Hagen schlägt vor, dass Goebbels Remer rufen lässt und diesen zurechtweist. Der Minister ist einig, greift aber zunächst zum Telefon und befiehlt der SS, sich darauf vorzubereiten, Leute von der Eliteeinheit Leibstandarte Adolf Hitler in das Stadtzentrum zu schicken.

Hagen verlässt das Gebäude, um Remer aufzusuchen, während Goebbels sich wieder auf die Verlautbarung konzentriert, die er schreiben soll. Wenig später klingelt das Telefon. Am anderen Ende fragt ein wütender Hitler, warum der Minister die Verlautbarung noch nicht herausgegeben hat. Kurz darauf – um 18.45 Uhr – wird über den nationalen Rundfunk, den die Putschisten noch nicht besetzt haben, eine kurze Meldung verbreitet. Statt der Rede, an der Jessen mitgeschrieben hat, die vom Ende des verbrecherischen Regimes der Nazis berichten sollte, vernehmen die Hörer nun wenige Worte von Goebbels:

„Heute hat man mit Sprengstoff versucht, den Führer ums Leben zu bringen“, beginnt die Nachricht, worauf die Namen derjenigen verlesen werden, die verletzt worden sind.

„Der Führer selbst ist – abgesehen von ein paar Brandwunden und Schrammen nicht zu Schaden gekommen. Er hat sofort wieder seine Arbeit aufgenommen und – wie geplant – Il Duce zu einem längeren Gespräch empfangen. Kurz nach dem Attentatsversuch leistete der Reichsmarschall ihm Gesellschaft.“

In der Zwischenzeit ist Remer klar geworden, dass er von seinen Vorgesetzten als Werkzeug benutzt worden ist. Der Aufstand, den die „Operation Walküre“ niederschlagen soll, ist nicht von der SS und der Gestapo angezettelt worden, sondern von seinen eigenen Chefs und deren Leuten. Als er zu seinem Chef zurückkehrt, um neue Order zu erhalten, hört er zufällig, dass eine andere Abteilung den Befehl erhält, Goebbels zu verhaften, und ihm wird klar, dass er sich inmitten von Aufrührern auf der einen und dem höchsten Regierungsmitglied in Berlin auf der anderen Seite befindet. Deshalb kehrt er um und erreicht das Ministerium gegen 19 Uhr, wo er sofort zum Minister geleitet wird, der gerade im Begriff ist, einen Offizier zusammenzustauchen, der die Frechheit besitzt, ihn verhaften zu wollen.

Als er den Offizier vor die Tür gesetzt hat, wendet er sich an Remer.

„Sind Sie ein überzeugter Nationalsozialist?“, fragt er.

Remer versichert, dass dies der Fall ist, und fragt nervös, wie es dem Führer gehe.

Goebbels langt erneut nach dem Telefonhörer. Kurz darauf reicht er ihn an Remer weiter.

Eine harte, krächzende Stimme am anderen Ende erzählt dem

jungen Offizier, dass er – der Besitzer der Stimme – unverletzt ist. Wie in Trance lauscht Remer der Stimme, die er schon einmal vorher vernommen hat, als ihm vom obersten Führer des Reiches ein Orden verliehen wurde.

„Erkennen Sie meine Stimme wieder?"

„Jawohl, mein Führer!"

Einen Augenblick später befördert Hitler den jungen Offizier zum Oberst und erteilt ihm die Vollmacht, die Aufrührer in Berlin mit allen Mitteln niederzukämpfen, bis Himmler eintrifft und sich an die Spitze des Ersatzheeres setzt. Und das ist notwendig, denn überall herrscht mehr und mehr Verwirrung, während Befehle und Gegenbefehle herausgehen aus Rastenburg, dem Propagandaministerium und dem Hauptquartier des Heeres in der Bendlerstraße. Rundherum in Deutschland und in den besetzten Ländern erhalten die Offiziere sich widersprechende Informationen; überall müssen die Soldaten sich entscheiden, nach wem sie sich richten wollen. Völlige Verwirrung herrscht an den Orten, in denen Hitlers Befehl, den Generälen im Bendlerblock nicht zu gehorchen, hereintickert, ohne dass die Befehle der Verschwörer eingegangen sind.

Auch wenn Stauffenberg, Olbricht und Beck fortwährend versuchen, ihre Kollegen in Europa zu überreden, ihnen drohen oder befehlen, die „Operation Walküre" umzusetzen, begreifen nach und nach die meisten, dass Hitler nicht tot und der Plan in Wirklichkeit ein verdeckter Putschversuch ist. Der Erste, der einsieht, dass das Eis unter ihren Füßen gefährlich dünn wird, ist General Hoepner. Er hat sich in einen Stuhl gesetzt und starrt nur noch vor sich hin. Auch General Fritz Lindemann gibt auf. In seiner Innentasche hat er nach wie vor die Proklamation, die im Rundfunk hätte verlesen werden sollen, die Jessen geschrieben und ihm während des Treffens am Vorabend gegeben hat. Sie bleibt in seiner Tasche, weil der General sich entschließt, das Gebäude zu verlassen.

Gisevius, der gerade zurückgekehrt ist von einer Sitzung mit den Mitverschwörern bei der Hauptstadt-Polizei, geht hinein in Olbrichts Büro und schließt die Tür hinter sich. Wie im Selbstgespräch fragt der General, ob es wohl zu spät sei, den Walküre-Befehl zurückzunehmen. Gisevius traut seinen eigenen Ohren kaum, sondern starrt nur auf diesen wankelmütigen Soldaten, ohne etwas zu sagen.

Endlich, um viertel vor acht, taucht Feldmarschall von Witzleben auf. Es ist geplant, dass von Witzleben, der auch an Osters Attentatsversuch 1938 beteiligt war, das Kommando über die Truppen der Verschwörer übernehmen soll, und nun wundert er sich – milde ausgedrückt –, weshalb die Walküre-Soldaten noch nicht in Aktion getreten sind. In voller Uniform marschiert er direkt zum Büro von General Fromm, in dem sich Beck befindet: Wo sind Truppen des Ersatzheeres? Warum hat Goebbels Zutritt zum Rundfunk gehabt? Wie ist die Lage im Rest des Landes? Um die Ernsthaftigkeit zu unterstreichen, drischt er mit seiner Faust nach jeder Frage auf den Schreibtisch und stürmt danach aus dem Büro.

„Ich fahre jetzt nach Hause“, lautet sein Abschieds-Salut.

Während die Wagner-Musik im Rundfunk in regelmäßigen Abständen von einem Sprecher unterbrochen wird, der mitteilt, dass der Führer später am Abend eine Rede an die Nation halten wird, setzen Stauffenberg, Beck und Olbricht ihre Telefonate fort. Olbricht wird jedoch von einer Gruppe Untergebener, die nicht in die Umsturzpläne eingeweiht worden sind, unterbrochen. Sie verlangen Auskunft darüber, warum die „Operation Walküre“ fortgesetzt wird, wenn Hitler nach Verlautbarungen des Rundfunks nicht tot sei. Olbricht bleibt die Antwort schuldig. Ohne sein Wissen fordert ein untergebener Offizier einen Lkw mit Waffen aus einem städtischen Depot an, während Remer Vorbereitungen trifft, das Gebäude zu stürmen, nachdem er eine Gruppe von Soldaten zusammenbekommen hat, um den Aufruhr ein für alle Mal zu ersticken.

Um 22.50 Uhr hört man Stiefelgetrampel und laute Rufe unten am Haupteingang:

„Für den Führer! Für den Führer!“

Kurz darauf wird die Tür zu Olbrichts Büro aufgestoßen, und eine Gruppe bewaffneter Männer stürmt herein und verlangt General Fromm zu sprechen. Gleichzeitig läuft Olbrichts Sekretärin den Gang hinunter, um Beck und General Hoepner zu warnen. So weit kommt sie jedoch nicht. Sie stößt auf Stauffenberg und von Haeften, während gleichzeitig weitere bewaffnete Soldaten eintreffen und einige in der Verwirrung das Feuer eröffnen. Stauffenbergs Gesicht verzerrt sich vor Schmerz, ein roter Fleck breitet sich auf dem Ärmel seiner weißen Sommerjacke aus, worauf er in das Vorzimmer von Fromms Gemächern wankt. Er veranlasst die Sekretärin, in Paris anzurufen – das letzte Telefonat des Tages –, während von Haeften auf dem Fußboden einen Haufen Papiere anzündet.

„Alles ist verloren", sagt Stauffenberg.

Als er aufgelegt hat, entdeckt er General Fromm, der in der Türöffnung steht und grinst. Hinter ihm stehen einige von Remers Leuten und Beck, Olbricht und Hoepner, die sich ohne Gegenwehr ergeben haben. Haeften greift nach seiner Pistole, aber Stauffenberg hält ihn auf.

„Na, meine Herren", sagt Fromm, „nun werde ich mit Ihnen das machen, was Sie heute Nachmittag mit mir gemacht haben: Sie sind alle verhaftet!"

Beck bittet um die Genehmigung, eine Pistole ausgehändigt zu bekommen.

„In Ordnung – aber bringen Sie es schnell hinter sich", brummt Fromm.

Mit zitternden Händen lädt Beck die Waffe.

„Es sind Augenblicke wie dieser, die mich veranlassen zurück zu denken ...", sagt er, wird jedoch von Fromm unterbrochen, der ihn auffordert, sich zu beeilen.

Die Zeit ist entscheidend für Fromm, der sich völlig darüber im Klaren ist, dass er bei Weitem nicht alles unternommen hat, was in seiner Macht stand, den Putschversuch zu unterbinden. Wenn er jetzt handelt, kann er vielleicht der Wut des Führers entkommen, gleichzeitig entledigt er sich der Männer, die wissen, dass er sich ohne Widerstand hat entwaffnen und verhaften lassen.

Beck richtet sich auf, hebt die Pistole, setzt sie an seine Schläfe und drückt ab. Der Schuss hallt in dem hohen Raum wider, und der alte Soldat fällt in einem Lehnstuhl in sich zusammen. Aber er ist nicht tot. Schwer verletzt fleht er Fromm an, ihm die Erlaubnis für einen weiteren Versuch zu geben. Fromm erteilt zwei Soldaten den Befehl, Beck zu helfen, der es vermag, sich noch einmal in den Kopf zu schießen, aber auch diesmal stirbt er nicht, sondern verliert nur das Bewusstsein. Nichtsdestotrotz lässt Fromm ihn liegen und wendet sich an die anderen Verschwörer.

„Na, meine Herren. Wenn Sie noch einige letzte Briefe schreiben wollen, haben Sie jetzt noch fünf Minuten, dieses zu erledigen," sagte er.

Draußen im Hof gibt Fromm einem Leutnant den Befehl, ein Erschießungskommando zusammenzustellen. Während die Männer sich mit K98-Gewehren bewaffnen, fährt ein LKW vor, dessen vordere Scheinwerfer ein scharfes Licht auf einen Kieshaufen in der Ecke des Hofes werfen. Fromm geht zurück in sein Büro, wo General Hoepner ihn bittet, vor einen Richter gestellt zu werden, welches der Chef des Ersatzheeres aufgrund ihrer langjährigen Freundschaft akzeptiert. Aber für die übrigen Verschwörer gibt es keine Gnade.

„Im Namen des Führers habe ich dieses Kriegsgericht eingesetzt, das die Folgenden zum Tode verurteilt: General Olbricht, Oberst Mertz von Quirnheim und diesen Oberst und diesen Leutnant, deren Namen auszusprechen ich mich weigere", poltert Fromm und zeigt auf Stauffenberg und Haeften.

Stauffenberg, dem aufgrund seiner blutenden Schusswunde am Arm schwindlig ist, richtet sich auf und übernimmt die volle Verantwortung für den fehlgeschlagenen Umsturzversuch. Er versichert, dass er der Anführer gewesen ist und dass die anderen nur seine Befehle ausgeführt haben, aber Fromm würdigt ihn keines Blickes, sondern tritt nur beiseite, damit die Soldaten die vier Männer hinausführen können. Als sie das Büro verlassen haben, wirft er einen Blick auf Beck, der noch am Leben ist. Er gibt einem Offizier den Befehl, ihn zu erschießen, aber der Offizier überlässt die Aufgabe einem Untergebenen, der ihn ins Vorzimmer hinausschleift und ihm dort den Garaus macht.

Unten im Hof – im Scheinwerferlicht des Lkws – werden Olbricht, Quirnheim, Haeften und Stauffenberg einer nach dem anderen vor das Erschießungskommando gestellt und hingerichtet. Genau halb eins in der Nacht, wenige Sekunden, bevor die Projektile in seinen Körper dringen, richtet Stauffenberg sich auf und ruft, dass es die meisten im Gebäude hören können:

„Es lebe das heilige Deutschland!"

Wie viel Jens Peter Jessen von den Ereignissen dieses sehr, sehr langen Tages mitbekommen hat, ist ungewiss, aber es gibt keinen Zweifel, dass er von seinem Krankenlager aus Rundfunk gehört und irgendwann erkannt hat, dass die Proklamation, an deren Ausarbeitung er mitgearbeitet hat, niemals verlesen werden wird.

Stattdessen kann er – wie Millionen andere – die heisere Stimme des Führers hören, als dieser aus dem Hauptquartier in Ostpreußen eine Rede an das Volk hält:

„Deutsche Volksgenossen und -genossinnen! Ich weiß nicht, zum wievielten Male nunmehr ein Attentat auf mich geplant und zur Ausführung gekommen ist. Wenn ich heute zu Ihnen spreche, dann geschieht es aus zwei Gründen: 1. Damit Sie meine Stimme hören und wissen, dass ich selbst unverletzt und gesund bin. 2. Damit Sie aber auch das Nähere erfahren über ein Verbrechen, das in der deutschen Geschichte seinesgleichen sucht. Eine ganze kleine Clique ehrgeiziger, gewissenloser und zugleich unvernünftiger, verbrecherisch-dummer Offiziere hat ein Komplott geschmiedet, um mich zu beseitigen und zugleich mit mir den Stab praktisch der deutschen Wehrmachtführung auszurotten."

Hitler schwört gleichzeitig, dass alle, die beteiligt gewesen sind, für den Verrat gegen das Vaterland bestraft würden, und er unterstreicht mehrfach, dass die Verschwörer nur eine verschwindend geringe Anzahl von Personen seien.

„Die Kreise, die diese Putschisten vertreten, sind sehr klein. Sie haben nichts zu tun mit den bewaffneten deutschen Streitkräften und haben vor allem nichts mit dem deutschen Heer zu tun. Es ist eine sehr kleine Clique von kriminellen Elementen, die jetzt gnadenlos ausgerottet werden wird", verspricht er.

Mit diesen Worten beginnt eine Menschenjagd ohnegleichen, und Hitler hat völlig recht, wenn er sagt, dass dies ohne Gnade geschehen wird.

Dagegen irrt der Führer, wenn er glaubt, dass nur wenige Personen an dem Versuch beteiligt gewesen sind, ihn zu töten, und es wird sich zeigen, dass viele von ihnen Widerstand leisten werden bis zum Letzten – auch Jessen.

KAPITEL 10

Vor dem Volksgerichtshof

Jessen wirkt gealtert und müde, wie er so dasitzt zwischen zwei uniformierten Bediensteten mit hohen Mützen, deren Abzeichen Goldadler mit einem Hakenkreuz in ihren Klauen zieren. Er hat seine Arme gekreuzt und stützt sich auf einen Stock, den er nach seinem Verkehrsunfall vor einem halben Jahr nach wie vor benötigt. Der dunkle Blick liegt jetzt noch tiefer als sonst, aber er ist wie immer hellwach, und auch wenn man ihm nicht erlaubt hat, sich zu rasieren oder einen Schlips umzubinden, sitzt er kerzengerade da und bereitet sich auf das vor, was geschehen soll.

Hinten in der großen Halle des Reichsgerichts in Berlin öffnet sich eine Tür. Herein tritt der Präsident des Volksgerichtshofes – eine besondere Rechtsinstanz, die seit 1934 zur Aufgabe hat, Hitlers Gegner wegen politischer Verbrechen zu verurteilen. Roland Freisler, der wie Jessen während des Ersten Weltkrieges schwer verwundet wurde und nach einem Aufenthalt in einem russischen Gefangenenlager zunächst Kommunist wurde, sich dann aber unter die Fahnen der Nationalsozialisten meldete, trägt einen langen blutroten Umhang mit weiten Ärmeln. Er marschiert hinüber zu einem langen Tisch, stellt sich hinter einen Stuhl mit hoher Rückenlehne und streckt den rechten Arm in die Luft.

„Heil Hitler!"

Um Jessen herum haben sich die Zuhörer von ihren Plätzen erhoben und erwidern den Gruß des Gerichtspräsidenten.

Freisler nimmt am Tisch Platz. Hinter ihm steht eine Büste des Führers. Von der Decke hängen rot-weiße Banner mit Hakenkreuzen und bilden eine wirkungsvolle Kulisse für das Gerichtsverfahren des Tages. Es herrschen keine großen Zweifel am Ausgang des Verfahrens gegen Jessen. Freisler, der gleichzeitig als Ankläger, Richter und auch als Jury amtiert, hat persönlich mehr als die Hälfte der vom Volksgerichtshof verkündeten Todesurteile gefällt, und nicht einmal Minderjährige sind der Begegnung mit dem Henker entkommen, wenn der Gerichtspräsident für das Verfahren verantwortlich war.

Freisler setzt seinen Hut ab und legt ihn auf den mit Papieren und Mappen belegten Tisch. Als Jessen an der Reihe ist, führt ihn ein Bediensteter nach vorne zu einem kleinen Tisch vor dem Richter, und wie gewöhnlich beginnt Freisler damit, dem Angeklagten Gift und Galle entgegenzuschleudern. Auch wenn Jessen kaum zu Wort kommt, gelingt es ihm doch – wie vielen seiner Freunde, die nicht mehr leben –, eine Ruhe und Würde zu bewahren, die im scharfen Kontrast zu den Tiraden des theatralischen Gerichtspräsidenten steht, der Goebbels Propagandamaschine einen Strich durch die Rechnung gemacht hat. Die Gerichtsverfahren mit den Verschwörern sind aufgezeichnet worden, und es war beabsichtigt, die Aufnahmen in den deutschen Wochenschauen zu zeigen, aber vorläufig sind nur einzelne Ausschnitte gebracht worden. Teils schreit Freisler so laut, dass es den Technikern mehr als schwerfällt, den Ton der Angeklagten einzufangen, teils präsentieren sich die Angeklagten so mutig, würdig und zivilisiert, dass die Bevölkerung Sympathie für sie empfindet, während Freisler abstoßend wirkt.

Der Gerichtspräsident erhebt gegen Jessen mehrere Anklagen. Er wird unter anderem beschuldigt, in der Mittwochsgesellschaft über eine Lage diskutiert zu haben, die entstehen würde, wenn Deutschland den Krieg verlöre, und diese Art defätistischen Redens ist streng verboten, da sie dazu beitragen kann, die deutsche Moral zu schwächen. Gleichzeitig zeigen Papiere, die in den Besitz des Gerichts gelangt sind – über die Verhöre der übrigen Verschwörer hinaus –, dass Jessen auch an Gesprächen beteiligt gewesen ist, bei denen die Zusammensetzung einer neuen Regierung und die der Gesellschaft nach dem Krieg Thema waren.

Die Gestapo hat nicht herausfinden können, dass der große, leise Professor der Mann war, der die Idee entwickelte, wie Stauffenberg den Attentatsversuch ausführen könnte. Dagegen lautet die schwerste Anklage gegen Jessen, dass er Kenntnis gehabt habe von den Plänen, den Führer zu töten und die Macht in Deutschland zu übernehmen – ohne dass er etwas unternommen habe, dies zu verhindern.

Dies weist Jessen zurück, als er die Möglichkeit bekommt, ein paar Worte zu sagen. Trotz Freislers Ergüssen gelingt es dem Professor, sich damit zu verteidigen, dass die Gespräche in der Mittwochsgesellschaft privater Natur gewesen und dass seine Aussagen ausschließlich als wissenschaftliche und theoretische Überlegungen anzusehen seien ohne Bezug zum wirklichen Leben. Er vermag sogar – wie viele andere Angeklagte – seine eigene Breitseite gegen den Gerichtspräsidenten abzufeuern.

„Wenn die geführten Gespräche im Kreise Popitz, Beck und Goerdeler defätistisch und hochverräterisch gewesen sind, dann muss sich die gesamte Reichsregierung vor dem Volksgerichtshof verantworten!"

Jessen wird wegen seiner Kenntnis von den Plänen zum Staatsstreich, ohne dass er sein Wissen mit den Behörden geteilt habe, am gleichen Tage zum Tode verurteilt.

* * *

Als Hitler am Abend des 20. Juli 1944 in seiner Rede an das deutsche Volk versprach, dass die Männer hinter dem Umsturzversuch bestraft werden würden, handelte es sich nicht um reine Rhetorik. Schon am gleichen Abend wurde dem Chef der Sicherheitspolizei, Ernst Kaltenbrunner, auferlegt, die Verschwörung restlos aufzudecken, und der Führer verlangte, jeden Tag über die Untersuchungen informiert zu werden. Hitler rief auch Roland Freisler vom Volksgerichtshof und den offiziellen Henker der Hauptstadt, Wilhelm Röttger, nach Rastenburg, wo er ihnen erläuterte, wie mit den Verschwörern umzugehen sei.

„Ich will, dass sie gehängt werden, aufgehängt wie Schlachtvieh", unterstrich er und gab gleichzeitig Befehl, dass alles zu fotografieren und zu filmen sei.

Damit wurde die Jagd auf die Verschwörer eingeleitet. Tausende wurden verhört, und viele Hunderte wurden in das Hauptquartier der Gestapo gebracht, wo die Folter viele dazu brachte, aufzugeben und zu erzählen, wie sie selbst beteiligt gewesen waren und mit wem sie zusammengearbeitet hatten. Kaltenbrunners

Leuten gelang es auch mehrfach, an Dokumente und Tagebücher heranzukommen, die weitere Personen enttarnten, welche dann in Gefängniszellen landeten, bevor auch sie Freisler im Volksgerichtshof von Angesicht zu Angesicht gegenüberstanden.

Unter den Ersten war Feldmarschall von Witzleben am 7. August. Er war gefoltert worden. Im Gerichtsaal musste er seine Hosen mit den Händen festhalten, weil man ihm Gürtel und Hosenträger abgenommen hatte. Nicht einmal sein Gebiss hatte er behalten dürfen, und trotzdem erschien der alternde Soldat erhobenen Hauptes. Als Freisler sarkastisch fragte, ob Witzleben meine, dass er und Beck es wirklich hätten besser machen können als der Führer, antwortete er mit einem Ja, was ein Raunen durch den Saal gehen ließ, und als er sein Todesurteil entgegennahm, sagte er mit Verachtung in der Stimme an den Gerichtspräsidenten gewandt: „Sie können uns hängen, aber ehe drei Monate vergangen sind, wird das Volk Sie durch die Gosse ziehen!"

Am Tag nach der Urteilsverkündung wurde Witzleben zusammen mit General Hoepner und dem früheren Kommandanten der Hauptstadt, von Hase, in das Gefängnis Plötzensee transportiert, wo Hitler persönlich dafür gesorgt hatte, dass die Verurteilten nicht einmal die Möglichkeit bekamen, mit einem Pastor zu sprechen, ehe sie gehenkt wurden. Deshalb waren die letzten Menschen, denen sie begegneten – außer dem Henker und seinen Leuten – die Kameramänner, die dafür sorgen sollten, die makabren Ereignisse zu verewigen. Schon am gleichen Tag wurden Bilder wie Filme weitergeschickt nach Rastenburg, wo der Führer sich nach Augenzeugenberichten viel Zeit nahm, die Motive zu genießen und sie in der Zeit danach herumliegen zu lassen.

Wie bereits erwähnt, wurde Goebbels schnell klar, dass sich die Filme von den Gerichtsverfahren nicht für die Propaganda eigneten. Die Angeklagten nahmen sich ein Beispiel an von Witzleben und trotzten Mal um Mal dem wutschnaubenden Freisler. Als General Fellgiebel – der dafür sorgte, dass Stauffenberg zu einem Telefongespräch herausgerufen wurde, und der für die Unterbrechung jeglicher Kommunikation von und zur Wolfsschanze sorgen sollte – am 10. August vor Gericht stand, wandte er sich mit kaum verhohlener Verachtung direkt an Freisler und forderte ihn auf, sich mit den Erhängungen zu beeilen, wenn er sie alle schaffen wolle, bevor er selbst an der Reihe sei, am Galgen zu baumeln. Ein anderer Angeklagter hatte auch eine Antwort bereit, als der Gerichtspräsident ausrief, dass jetzt nur noch ein Platz in der Hölle auf ihn warte:

„In diesem Fall wird es mir ein Vergnügen sein, Sie dort in Empfang zu nehmen, hoher Richter!"

Ein Teil der Verschwörer tauchte unter. Einer von ihnen war Goerdeler – der Mann, der vorgesehen war, Kanzler der neuen Regierung der Putschisten zu werden –, aber Mitte August wurde er wiedererkannt. Weil er sich bereit erklärte, detailliert über die Verschwörung Auskunft zu erteilen, erfolgte seine Hinrichtung erst am 2. Februar 1945. Andere entschieden sich, von eigener Hand zu sterben, statt in den berüchtigten Gefängnissen der Gestapo zu landen. Henning von Tresckow, einer der aktivsten Teilnehmer am Putschversuch und einer der Wenigen, für die moralische Argumente mehr galten als alles andere, ging hinaus ins Niemandsland zwischen den deutschen und russischen Linien an der Ostfront, wo er dicht am eigenen Körper eine Handgranate auslöste. Auf dem Weg von Paris nach Berlin schoss General von Stülpnagel sich in dem Kopf. Der ranghöchste deutsche Offizier in Frankreich wusste sehr wohl, was ihn in Deutschland erwartete. Der Selbstmordversuch misslang, und er wurde schwer verwundet vor den Volksgerichtshof gebracht und danach an das Gefängnis Plötzensee überstellt.

Ein großer Teil der Verschwörer entschied sich jedoch, das Unabwendbare abzuwarten. Das gilt zum Beispiel für Ulrich von Hassell und Johannes Popitz, die im September 1944 bzw. Februar 1945 gehenkt wurden.

Selbst als sich das Dritte Reich am Rande der Zerstörung durch die alliierten Streitkräfte befand, die sich aus allen Himmelsrichtungen Berlin näherten, gingen die Verhaftungen und Hinrichtungen unverdrossen weiter. Mal auf Mal zeigte sich den Ermittlern mit Kaltenbrunner an der Spitze, dass weit mehr Personen am Umsturzversuch beteiligt gewesen waren, als jemand von ihnen –

auch Hitler – sich überhaupt hatte vorstellen können. Um wie viele es sich handelte, weiß man nicht, weil sich der Widerstand gegen das Regime nicht aus einer fest umrissenen Gruppe zusammensetzte, sondern aus vielen Zellen, von denen keiner alle kannte. Aber es steht fest, dass Hunderte für ihre Teilnahme an der Verschwörung hingerichtet wurden und dass die Hinrichtungen bis zum April 1945 weitergingen.

Unter den letzten Opfern der Rache Hitlers waren Hans Oster und seine Kameraden vom militärischen Nachrichtendienst, der Abwehr, die schon 1938 ein Attentat geplant hatten. Anfang April fiel Kaltenbrunner, dem Leiter der Untersuchungen, und seinen Leuten ein Tagebuch in die Hände, das Auskunft darüber gab, dass die Verschwörung ihren Anfang schon viele Jahre früher genommen hatte. Hitler bekam, als er davon hörte, einen weiteren seiner berüchtigten Wutanfälle, und trotz des Umstandes, dass er sich nun im Führerbunker in Berlin befand, umringt von der Roten Armee, gab er den Befehl für eine erneute Hinrichtungsrunde.

Seine Rache traf nicht nur die Verschwörer. Himmler beschloss, aus Anlass der Abrechnung mit den Putschisten einen ganz neuen juristischen Begriff in Anwendung zu bringen: „Sippenhaft", bei der Ehefrauen, Kinder, Eltern und andere Verwandte ins Gefängnis geworfen wurden für das, was ihr Mann, Vater oder Sohn getan hatte. Für Stauffenbergs Familie hatte dies zur Folge, dass sowohl Kinder, Erwachsene und Alte, nahe und ferne Verwandte ins Konzentrationslager gebracht wurden. Es war wahrscheinlich die Absicht, dass sie ermordet werden sollten in einem Versuch, ihren Namen völlig aus der deutschen Geschichte auszuradieren, aber der Krieg in Europa ging zu Ende, ehe es dazu kommen konnte.

Nur ganz wenige zentrale Akteure entgingen dem Galgen. Einige wurden gar nicht verdächtigt, weil ihre Kameraden der Folter in den Gefängnissen trotzten. Andere wurden so spät verhaftet, dass das Ende des Zweiten Weltkrieges dem Henker zuvorkam. Eine ganz besondere Geschichte handelt von Fabian von Schlabrendorff, dem Offizier, der zusammen mit von Tresckow den Attentatsversuch gegen Hitler plante und ausführte, bei dem es den beiden Männern gelang, eine Bombe, getarnt als ein paar

Flaschen Cointreau, im Flugzeug des Führers unterzubringen. Trotz Folter und einem stundenlangen Verhör nach dem anderen hielt Schlabrendorff daran fest, dass die Gestapo einen Fehler begangen, und er nichts mit dem Attentat zu tun habe. Erst im Februar 1945 wurde er vor den Volksgerichtshof gebracht, nachdem sein Verfahren mehrfach ausgesetzt worden war. Als sein Verfahren endlich aufgerufen wurde, begannen die Sirenen der Hauptstadt zu heulen, und alle mussten in die Schutzräume. Freisler, der feststellte, dass er das Dossier über Schlabrendorff auf dem Tisch vergessen hatte, ging zurück. Im gleichen Augenblick traf die Bombe eines amerikanischen Flugzeugs das Gebäude. Ein Balken fiel von der Decke auf den Kopf des Gerichtspräsidenten. Er war auf der Stelle tot, und als man seine Leiche fand, hielt er immer noch die Papiere über den Angeklagten in Händen. Bei der Wiederaufnahme des Verfahrens einige Wochen später gab es einen neuen und moderateren Richter, der ihn – wundersamerweise – wegen der erlittenen Folter freisprach. Die Gestapo verhaftete ihn jedoch wieder, und er verbrachte den Rest des Krieges in einem Konzentrationslager, aber er überlebte auch diese Prüfung.

Am 11. Oktober 1944 war Jessen an der Reihe.

Er war als Letzter aus dem Kreis um von Hassell, Popitz und Beck noch auf freiem Fuß, und als der Name des Professors in Verbindung mit den Ermittlungen gegen von Hassel und Goerdeler auftauchte, wurde auch er verhaftet. Einer von Jessens Söhnen, Uwe Jessen, erzählte viel später, dass die Verhaftung nicht als große Überraschung kam, hätten doch einige der wichtigsten Treffen der Hauptakteure der Verschwörung im Hause der Familie stattgefunden. Jessen unternahm auch keinen Versuch, den Klauen der Gestapo zu entkommen – teils war er nach seinen Verkehrsunfall immer noch sehr geschwächt, teils fühlte er es als seine Pflicht, die gleichen Peinigungen zu ertragen, denen seine Freunde ausgesetzt waren:

„Als Letzter dieses Kreises wurde Professor Jens Peter Jessen von der Gestapo geholt. Durch seinen Autounfall war er noch stark geschwächt und konnte nicht alleine gehen. Vor seiner Verhaftung war ich noch mehrfach bei ihm. Ihn drängte es im Grunde, zu den Kameraden gebracht zu werden. Am Vorabend des 20. Juli war Graf Stauffenberg mit den Hauptakteuren bei ihm gewesen, um die Pläne nochmals durchzusprechen. Die Gestapo hat das wohl nie erfahren, wie sie überhaupt die Vorgeschichte dieses Umsturzversuchs nicht wirklich erfasst hat", schreibt von Hassells Sohn, Wolf Ulrich von Hassell, in einer Nachschrift zum Tagebuch des Vaters, das bis zum Kriegsende versteckt wurde.

Jessens Familie versuchte dennoch bis zuletzt, einen Teil des großen Netzwerkes der Familie auszunutzen. So traf sich Uwe Jessen mit Otto Ohlendorf, den der Professor früher in Ökonomie unterrichtet hatte und der nun einen hohen Rang in der SS innehatte. Aber obwohl Ohlendorf weiter oben im System über gute Verbindungen verfügte, lehnte er es ab, seinem alten Lehrer zu helfen.

Es gelang Uwe Jessen ein einziges Mal, seinen Vater im Gefängnis zu besuchen. Auch wenn beide wussten, dass sie sich zum letzten Mal sähen, war Jessen gefasst und wirkte, als habe er sich mit dem abgefunden, was nun geschehen würde. Für Jessen war das Wichtigste, dass er, seitdem er sich gegen den Nationalsozialismus gewendet hatte, zu keiner Zeit Kompromisse mit seinen eigenen Prinzipien eingegangen war – auch jetzt nicht, wo er die Verantwortung für seine Handlungen würde übernehmen müssen.

* * *

„Angeklagter, Sie sind vom Volksgerichtshof zum Tode durch Erhängen verurteilt worden. Henker, tun Sie Ihre Pflicht", ertönt eine Stimme, die von den Mauern zurückhallt.

Jemand zieht zu einem länglichen Raum ohne Möbel einen schwarzen Vorhang zur Seite. Das Licht strömt herein durch zwei große Fenster im hintersten Teil des leeren Raumes. Die weißen Wände und der graue Betonboden riechen schwach nach Chlorin. Jessen steht einen Augenblick still und kann nicht vermeiden, den dunklen Balken an der Decke zu sehen, an dem fünf schwarze Metallhaken befestigt sind. Der Professor, der nach wie vor einen Stock benötigt, um sich fortzubewegen, wird aufgefordert, sich seiner Oberbekleidung zu entledigen, sodass der Oberkörper nackt ist.

Dann wird er hinübergeleitet zum Balken an der Decke.

Zwei Männer heben ihn hoch und legen ein Seil um seinen Hals. Das Ende des Seils ist an einem der Haken befestigt.

Die Männer lassen ihn los, und das Seil zieht sich um Jessens Hals zusammen.

Wie viel Zeit vergeht, weiß keiner. Einige von Jessens Freunden haben Glück und verlieren das Bewusstsein nach wenigen Sekunden. Andere kämpfen, um Luft zu bekommen, und können erst nach 20 Minuten für tot erklärt werden.

Es ist der 30. November 1944, und Jens Peter Jessen ist tot.

EPILOG

Held oder Verräter?

Erwähnt man den Namen Jens Peter Jessen, ahnen wohl die wenigsten in Deutschland, Dänemark oder anderenorts, wer dieser Mann ist.

Es gab vorübergehend eine Gedenktafel an einem Haus, das dem Alten Gymnasium in Flensburg gehörte, aber das Haus wurde verkauft, die Tafel abgebaut und sie befindet sich jetzt im Besitz des Gymnasiums, ist aber – soweit bekannt – nicht wieder angebracht worden.

Jessens großer Einsatz bei den Bestrebungen, Hitler zu beseitigen und das nationalsozialistische Regime zu stürzen, ist im großen Ganzen der Vergessenheit anheimgefallen, ebenso wie dieses zu einem gewissen Grad auch der Fall ist bezüglich der Ereignisse an diesem Sommertag im Juli 1944. Und das ist bedauerlich, denn Jessen ist eine der interessantesten Persönlichkeiten unter den Widerstandskämpfern gegen Hitler. Er war einer der wenigen, die anfänglich Nationalsozialisten waren, und er sah sich selbst lange als echten Nationalsozialisten im Gegensatz zu den „Parteibossen", die die Partei erobert und korrumpiert hatten. Demokrat war er in keiner Weise und damit wird er – mit heutigen Augen gesehen – auch eine Person, die man schwer einordnen kann. Aber losgelöst von der Frage seines politischen Standortes steht fest, dass er eine wichtige Rolle spielte in den Bestrebungen, Hitler auszuschalten, und diese Geschichte verdient es, erzählt zu werden, auch wenn von verschiedenen Seiten versucht worden ist, den Attentatsversuch aus den Geschichtsbüchern „herauszuschreiben". Als Hitler in seiner Rede an die Nation am gleichen Abend behauptete, dass es sich nur um den Verrat einiger weniger Offiziere gegen das deutsche Volk und die deutschen Soldaten gehandelt habe, gelang es ihm in einem gewissen Umfang, die Bevölkerung davon zu überzeugen, und selbst bei Kriegsende weniger als ein Jahr später herrschte verbreitet die Auffassung, dass Stauffenberg, Beck, Witzleben, Jessen und alle anderen ihr Vaterland im Stich gelassen hätten, als dieses sie am nötigsten gebraucht hätte.

Trotz des jahrelangen Versuches der Verschwörer, mit der britischen Regierung ins Gespräch zu kommen, gab es auch keine Unterstützung seitens der Alliierten. Hier meinte man, dass die Gegner Hitlers nur deshalb jetzt handelten, weil abzusehen sei, dass Deutschland den Krieg verlieren würde, und sie nur den Versuch unternähmen, das Schicksal zu mildern, das dem Land bevorstehe. In einer Rede vor dem Unterhaus äußerte der britische Premierminister, Winston Churchill, dass die Ereignisse in Rastenburg für den deutschen Kriegseinsatz wohl Bedeutung erlangen könnten:

„Sie sind es aber nicht, auf die wir uns verlassen sollen, sondern unsere starken Waffen und die Gerechtigkeit unserer Sache."

Und so geschah es.

Deutschland wurde bekanntlich besiegt und ergab sich bedingungslos am 8. Mai 1945. Das Land wurde in vier Besatzungszonen eingeteilt: in eine russische, eine amerikanische, eine britische und eine französische. Damit wurde der Startschuss für den kalten Krieg gegeben und im Laufe weniger Jahre wurde Deutschland „zweigeteilt" und beide Blöcke bedurften der Unterstützung der Deutschen als Verbündete – nicht als besiegte Feinde mit einer kollektiven Schuld für die Grausamkeiten während des Zweiten Weltkriegs. Um diese Veränderung zu befördern, brauchten sowohl Westdeutschland als auch die westlichen Staaten Helden, die davon zeugen konnten, dass es während des nationalsozialistischen Regimes auch „gute Deutsche" gab, die gegen die Verbrechen des Regimes gekämpft hatten.

In den ersten Darstellungen des Versuches, Hitler zu töten, sind die Verschwörer denn auch als Helden beschrieben worden, die von Motiven geleitet waren, die über Nationalität und Loyalität hinausgingen, und als eine Art Vorgänger für das neue System, das nach dem Krieg entstand. Das war eine Geschichtsschreibung, die auf ein positives Echo stieß in einer von Schuld gemarterten Nation, die aber gleichzeitig fühlte, dass alle persönlich verantwortlich gemacht wurden für die Ungeheuerlichkeiten der Nationalsozialisten.

Es war jedoch auch eine sehr unpräzise Geschichtsschreibung, die bis Ende der 80er-Jahre mehr oder weniger unwidersprochen stehengelassen wurde. Es gab nach dem Kriegsende zwar eine Gedenkveranstaltung in dem Hof, in dem Stauffenberg, Olbricht, Quirnheim und Haeften in der Nacht zum 21. Juli 1944 hingerichtet wurden, aber erst mit der Premiere des Films „Operation Walküre" im Jahr 2008 mit Tom Cruise in der Hauptrolle nahm die breite Öffentlichkeit in Europa tatsächlich die Vorgänge zur Kenntnis, die den Lauf der Geschichte hätten ändern können.

Mit dem Film und den vielen Büchern, die aus diesem Anlass (wieder) herausgegeben worden sind, bekam man ein weit differenzierteres Bild von den Menschen, die bereit waren, mit dem eigenen Leben dafür zu bezahlen, um einen der größten Verbrecher der Weltgeschichte zu töten. Die Gegner Hitlers waren keine Demokraten. Im Gegenteil, sie waren ebenso überzeugte Gegner der Weimarer Republik wie des Führers, der das geliebte Vaterland entehrt hatte. Wenn auch natürlich getrieben vom Glauben an Anständigkeit, Mitmenschlichkeit und Gerechtigkeit, so hatten alle ein Motiv, das alles andere in den Schatten stellte: die deutsche Nation.

Und hier erscheint nun Jessen als das perfekte Beispiel. Als einer von wenigen war Jessen von Anfang an überzeugter Nationalsozialist, und er sah sich selbst auch – lange nachdem er sich gegen Hitler gewendet hatte – als Anhänger der Ideale, die mit Füßen getreten wurden, als erst die Macht die Partei und deren Führer korrumpiert hatte: die Nation über alles.

Er war ein Mann mit Prinzipien, an denen er festhielt, wohin auch immer ihn diese führten. Als er sah, wie die Nationalsozialisten ihre Politik verwirklichten – mit fatalen Konsequenzen für Freunde und Bekannte mit jüdischer Herkunft, Unterdrückung von Forschung, Wissenschaft und Lehre und der Abschaffung von Recht und Gesetz –, vermochte er nicht anders, als gegen das Regime zu kämpfen, das alle Ideale hinter sich gelassen hatte zugunsten der eigentlichen Macht. Und er ging noch weiter. Er war der Erste in seinem Umfeld, der einsah, dass sich nichts verändern würde, solange Hitler am Leben sei, und es war sogar seine Idee, auf der der Attentatsversuch vom 20. Juli 1944 fußte.

Dennoch wurde er von der Geschichtsschreibung vergessen. Vielleicht weil er in der deutschen Gesellschaft nicht sonderlich hoch angesiedelt war, sondern nur ein zuverlässiger Professor mit Interesse für ökonomische Theorien und Landwirtschaft. Vielleicht, weil er unter den Letzten war, die verhaftet wurden und wegen seines Verkehrsunfalls nicht direkt an den Ereignissen des Tages beteiligt war. Vielleicht, weil die Gestapo nie entdeckte, welch zentrale Rolle er spielte – welches erst aus Quellen hervorging, die nach dem Krieg zugänglich waren.

Seine Familie hatte deshalb auch nach der Kapitulation Schwierigkeiten. Erst zogen seine Witwe und Kinder nach Tondern, in die Gegend, aus der Jessen stammte. Später ging die Reise nach Flensburg zu Familienangehörigen und danach zogen sie wieder zurück nach Berlin. Käthe Jessen wurde die Beamtenpension ihres Mannes vorenthalten, da er Mitglied der NSDAP gewesen war. Erst Ende der 50er-Jahre gelang es auf Antrag, Jessen als Widerstandskämpfer anerkannt und damit das Geld ausbezahlt zu bekommen.

Danach hört man sehr wenig von Jessen. Sein Name findet sich in dem Buch über die vielen Menschen, die im Gefängnis Plötzensee hingerichtet wurden, aber eine wie große Rolle er bei der Planung des Umsturzversuches spielte, wissen die wenigsten. Es gibt eine deutsche Biografie über Jessen – geschrieben von Regina Schlüter-Ahrens – aber diese beschäftigt sich in erster Linie mit seinem wissenschaftlichen Wirken und man muss sich deshalb in anderen Büchern, Tagebüchern, Artikeln und Archiven auf die Jagd nach Informationen über Jessen machen, um mehr über ihn zu erfahren.

Vielleicht ist er deshalb ein Name unter vielen geblieben, obwohl sein Einsatz es verdient, in Erinnerung zu bleiben – nicht zuletzt heute, wo sehr viel mehr Menschen Kenntnis von dem Umsturzversuch 1944 haben, nach der Premiere des Filmes mit Tom Cruise in der Hauptrolle als Stauffenberg, der zusammen mit den anderen Beteiligten als Held dargestellt wird.

Ob Jessen selbst die Bezeichnung Held benutzt hätte, darf bezweifelt werden. Er und die anderen taten, was ihnen ihr Gewissen und ihr Pflichtgefühl befahlen. Jessen würde es selbst wohl vorgezogen haben, als anständiger Mensch in Erinnerung zu bleiben, der seinen Prinzipien folgte – nicht zuletzt, als sich zeigte, dass er sich geirrt hatte – und danach handelte. Nicht mehr und nicht weniger. Ob dies ihn zu einem Helden macht oder nicht, ist schwer zu sagen, aber es kann niemand den Mut infrage stellen, dessen es bedurfte, mitten im Krieg gegen das Hitler-Regime anzuarbeiten und dann sogar erhobenen Hauptes in den Tod zu gehen und so die Konsequenz des eigenen Handelns zu akzeptieren.

Und am allerwichtigsten:

Jessen, der am Anfang den Nationalsozialismus aus ganzem Herzen unterstützte, war einer der Ersten unter den Verschwörern, die sich ganz und gar gegen Hitler wandten.

Wie sein Kollege Edgar Salin ihn später beschrieben hat:

„Jens Jessen gehörte zur Schar jener Idealisten, die sich früh und jugendlich der Partei angeschlossen hatten und zuerst mit Befremden, dann mit Grauen an den Untaten und Verbrechen der an die Macht Gelangten ihr wahres Gesicht erkannten."

Zu Beginn vertraute er voll und ganz darauf, dass er mit seiner wissenschaftlichen Arbeit dazu beitragen könne, die Partei zu zivilisieren, aber als er Mitte bis Ende der 30er-Jahre erkannte, dass es für solchen Optimismus keinen vernünftigen Grund gab, zog er die Konsequenzen – etwas, was Menschen, die ihn kannten, leicht nachvollziehen konnten.

Bernhard Harms, Jessens alter Lehrmeister, dem die Nationalsozialisten den Stuhl vor die Tür setzten, und der in einem Brief an Jessens Mentor Popitz voraussagte, dass der Professor sich aufgrund seiner Prinzipienfestigkeit in Schwierigkeiten bringen würde, wusste, dass Jessen gleich nach Hitlers Machtergreifung dem neuen Regime gegenüber misstrauisch werden würde. In einer Denkschrift über Harms ist beschrieben, wie Jessen für den alten Ökonomen zu einer Art Licht im Dunkel wurde:

„Es gereicht Jessen insbesondere zur Ehre, dass es für ihn nicht erst der Voraussetzung einer Niederlage (im Krieg, Red.) bedurfte, um „einen Strich im Sand zu ziehen“ … Eine Person wie Jessen veranlasste ihn (Harms, Red.) sogar manchmal darauf zu hoffen, dass es möglich sei, die regierenden Verbrecher durch andere Menschen zu ersetzen und auf diese Weise den Untergang Deutschlands zu verhindern.“

Und genau aus diesem Grund ist es bedauerlich, dass die Geschichtsschreibung fast alles über Jessens großen Einsatz vergessen hat. Darauf weist auch Regina Schlüter-Ahrens in ihrem Buch hin.

„Es scheint so zu sein, dass Jessens Rolle in der Verschwörung vom 20. Juli 1944 von größerer Bedeutung war, als sie in der Widerstandsliteratur dokumentiert ist.“

* * *

Die Sonne scheint über dem Friedhof von Tingleff, als sich eine Gruppe – hauptsächlich Männer – an einem der Gräber trifft an diesem Sommertag, dem 20. Juli 1994.

Auf dem Grab stehen ein paar frische Blumensträuße; an einem kleinen Baum im hinteren Teil liegt ein Kranz mit Lilien und einem weißen Band mit dem Datum in goldenen Buchstaben. Es gibt etliche Grabsteine auf der Grabstelle, doch obwohl sie verschiedene Jahreszahlen tragen, ist allen der Familienname gemein: Jessen.

Die Grabstelle gehört der Familie Jessen, die über viele Generationen einen Hof in Stoltelund außerhalb des Dorfes besaß. Die Besucher haben sich mit gesenkten Köpfen und gefalteten Händen an dem Gedenkstein versammelt, der zu Ehren von Jens Peter Jessen errichtet wurde.

Plötzlich und unerwartet ergreift ein älterer Herr in hellen Hosen und heller Sommerjacke das Wort, obwohl er nicht als Redner des 50. Jahrestages des Attentatsversuches vorgesehen ist. Der Mann ist der alte dänische Widerstandskämpfer W. P. Nørgaard aus Apenrade.

„Als Zeichen der Dankbarkeit für Frauen und Männer wie Jens Jessen lege ich meine Widerstandsarmbinde hier auf diesen Gedenkstein“, sagt er.

Er beugt sich vor und platziert die rot-weiß-blaue Armbinde auf dem Stein im hinteren Teil des Grabes, auf dem die Besucher, die vorbeischauen, mit wenigen Worten an den Mann erinnert werden, der sowohl mit Dänemark als auch mit Deutschland verbunden war und der Hitler töten wollte.

Nachwort zur deutschen Ausgabe

Das Buch von Søren Flott und sein Erzählstil haben mich, als ich es entdeckte, sofort in ihren Bann gezogen. Da die Erzählung von Jens Peter Jessen auch ein Beitrag zur Geschichtsschreibung der Deutschen Minderheit in Nordschleswig/Dänemark ist und damit ein Stück deutsch-dänischer Grenzlandhistorie, erscheint es mir wichtig, deutschsprachigen Lesern den Zugang zu diesem Buch zu ermöglichen. Ich habe Søren Flott daher vorgeschlagen, eine Übersetzung ins Deutsche anzufertigen.

Es ist wichtig festzuhalten, dass das vorliegende Buch weder eine vollständige Biografie Jessens ist, noch bezüglich der historischen Bewertung den Stand der heutigen Geschichtsforschung widerspiegelt: Es ist die Erzählung von Jens Peter Jessen und seinem Werdegang vom überzeugten Nationalsozialisten zum bedingungslosen Widerstandskämpfer und damit auch eine Darstellung des damals in seinen Kreisen vorherrschenden Zeitgeistes.

Ich danke allen, die mit Korrektur- und Verbesserungsvorschlägen beigetragen haben, namentlich Andrea Kunsemüller, Silke Amthor, Monika Knutzen, Ingela Wieking, Jørgen Nissen und Klaus Vorwerk sowie dem Enkel Jens Jessen, der nach seinem Großvater benannt ist. Ebenso gilt mein Dank der Verlagsgruppe Husum und deren Inhaber Ingwert Paulsen, der sich sofort zur Herausgabe der deutschen Ausgabe bereit erklärte und das Projekt schnell und unkompliziert verwirklicht hat.

Nis-Edwin List-Petersen
Apenrade/Aabenraa, Januar 2014

Wer ist wer?

Die Verschwörung gegen Hitler umfasste viele hundert Personen – wenn nicht mehr – und deswegen kommen in diesem Buch viele unterschiedliche Personen vor. Die wichtigsten sind nachfolgend aufgeführt:

Beck, Ludwig August Theodor (1880–1944)
Ludwig Beck war als Generalstabschef einer der angesehensten Generäle Deutschlands. Er war nie Mitglied der NSDAP und er war sehr früh Gegner Hitlers. Er trat 1938 zurück, nach einem missglückten Versuch, seine Kollegen zu überreden, gemeinsam aus Protest gegen das Regime ihren Rücktritt zu erklären. Nach einem gelungenen Putschversuch 1944 wäre Beck neues Staatsoberhaupt in Deutschland geworden.

Fromm, Friedrich (1888–1945)
General Friedrich Fromm war die längste Zeit des Zweiten Weltkrieges Oberkommandierender des deutschen Ersatzheeres und neben Hitler formell der Einzige, der den Befehl zur Auslösung der „Operation Walküre" geben konnte. Obwohl er davon Kenntnis hatte, dass einige der anderen Offiziere – hierunter Stauffenberg – Pläne schmiedeten, Hitler zu töten, gab er sein Wissen nicht weiter. Fromm wurde wegen seines zweifelhaften Verhaltens während des Putschversuches hingerichtet.

Gisevius, Hans Bernd (1904–1974)
Hans Bernd Gisevius überlebte als einer von wenigen Verschwörern, weil es ihm gelang, in die Schweiz zu fliehen. In den 1930er-Jahren arbeitete er bei der Polizei und kam bei Kriegsanfang zum militärischen Nachrichtendienst, der Abwehr, wo er Mitglied der Gruppe um Hans Oster wurde. Gisevius war unter anderem Bindeglied zwischen den Verschwörern und dem amerikanischen Nachrichtendienst, weil es seinen Freunden gelang, ihn zum Vizekonsul in der Schweiz ernennen zu lassen.

Goerdeler, Carl Friedrich (1884–1945)
Goerdeler war der inoffizielle Leiter des zivilen Teiles des Widerstandes. Er war nationalkonservativ und wünschte eine Wiedereinführung der Monarchie. Als Bürgermeister in Leipzig musste er wegen seines Widerstandes gegen die Judenverfolgungen zurücktreten. Er war unter anderem Vermittler zwischen den verschiedenen Widerstandsgruppen und als kommender Kanzler vorgesehen.

Stauffenberg, Claus Philipp Maria Schenk Graf von (1907–1944)
Stauffenberg war anfangs von der Machtübernahme der Nationalsozialisten begeistert. Hitlers Missachtung des Heeres und des Adels sowie die Verbrechen im Osten und die fehlerhaften militärischen Entscheidungen veranlassten ihn, sich

gegen den Führer zu wenden. Stauffenberg belebte den Widerstand durch seinen Eifer und sein Organisationstalent wieder und er war es selbst, der den eigentlichen Attentatsversuch ausführte. Er war ein guter Freund von Jessen und besuchte ihn regelmäßig.

Haeften, Werner von (1908–1944)
Nachdem von Haeften an der Ostfront verwundet worden war, verschaffte Jessen ihm eine Stelle in der Passierscheinhauptstelle und sorgte später dafür, dass Haeften zum Adjutanten von Stauffenberg ernannt wurde. Es war Haeften, der den Oberst in die Wolfsschanze begleitete und ihm half, die Bombe scharf zu machen, die Hitler töten sollte.

Harms, Christian Bernhard Cornelius (1876–1939)
Bernhard Harms war ein deutscher Ökonom und Berater der deutschen Regierung vor, während und nach dem Ersten Weltkrieg. Er unterstützte die Weimarer Republik und hatte den Ruf, liberal zu sein, sowohl ökonomisch als auch politisch. Dennoch wurde er ein enger Freund Jessens, der seine Stellung als Leiter des Instituts für Weltwirtschaft an der Universität Kiel übernahm, als Harms wegen seiner politischen Einstellung entlassen wurde.

Hassell, Ulrich von (1881–1944)
Von Hassells Tagebuch ist eine der wichtigsten Quellen für das Wissen über die Ereignisse, die zum Attentatsversuch 1944 führten. Von Hassell hatte als Diplomat und früherer Botschafter in Rom ein großes Netzwerk, das er in der Widerstandsarbeit nutzte, und er war als neuer Außenminister vorgesehen, wenn Hitler die Bombe in der Wolfsschanze nicht überlebt hätte. Zusammen mit Beck und Popitz war er einer der engsten Freunde Jessens.

Hoepner, Erich (1886–1944)
Erich Hoepner war schon früh ein Gegner Hitlers. Er beteiligte sich am Putschversuch 1938, als seine Truppen die SS hätten neutralisieren sollen, wenn diese Organisation Widerstand geleistet hätte. Nach Deutschlands Siegen zu Beginn des Zweiten Weltkrieges wurde Hoepner weniger kritisch, aber nach den Niederlagen in der Sowjetunion meldete er sich wieder unter die Fahnen der Verschwörer. Er wurde von Hitler entlassen, als er sich kurz vor Moskau dem Befehl widersetzte, sich nicht zurückzuziehen.

Ohlendorf, Otto (1907–1951)
Otto Ohlendorf war ein ehemaliger Schüler Jessens. Er hielt den Kontakt zu seinem alten Lehrer bis zu dessen Tod aufrecht und war als SS-Mann Teil des großen Netzwerkes von Jessen. 1944 unternahm er trotz seiner Verbindungen zur oberen Nazi-Hierarchie nichts, um Jessen zu retten. Ohlendorf wurde Leiter einer der berüchtigten Einsatzgruppen, deren Aufgabe es war, Juden, Partisanen

und Kommunisten in den besetzten Gebieten im Osten auszurotten. Er wurde 1951 als Kriegsverbrecher hingerichtet.

Olbricht, Friedrich (1888–1944)
Olbricht, vorübergehend Stauffenbergs Chef, war schon Anfang der 1920er-Jahre Gegner des Nationalsozialismus. Er wurde für seinen Einsatz während des Einmarsches in Polen ausgezeichnet, begann aber zeitgleich mit der Planung der „Operation Walküre", sodass diese zur Durchführung eines Umsturzes verwendet werden konnte. Er zögerte jedoch, sie in Gang zu setzen, als am 20. Juli 1944 nicht klar war, ob Hitler tot sei oder nicht.

Oster, Hans (1887–1945)
Zu Beginn war der Nachrichtenoffizier Anhänger der Machtübernahme Hitlers, aber nach der „Nacht der langen Messer" 1934 wandte er sich ab. Als Offizier der Abwehr, hatte er vielfältige Möglichkeiten, den Sturz Hitlers vorzubereiten, und stand unter anderem 1938 hinter dem Versuch, Hitler zu töten. Seine Einsatzmöglichkeiten wurden stark eingeschränkt, als er und seine Kollegen durch Zufall bei der Gestapo unter Verdacht gerieten.

Popitz, Johannes (1884–1945)
Popitz war ein nationalkonservativer Ökonom und Finanzminister im größten deutschen Land, Preußen, in dem Göring als Ministerpräsident amtierte. Er protestierte gegen die Judenverfolgungen und bot seinen Rücktritt an, welcher jedoch abgelehnt wurde. Er war Mentor von Jessen und lud diesen ein, Mitglied der Mittwochsgesellschaft zu werden. Er verlor bei vielen Widerständlern an Ansehen, als er sich mit Himmler traf, um bei der SS die Stimmung für einen Umsturz auszuloten.

Quirnheim, Albrecht Ritter Mertz von (1905–1944)
Quirnheim verbrachte den Anfang des Krieges an der Ostfront, wo er mit den leitenden Nationalsozialisten auf Kollisionskurs geriet, als er einen humaneren Umgang mit der Zivilbevölkerung einforderte. Später wurde er Stabsoffizier beim Hauptquartier des Heeres in Berlin und war daran beteiligt, die „Operation Walküre" zu modifizieren. Er war es auch, der die Operation am 20. Juli 1944 eigenmächtig auslöste.

Rust, Bernhard (1883–1945)
Rust war als Minister für Wissenschaft, Kunst und Volksbildung Jessens oberster politischer Chef und er war unter anderen federführend für die Entfernung von Juden und Andersdenkenden von den deutschen Universitäten verantwortlich. Er gründete besondere Schulen für Deutschlands künftige Elite, an denen die Ideologie über der Wissenschaft stand. Rust beging nach der Kapitulation Deutschlands 1945 Selbstmord.

Schlabrendorff, Fabian von (1907–1980)
Als einer von wenigen überlebte Schlabrendorff die Ereignisse des 20. Juli 1944. Zusammen mit Tresckow war er einer der Hauptakteure des Widerstandes gegen Hitler an der Ostfront und er war 1943 die Person, die eine Bombe im Flugzeug des Führers unterbringen ließ. Obwohl er gefoltert wurde, weigerte er sich, der Gestapo Auskünfte zu erteilen. Nach dem Krieg war er Verfassungsrichter der Bundesrepublik Deutschland.

Wagner, Eduard (1894–1944)
Der Generalquartiermeister wurde Jessens Chef, als Jessen als Hauptmann zum Heer zurückkehrte, zuständig für die Passierscheinhauptstelle. Er war beteiligt an Verbrechen gegen die Menschlichkeit im Osten und kannte die Pläne vom Massenmord in Westeuropa. Gleichzeitig unterstützte er den Widerstand gegen Hitler und stellte Stauffenberg ein Flugzeug zur Verfügung.

Witzleben, Job-Wilhelm Georg Erdmann Erwin von (1881–1944)
Als einer der hochrangigsten deutschen Soldaten hätte Witzleben neuer Oberbefehlshaber der Streitkräfte werden sollen. Er wurde nach der Eroberung Frankreichs zum Feldmarschall befördert, war aber zu diesem Zeitpunkt schon lange Gegner Hitlers und zwei Jahre zuvor an Osters Attentatsversuch beteiligt gewesen. Am 20. Juli 1944 hätte er den Befehl über die Truppen übernehmen sollen, die den Verschwörern zur Verfügung standen, aber als er im Bendlerblock erschien, wurde ihm klar, dass der Putsch fehlgeschlagen war, und er fuhr wieder nach Hause.

Über die Rekonstruktionen des Buches

Die Öffnungsszenarien eines jeden Kapitels sind rekonstruiert aus Informationen, entnommen aus Büchern, Tagebüchern, Dokumenten, Briefen, Augenzeugenberichten, Bildern, Filmen und Videoclips. Dialoge und Gedanken stammen von Augenzeugen oder aus Tagebüchern und sind verschiedenen Quellen entnommen.

Nachfolgend ist dargestellt, welche Quellen für die unterschiedlichen Szenarien verwendet wurden (siehe Autorennamen, Verlage, Erscheinungsjahr im Quellenverzeichnis).

Der Prolog
Die Szene ist nach von Hassells Tagebuch rekonstruiert, dem Artikel „Die Veröffentlichung einer Todesanzeige ist unzulässig", Informationen über die Bombardierungen der Royal Air Force, dem Interview mit Uwe Jessen samt Bildern und Videoclips auf www.YouTube.com.
(Anmerkung des Übersetzers: Die im Prolog konstruierte Szene nutzt als Quelle die Anmerkungen des Sohnes und der Witwe von Ulrich von Hassell. Nach Aussagen des gleichnamigen Enkels von Jens Peter Jessen hat seine Großmutter Käthe Jessen als einzige überlebende Zeitzeugin dieser Darstellung widersprochen: Die Besprechung fand auf dem Balkon des Hauses der Familie Jessen statt, jedoch ohne Jessen, der nach seinem Verkehrsunfall im Krankenhaus lag, und ohne Stauffenberg, der sich durch seinen Adjutanten Haeften vertreten ließ.)

Kapitel 1
Die Szene ist rekonstruiert unter Zuhilfenahme der Homepage www.firstworldwar.com, der Homepage der BBC und des Buches „Der große Krieg". Auch das Buch „Vimy Ridge – A Canadian Reassessment" und Harold W. McGills Erinnerungen sind verwendet worden.

Kapitel 2
Für diese Szene wurden www.wikipedia.org und www.historylearning.co.uk verwendet.

Kapitel 3
Die Bücherverbrennungen sind rekonstruiert aus www.wikipedia.org, www.euchzumtrotz.de und www.uni-kiel.de/ns-zeit/ und dem Buch „Orte der Bücherverbrennungen in Deutschland 1933". Es sind auch Videoclips von www.YouTube.com verwendet worden.

Kapitel 4
Die Ereignisse der „Nacht der langen Messer" sind rekonstruiert mithilfe der Bücher „The History of the German Resistance 1933–1945" und „Countdown

to Valkyrie – The July Plot to Assassinate Hitler“ sowie www.wikipedia.org und www.historyplace.com.

Kapitel 5
Die Ereignisse im Herbst 1938 sind aus www.YouTube.com, www.der-fuehrer.org und den Büchern „The History of the German Resistance 1933–1945“, „Plotting Hitler's Death – The Story of the German Resistance“, „Henning von Tresckow – Ein Preuße gegen Hitler“ und „Countdown to Valkyrie – The July Plot to Assassinate Hitler“ rekonstruiert.

Kapitel 7
In diesem Kapitel sind die Bücher „The History of the German Resistance 1933–1945“, „Plotting Hitler's Death – The Story of the German Resistance“ und „Countdown to Valkyrie – The July Plot to Assassinate Hitler“ verwendet worden. Der letzte Teil der Szene ist nach dem Tagebuch von Ulrich von Hassell geschrieben.

Kapitel 8 und 9
Die Ereignisse des 20. Juli 1944 sind fast Minute für Minute aus einer Fülle von Quellen dokumentiert. Ich habe die Homepage www.trove.nla.gov.au, die Bücher „The History of the German Resistance 1933–1945“, „Plotting Hitler's Death – The Story of the German Resistance“ und „Countdown to Valkyrie – The July Plot to Assassinate Hitler“ sowie die Filme „Killing Hitler – The True Story of the Valkyrie Plot“, „Operation Valkyrie – The Stauffenberg Plot to kill Hitler“ und „Operation Walküre – Stauffenbergs Attentat auf Hitler“ genutzt. Des Weiteren wurden die Verhörprotokolle der Gestapo verwendet.

Kapitel 10
Die Szenen bauen auf Clips von www.YouTube.com, Verhörprotokollen der Gestapo und den Büchern „The History of the German Resistance 1933–1945“, „Plotting Hitler's Death – The Story of the German Resistance“ und „Countdown to Valkyrie – The July Plot to Assassinate Hitler“ auf. Jessens Hinrichtung ist rekonstruiert nach Augenzeugenberichten anderer Hinrichtungen. Laut den Quellen erfolgten die Hinrichtungen der Verschwörer, die in Plötzensee ermordet wurden, immer auf die gleiche Weise.

Der Epilog
Die Schlussszene ist nach einem Artikel der Tageszeitung „Der Nordschleswiger“ aus Anlass des 50. Jahrestages des Attentatsversuches von 1944 geschrieben.

Quellenverzeichnis

Bücher

Becker-Christensen, Henrik et al.: *Sønderjyllands historie efter 1815*, bind 2, Historisk Samfund for Sønderjylland, 2009

Boire, Michael: "The Battlefield before the Canadians 1914–1916" in *Vimy Ridge – A Canadian Reassessment*, 2007

Fest, Joachim: *Plotting Hitler's Death – The Story of the German Resistance*, Metropolitan Books, 1994

Gisevius, Hans Bernd: *Valkyrie – An Insider's Account of the Plot to Kill Hitler*, Da Capo Press, 2009

Goldschmidt, Nils et. al.: *Wirtschaft, Politik und Freiheit*, Mohr Siebeck, 2005

Hamerow, Theodore S.: *On the Road to the Wolf's Lair – German Resistance to Hitler*, Belknap Harvard, 1999

Hassell, Ulrich von: *The von Hassell Diaries 1938–1944 – The Story of the Forces Against Hitler Inside Germany*, Doubleday & Company, Inc., 1947

Hoffmann, Peter: *The History of the German Resistance 1933–1945*, McGill-Queen's University Press, 2001

Hoffmann, Peter: *Stauffenberg – A Family History 1905–1944*, McGill-Queen's University Press, 2008

Höhne, Heinz: *The Order of the Death's Head – The Story of Hitler's SS*, Penguin Books, 2000

Jacobsen, Hans-Adolf: *Spiegelbild einer Verschwörung – Geheime Dokumente aus dem ehemaligen Reichssicherheitshauptamt*, Band 1 und 2, Seewald, 1984

Jones, Nigel: *Countdown to Valkyrie – The July Plot to Assassinate Hitler*, Frontline Books, 2008

Kershaw, Ian: *Luck of the Devil – The Story of Operation Valkyrie*, Penguin Books, 2009

McGill, Harold W.: *Medicine and Duty – The World War I Memoir of Captain Harold W. McGill, Medical Officer 31st Batallion C.E.F.*, University of Calgary Press, 2007

Mommsen, Hans: *Germans Against Hitler – The Stauffenberg Plot and Resistance under the Third Reich*, I. B. Tauris, 2009

Overy, R. J.: *The Nazi Economic Recovery 1932–1938*, The Economic History Society, 1996

Pechel, Rudolf: *Deutscher Widerstand*, Eugen Rentsch Verlag, 1947

Scheurig, Bodo: *Henning von Tresckow – Ein Preuße gegen Hitler*, Propyläen, 2004

Schlüter-Ahrens, Regina: *Der Volkswirt Jens Jessen – Leben und Werk*, Metropolis Verlag, 2001

Schoeps, Julius H.: *Orte der Bücherverbrennungen in Deutschland 1933*, Hildesheim, 2008

Sørensen, Niels Arne: *Den store krig – Europæernes første verdenskrig*, Gads Forlag, 2005
Tooze, Adam: *The Wages of Destruction – The Making and Breaking of the Nazi Economy*, Penguin Books, 2007
Zeller, Eberhard: *Geist der Freiheit – Der 20. Juli*, Junge Freiheit Verlag, 2008

Filme und Videoclips
Killing Hitler – The True Story of the Valkyrie Plot, Pegasus Entertainment, 2008
Operation Valkyrie – The Stauffenberg Plot to kill Hitler, Koch Entertainment, 2008
Operation Walküre – Stauffenbergs Attentat auf Hitler, Eurovideo, 2008
Videoclip vom Volksgerichtshof auf www.YouTube.com
Videoclip von der Schlacht bei Vimy auf www.YouTube.com
Videoclip mit Hitlers Reden auf www.YouTube.com

Zeitungsartikel
Artikel über die Gedenkfeier für Jens Peter Jessen in Tingleff 1994, Der Nordschleswiger
Interview mit Uwe Jessen, Jens Peter Jessens Sohn, Berliner Zeitung, 20. Juli 2004
Heesch, Volker: „Nordslesviger planlagde Hitler-attentat den 20. Juli 1944", Flensborg Avis, 23. August 2008
Karwelat, Jürgen: „Die Veröffentlichung einer Todesanzeige ist unzulässig", 26. November 1994
„Wo man anknüpfte, stieß man auf Nazis", Der Nordschleswiger, 20. Januar 2009

Homepages
www.uni-kiel.de/ns-zeit: Homepage der Christian-Albrechts-Universität zu Kiel über die Universität und die Stadt während des Nationalsozialismus.
www.firstworldwar.com: Tagebücher, Briefe und Artikel aus dem Ersten Weltkrieg, u. a. aus Lettland und Frankreich.
www.der-fuehrer.org: Hier findet man u. a. Abschriften von Hitlers Reden.
www.raf.mod.uk: Beschreibung der Bombenflüge über Deutschland ausgeführt von der Royal Air Force.
www.trove.nla.gov.au: Homepage mit alten Zeitungsartikeln – u. a. über die Tage nach dem Attentatsversuch.
www.bbc.co.uk/history/worldwars/: Allgemeine Informationen über den Ersten und Zweiten Weltkrieg mit Artikeln, Bildern und Videoclips.
www.euchzumtrotz.de: Deutsche Homepage über die Bücherverbrennungen der Nationalsozialisten – u. a. in Göttingen.
www.wikipedia.com
www.historylearningsite.co.uk
www.historyplace.com

Register